紅 홍천 天
백준 新무협 판타지 소설
FANTASTIC ORIENTAL HEROES

홍천 5
백준 新무협 판타지 소설

초판 1쇄 찍은 날 § 2009년 10월 19일
초판 1쇄 펴낸 날 § 2009년 10월 26일

지은이 § 백준
펴낸이 § 서경석

편집장 § 문혜영
편집 § 주소영

펴낸곳 § 도서출판 청어람
등록번호 § 제1081-1-89호
등록일자 § 1999. 5. 31
어람번호 § 제2-1834호

주소 § 경기도 부천시 원미구 심곡2동 163-2 서경B/D 3F (우) 420-822
전화 § 032-656-4452 팩스 § 032-656-4453
http://www.chungeoram.com
E-mail § eoram99@chollian.net

ⓒ 백준, 2009

ISBN 978-89-251-1970-0 04810
ISBN 978-89-251-1706-5 (세트)

※ 파본은 구입하신 서점에서 교환하여 드립니다.
※ 저자와 협의하여 인지를 붙이지 않습니다.
※ 이 책은 도서출판 청어람과 저작자의 계약에 의해 출판된 것이므로,
 무단 전재 및 유포·공유를 금합니다.

제1장	유령도를 얻다	7
제2장	사람들이 알아본다	41
제3장	뜻밖의 만남	85
제4장	흑무(黑霧)	129
제5장	권력자는 말이 없다	169
제6장	저절로 찾아온 행운	205
제7장	밤은 길고…….	247
제8장	어쩔 수 없는 선택	291

第一章
유령도를 얻다

유령도를 얻다

 넓은 대청의 중앙엔 어여쁜 소녀들이 춤을 추었으며 좌측엔 다른 소녀들이 악기를 연주하고 있었다. 그녀들의 얼굴엔 근심, 걱정이 없어 보였으며 산해진미가 가득한 주안상의 앞엔 사십대 중년인이 홀로 앉아 술잔을 기울이고 있었다.
 평범해 보이는 그는 어디서나 흔히 볼 수 있는 그런 얼굴이었다. 그는 춤을 추는 소녀들을 눈에 담으며 마치 옛 추억을 떠올리고 있는 듯 보였다.
 음이 있고 소녀들의 향기가 있으며 춤이 있는 이곳은 외부와는 전혀 다른 세상처럼 평화롭고 즐겁게만 보였다. 중년인의 입술에 한줄기 미소가 어렸다.

"주인님."

탁!

칠현금을 튕기던 소녀의 손이 한순간 멈췄다. 이곳과는 전혀 어울리지 않을 것 같은 탁한 목소리가 들려오는 순간 소녀들은 모든 동작을 멈추었다.

중년인의 눈썹이 살짝 떨렸다. 자신의 시간이 멈추었기 때문이다. 하지만 중년인은 노한 표정을 보이지 않았다. 그저 담담한 시선으로 소녀들을 둘러보던 그는 손을 들어 보이며 말했다.

"가보거라."

소녀들은 아쉬운 듯 중년인을 쳐다보다 이내 천천히 밖으로 나갔다. 그녀들이 모두 나가자 대청은 마치 삭막하게 변해버린 사막처럼 황폐하게 보였다.

"죄송합니다, 주인님."

탁한 목소리의 주인이 모습을 보이며 들어와 바닥에 부복했다. 반백의 머리를 한 조금 왜소한 체격의 마른 중년인은 차마 고개를 들지 못하였다. 중년인의 시간을 방해했기 때문이다.

"무슨 일인가?"

"백화성주께서 물러선다고 합니다."

고개 숙인 중년인의 탁한 목소리에 중년인은 잠시 입을 닫았다. 문득 그의 눈동자에 자심연의 모습이 스치고 지나갔다. 그의 눈에 비친 자심연은 젊고 매혹적인 눈매를 지닌 아름다운 소녀였다.

　"아쉽군……."

　중년인은 짧은 수염을 쓰다듬으며 고개를 저었다. 자심연은 좋은 친구이자 사랑하는 여자였기 때문이다. 물론 중년인에겐 오십 명의 첩이 있었으나 그녀만큼 자신의 마음을 사로잡은 여인은 없었다.

　그래서일까? 그에겐 정실이 없었다. 오직 첩만 존재했다.

　"수고했다. 가보거라."

　"예."

　탁한 목소리의 중년인이 물러서자 그는 술잔을 들었다. 그리곤 빈 허공을 바라보며 눈으로 술을 마시듯 가만히 술잔을 쳐다보았다.

　"쓸쓸하군……."

*　　　*　　　*

　방 안에 홀로 서 있던 남궁옥은 안절부절못한 채 자꾸 무언가를 만지려는 듯 손가락을 움직이고 있었다. 좀 전에 운소명을 만난 뒤로 안정을 취하지 못하고 있었다.

　그녀는 운소명의 얼굴을 잊지 못하였다. 대담하게 자신의 방에 침입해 며칠 동안 머물렀던 그였다. 그때 그의 날카롭고 강한 살기는 아직도 생생하게 피부가 기억하고 있었다.

　'절대 죽을 사람으로 보이지는 않았지······.'

　남궁옥은 무살의 죽음에 대해서 처음에는 믿지 않았다. 자신은 두 눈으로 그 무살을 직접 보았기 때문이다. 그는 겹겹이 싸여진 남궁세가의 경비망을 뚫고 자신의 방에 들어온 인물이 아닌가?

　그가 마음먹어서 못 가는 곳은 세상 어디에도 존재하지 않을 것 같았다. 그런 그가 백화성에 잡혀 죽었다는 소식을 들었을 때 자신의 귀를 의심해야 했다. 하지만 시간이 지나자 진실로 받아들이고 무공 수련에 전념하였다.

　'어떻게 해야 하지······.'

　남궁옥은 입술을 깨물며 서성이다 자리에 앉아 식은 차를 물 마시듯 벌컥거리며 마셨다. 평소의 그녀라면 절대 보여주지 않을 모습이었다. 다행히 방 안은 그녀뿐이었기에 여성스럽지 못한 행동을 해도 부끄럽다는 생각이 없었다.

　'죽었어야 할 사람인데······.'

　남궁옥은 절대 다른 사람들이 알아서는 안 되는 자신의 비밀을 알고 있는 그의 존재가 부담스러웠다. 그가 입을 열면 남궁세가의 명예는 땅에 떨어질 것이고 자신은 수치심에 자결해야 했다. 이렇게 불안하고 초조한데 왜 다른 한편으론 그가 살아 있다는 사실이 다행스럽게 생각되는 것일까?

남궁옥은 몇 번을 서성이다 방 안으로 들어가 잠을 청했다. 잠이라도 자야 이런 불안한 마음이 사라질 것 같았기 때문이다.

"너무 다가오지 않는 게 좋아… 이번엔… 죽일 테니까."

침상에 누운 남궁옥은 멍하니 천장을 쳐다보며 자신을 향해 날카로운 이빨을 드리우던 한 마리의 짐승을 떠올렸다.

'정말 죽일까……'

문득 든 생각이었다.

다음날 아침 일찍부터 비무대 주변엔 많은 사람들이 모여들었다. 무명의 고수 한 명이 갑자기 강호에 등장했기 때문에 사람들은 관심을 가질 수밖에 없었다.

특히나 상대가 무림맹에서도 가장 명성 높은 젊은 고수인 유신이었기에 더욱 관심을 가졌다. 대다수의 사람들이 유신의 승리를 확신하고 있었으며 이변이 없는 한 그가 이길 거라 생각했다.

그 가운데 우룡도 서 있었는데 그의 안색은 꽤나 창백하게 굳어 있었다.

'설마… 에이, 그럴 리가 없지.'

우룡은 자신이 했던 말을 떠올리며 고개를 흔들었다. 혹시라도 운소명이 이긴다면 자신에게 돌아올 피해가 상당할 것 같았기 때문이다. 만약 그렇다면 한동안 오지로 파견 나가 몇 년 동안 돌아오지 않을 생각까지 하였다.

'그래도 대단해… 설마하니 사형마저 이길 줄이야……'

궁추봉을 떠올리던 우룡은 고개를 저었다. 궁추봉은 이번 패배로 인해 방에 끌려가 한동안 혼날 것이다. 재수없으면 몇 년 동안 동굴에 갇혀 수련만 할지도 모른다. 그만큼 개방의 입장에서 볼 땐 그의 패배가 불명예스러웠다.

"강호초출이 어떻게 유 소협 같은 고수를 이기나? 몇 년만 지나면 강호 이십대고수 안에 들어갈 젊은이인데."

옆에서 운소명과 유신을 비교하며 떠드는 사람들의 큰 목소리가 들려오자 우룡은 안색을 찌푸렸다. 자신의 생각도 마찬가지였는데 왠지 불안했기 때문이다. 곧 북이 울리고 위지세가주의 모습과 함께 강호의 명숙들이 얼굴을 보이자 사람들이 환호하기 시작했다.

비무대 위에 올라온 위지강은 흥분한 사람들을 둘러보며 위지세가를 찾아주셔서 감사하다는 인사를 하였다. 그런 후 비무를 시작하는 북이 울렸고, 유신과 운소명의 모습이 사람들의 눈앞에 나타났다.

젊은이들 사이로 걸어가던 유신은 이자수와 눈이 마주쳤다. 하지만 둘 다 별말은 하지 않았다. 이자수는 유신을 믿었기 때문에 특별한 말을 하지 않았다. 그가 생각하는 유신은 절대로 같은 동배의 인물에게 패할 사람이 아니었기 때문이다.

하지만 유신은 긴장하고 있었다. 다른 사람들은 몰라도 자신만은 상대를 알기 때문이었다. 제갈현도 홍천에 대해선 알고 있었지만 그들의 얼굴을 본 적은 없었다. 있다면 오직 장림과 맹주일 것이다.

"잘해보게."

"자네에게 돈을 걸었네."

이겼기 때문일까? 아니면 명성을 얻었기 때문일까? 사람들에게 인사하며 걷던 운소명은 자신을 응원하는 후기지수들의 말을 듣게 되자 기분이 미묘하게 변하였다.

"와아아아!"

거대한 함성과 함께 연무장에 모습을 보인 유신과 운소명은 사람들에게 인사한 후 곧 비무대 위에 올라가 높은 계단 위에 앉아 있는 명숙들에게 인사했다.

 곧 둘은 서로를 바라보며 수인사를 나눈 후 서로의 얼굴을 쳐다보았다. 유신은 당당한 모습이었고 운소명은 예의 미소를 입가에 드리우며 여유를 보였다.

 [즐겨봅시다.]

 유신의 짧은 전음에 운소명은 눈을 반짝이며 입술을 움직였다.

 [글쎄… 과연 자네가 즐길 수 있을까? 패배는 뼈 아픈 것이네.]

 운소명의 전음성에 유신의 눈동자가 붉게 번들거렸다. 이미 결정난 것처럼 말하는 운소명의 전음성에 화가 난 듯 내력을 한층 끌어 모았다.

 둥! 둥!

 시작을 알리는 북소리가 울리자 사람들은 침을 삼키며 비무대 위를 쳐다보았다. 하지만 그들은 잠시 눈을 의심해야 했다. 두 사람의 그림자가 사라졌기 때문이다.

 따앙!

 강력한 금속음과 함께 비무대의 중앙에서 마주친 두 사람의 검과 섭선이 마치 친근한 연인처럼 붙어 있었다.

 "음……."
 "크윽……."

두 사람의 입에서 동시에 신음성이 흘러나왔다. 서로의 내력이 격렬하게 부딪치고 있었기 때문이다. 섭선을 든 운소명의 팔과 검을 든 유신의 팔이 미미하게 떨리기 시작했다. 단 한 치의 양보도 없다는 듯 두 사람은 비무대의 중앙에서 내력 싸움을 하고 있었다.

"저런……."
"비무대가 부서지겠군."

제갈현이 혀를 찼고 추파영이 낮게 중얼거렸다. 나무로 만든 비무대 위에서 저렇게 내력 싸움을 하게 되면 당연히 비무대가 견디지 못하고 주저앉을 것이다.

쿵!

그들의 예상대로 두 사람을 중심으로 둥근 원형을 그리며 비무대가 주저앉기 시작했다. 하지만 두 사람의 신형은 여전히 떨어지지 않았다.

"음……."

유신의 입에서 다시 한 번 신음성이 흘러나오자 운소명의 눈동자가 반짝였다. 아직 여유가 있었기 때문이다. 그런 운소명의 입술이 미미하게 움직였다.

"힘들지 않소?"

낮은 목소리였으나 유신의 안색은 굳어졌다. 내력 싸움 중에도 말을 할 정도로 여유가 보였기 때문이다.

"재미있군."

유신은 낯빛을 굳히며 짧게 말한 후 튕기듯 검으로 섭선을 쳤다. 순간 강력한 빛무리가 운소명을 덮쳤다.

쾅!

폭음과 함께 운소명이 서 있던 자리가 터져 나가며 허공중으로 나뭇조각들이 튀어 올랐다. 그 사이로 운소명의 모습도 보였다.

"……!"

운소명은 지근거리에서 펼친 그의 검강에 매우 놀란 듯 눈을 크게 떴다. 설마하니 내력 싸움 중에 검강을 펼칠 거라 생각지 못한 것이다.

'분명 내상을 입었겠지.'

운소명의 머릿속으로 짧은 생각이 스쳤다. 하지만 생각보다 눈앞에 날아드는 검기를 피하는 게 먼저였다.

허공중에 솟구친 운소명을 그대로 놓칠 유신이 아니었다. 유신은 기다렸다는 듯이 허공을 향해 낙영뇌화(落英雷花)를 펼치며 몰아쳐 갔다.

쉬쉬쉭!

마치 송곳 같은 검기가 날아들자 운소명은 재빠르게 섭선을 펼쳐 주변에 떠오른 나뭇조각을 치기 시작했다.

파곽!

나뭇조각과 검기가 부딪치며 일어난 파공성과 그 모습에 사람들의 표정이 놀랍다는 듯 변하였고, 위에서 보던 명숙들의 안색도 굳어졌다.

'허공답보(虛空踏步)!'

위지세가주인 위지영은 자신도 모르게 주먹을 쥐었다. 운소명의 신형이 아주 잠시지만 허공중에 멈춰져 있는 것 같았기 때문이다. 아주 찰나의 순간이지만 허공을 밟고 서 있는 것 같은 착각이 든 것이다.

순간 위지영은 고개를 돌려 추파영을 보았다. 이곳에서 그러한 변화를 읽을 수 있는 인물은 추파영밖에 없었기 때문이다. 하지만 추파영의 얼굴엔 아무런 변화도 안 보였다. 문득 위지영은 자신이 착각한 것인가 하는 생각이 들었다.

"부운공(浮雲功:구름이 떠다니듯 몸을 가볍게 만든다)을 펼치면서 검기를 막다니… 대단한 놈이군."

문득 제갈현의 목소리가 낮게 울렸다.

파파파팟!

공중에서 튕겨 오른 나뭇조각을 치던 운소명의 신형은 빠르지도 그렇다고 느리지도 않게 떨어졌다. 그 모습을 본 고수들의 안색은 당연히 굳어질 수밖에 없었다. 공중에 몸을 가볍게 띄우는 부운공을 펼치면서 날아드는 검기를 막기란 어려웠다. 하지만 운소명은 몸소 그것을 보여준 것이다.

'칫!'

공중에 몸이 떠 있으니 공격할 기회가 보이지 않았다. 천근추를 이용해 비무대 위로 번개처럼 내려서면 천근추의 힘을 이기지 못한 바닥이 주저앉아 발이 땅에 닿을 것이다. 그리되면 패배였다.

비무대 위에서 땅으로 떨어지면 패배였기 때문이다. 하지만 천근추를 펼쳐 땅으로 떨어지다 비무대 위에 닿으려 할 때 다시 부운공을 펼쳐 몸을 가볍게 만드는 방법도 있었다.

하지만 그리되면 내공을 아래위로 움직여야 하며 짧은 순간이지만 천근추에서 부운공으로 내력을 전환할 때 빈틈이 생긴다. 유신은 절대 그 빈틈을 놓칠 위인이 아니었다. 유신이 기다리는 건 천근추를 펼쳐 비무대 위로 내려오는 그 짧은 순간일 것이다.

유신은 운소명에게 펼치던 검기를 거두더니 이내 비무대 위를 향해 마치 부챗살을 펼치듯 강한 풍압과 함께 때렸다.

파파팟!

나무로 만든 비무대가 비명이라도 지르는 듯 순식간에 흩어지기 시작하자 운소명의 안색이 굳어졌다. 유신이 설마하니 발 디딜 곳을 없앨 줄은 몰랐기 때문이다. 잠시 당황했으나 충격으로 부서지며 솟아오르는 두 개의 나무판자를 섭선으로 내려쳤다.

파팍!

두 개의 판자가 청석 바닥에 박혔다. 운소명은 이내 원을 그리며 천천히 그 위로 발을 올렸다.

"우오오오오!"

짝! 짝! 짝!

마치 우아한 학 한 마리가 땅에 내려오는 것처럼 부서진 비무대를 대신해 나무판자 위에 서자 사람들은 박수와 함께 탄성을 터뜨렸다. 공중에서 마치 곡예를 하듯 하는 그의 움직임은 유연했다.

"좋은 임기응변이오."

유신 역시 운소명의 자연스러운 움직임에 고개를 끄덕였다. 유신은 운소명을 쉽게 이길 거란 생각을 하지 않았기에 크게 실망하지는 않았다. 단지 그의 내력이 심상치 않다는 것을 알고 많은 의구심이 들었다.

'기연이라도 얻은 것인가?'

유신은 내공만큼은 운소명에게 뒤지지 않을 거라고 자신했었다. 하지만 운소명의 내공은 자신이 생각하는 것 이상으로 뛰어났다. 거기다 지금도 그는 여유로운 모습을 하고 있지 않은가?

"겨우 떨어지는 것을 모면한 것 같소."

운소명은 말을 하며 다시 한 번 가볍게 판자를 차며 유신에게 날아들었다. 유신은 기다렸다는 듯이 검을 들어 운소명의 미간을 찔러갔다. 번개 같은 섬광이 작게 번뜩였고 운소명은 몸을 비틀어 피한 후 섭선을 펼쳐 유신의 발밑을 노렸다.

파곽!

강한 풍압에 나무들이 튀었고, 유신이 눈앞을 가리는 나뭇조각을 쳐가며 뒤로 물러섰다. 운소명은 망설이지 않고 계속해서 남은 비무대를 무너뜨리며 유신의 발밑을 쳐갔다.

파파팟!

뒤로 물러서는 유신은 어느새 비무대의 끝에 다다르자 안색을 굳히며 강한 풍압과 함께 검풍을 만들어 전방을 쓸어갔다. 순간 '쾅!' 하는 소리와 함께 운소명의 신형이 풍압에 정통으로 부딪쳐 뒤로 날아갔다.

"음……."

신음성을 흘린 운소명은 몸을 회전하며 땅에 박은 나무판자 위에 내려섰다.

파팟!

순간 유신의 발밑에서 균열이 일어나며 비무대가 주저앉

자 유신 역시 재빠르게 나무 두 개를 검으로 쳐서 올린 후 바닥에 박고 내려섰다. 그 한 수에 사람들이 환호했다.

이제 바닥엔 조각난 나뭇조각들만 널브러져 있을 뿐이었다. 땅에 먼저 발이 닿는 사람이 패하게 된 것이다.

팍!

섭선을 펼쳐 부채질을 하던 운소명은 섭선이 이내 조각나 부서져 내리자 안색을 굳혔다.

"견디는 게 용하지……."

운소명은 유신의 검격을 몇 번이고 견딘 섭선이 대단하다고 생각하며 중얼거렸다. 이제 빈손이 되었고, 맨손으로 검을 든 유신을 상대해야 했다. 그리고 지금은 맨손인 운소명에 비해 검을 든 유신이 훨씬 유리했다.

팟!

그것을 잘 알기 때문일까? 먼저 치고 허공으로 떠오른 것은 유신이었고 운소명이 마주 날았다. 사람들의 눈엔 둘이 거의 동시에 허공으로 뛰어오른 것 같았으나 약간의 시간차를 두고 있었다.

쉬쉭!

검기와 함께 유신의 신형이 운소명을 잡아먹을 듯 날았고 운소명은 몸을 회전하며 검기를 피함과 동시에 유신의 안면으로 정권을 날렸다.

파파팟!

허공중에서 둘의 신형이 교차하며 유신이 아래에서 위로 검을 움직였고, 운소명은 검을 피하며 몸을 뒤집어 마치 지나치듯 피해갔다.

탁! 탁!

둘의 신형이 거의 동시에 서로의 반대편에 박힌 판자 위로 떨어져 내렸다. 공중에서 짧은 순간 운소명은 세 번의 주먹과 두 번의 발차기를 하였고, 유신은 다섯 번의 검선을 그렸다. 그 모습을 똑똑히 본 사람은 이 중에 몇 명 없을 것이다.

"무서운 놈······."

운소명은 양팔에서 느껴지는 고통에 안색을 찌푸리며 중얼거렸다. 곧 양어깨와 팔뚝에서 혈선이 나타나더니 핏방울을 흘리기 시작했다. 유신 역시 안색을 찌푸리고 있었는데 왼 어깨의 옷자락이 터져 나간 듯 뜯겨져 나가 있었다. 그리고 푸른 살이 모습을 보이고 있었다. 피멍이 든 것이다. 일권을 막지 못하고 왼 어깨에 맞은 것이다.

"결판을 내야 할 것 같소."

유신의 목소리가 낮게 울리며 들려오자 운소명은 슬쩍 미소를 보였다.

"끝난 것 같은데?"

"흥!"

유신은 그 말에 어디에서 그런 근거없는 자심감이 나오는지 모르겠다는 표정으로 강한 기도를 뿌리며 발에 힘을 주었다. 그 순간 '팟!' 하는 소리와 함께 유신의 신형이 비틀거리다 바닥에 내려섰다. 유신은 어이없다는 듯 절단된 나무판자를 바라보았다. 왼편에서 사선으로 깨끗하게 잘려진 판자의 절단면은 오른쪽 끝부분에서 깨끗함이 멈춰져 있었다. 힘만 주면 잘리게끔 미리 손을 쓴 것이다.

자신이 서 있기 전엔 운소명이 서 있던 나무판자였다. 십여 장의 거리를 날아와 내려앉을 때도 이렇게 잘리지 않은 판자였다. 그렇기 때문에 아무런 의심을 하지 않았고, 설마하니 이런 수를 미리 쓸 줄은 꿈에도 생각지 못하였다.

구경하던 사람들도 매우 놀랍다는 듯 눈을 부릅떴으며 제갈현은 자리에서 벌떡 일어섰다. 설마하니 유신이 질 줄은 몰랐기 때문이다.

나무판자를 미리 자른 것은 어찌 보면 속임수일수도 있으나 서로 비무를 하고 있는 상태였고 상대방의 움직임 하나까지 놓치기 힘든 게 비무였다. 그런 비무에서 유신이 그것을 못 본 게 실수였다.

속임수니 이 비무는 무효라고 말하는 것 자체가 자신의 실력이 낮아 상대방의 손도 못 보았다고 말하는 꼴이었다.

"허······."

유신은 결국 허탈한 숨을 내쉬더니 이내 검을 거두었다.

"내가 졌소."

유신의 말에 운소명은 그럼 그렇지라는 표정으로 고개를 끄덕이며 바닥에 내려섰다.

"와아아아아!"

"……!"

순간 강력한 함성 소리가 메아리 치자 저도 모르게 운소명은 어깨를 흠칫거렸다. 지금까지 터져 나온 함성과는 전혀 달랐기 때문이다. 그 소리에 왜 어깨가 떨리는 것일까? 운소명은 잠시 멍하니 서서 사람들의 함성 소리를 듣고 있었다.

"저는 유 소협이 패했다고 생각하지 않아요. 유 소협은 자신의 실력을 제대로 발휘하지 못했잖아요?"

후기지수들 사이로 걸어가는 유신의 앞으로 안타까운 표정의 이자수가 나서며 말했다. 그러자 유신은 고개를 저으며 짧게 숨을 내쉬곤 입을 열었다.

"내가 패한 건… 그가 언제 판자에 손을 썼는지 못 보았기 때문이오. 처음 빨리 끝내기 위해 비무대를 없앤 게 실수였소."

유신은 그렇게 말하곤 살짝 미소를 보였다. 그러자 이자수가 다른 말을 하려는 듯 나서려다 남궁옥이 어깨를 잡고 고개를 흔들자 뒤로 물러섰다.

"걱정하지 마시오, 실망한 것은 없으니. 그리고."

유신은 이자수에게 말을 하다 이내 함성 속에서 손을 흔드는 운소명의 모습을 슬쩍 바라보았다. 예전과는 전혀 다른 사람이 된 것 같은 그의 모습에 이질감이 느껴졌다.

"저자도 알 것이오. 서로 최선을 다하지 못했다는 사실을……."

유신은 곧 걸음을 옮겼다. 그가 빠르게 사라지자 이자수는 입술을 깨물었다. 검강을 펼칠 수 있었다면 분명 유신이 이겼을 것이다. 하지만 이곳에선 검강을 펼칠 수는 없었다. 구경하는 사람들이 다치기 때문이다. 그것을 알기에 안타까웠고 유신의 패배를 인정할 수가 없었다. 그런데 서로 최선을 다하지 않았다는 말에 놀랍다는 생각이 들었다.

'설마…….'

이자수는 사람들에게 박수를 받고 있는 운소명의 실력이 유신과 비슷한 수준이란 것을 믿기 힘들다는 표정으로 쳐다보았다.

* * *

사람이 달라지는 것은 한순간이다. 운소명은 전과는 전혀 다른 대우를 해주는 사람들의 모습에서 기분 좋음을 느낄 수가 있었다. 그냥 좋다라는 것과 조금 다른 쾌감 같은 기분이랄까? 운소명은 생전 느껴보지 못한 감정을 읽게 되자 잠시 스스로에게 당황하였다.

숙소도 옮겨졌다. 잘 꾸며진 정원이 딸린 별채를 내준 것이다. 귀빈들이 오면 머무는 곳에 운소명은 오게 되었고 시비들도 두 명 붙여주어 수발을 들게 해주었다. 이 모든 게 생소하기만 했다. 그리고 유령도를 위지세가의 가주인 위지영으로부터 직접 건네받게 되자 성취감에 기뻐했다.

그때 웃은 것은 정말 기분이 좋아 웃은 것이었다. 유령도를 손에 쥐는 그 짧은 순간만큼은 정말로 기뻤기 때문이다. 정당하게 무언가를 얻는다는 게 쉬운 일이 아니라는 것을 잘 알기에 더욱 기뻤다. 이로써 사람들에게 자신의 이름 석 자를 더욱 확고하게 알릴 수 있게 되었다.

저녁이 되자 위지상이 사람을 보내 저녁 식사에 초대했다. 위지세가에서 주최한 무술대회에 우승했으니 가주와 식사를 하는 게 당연했으나 운소명은 어른들과 함께 있는 게 불편해 위지영의 초대를 정중히 거절하였었다.

그 소식을 들었는지 위지상이 초대한 것으로 보였다. 위지상의 초대마저 거절하면 위지세가의 체면을 무시하는 것이 되기 때문에 운소명은 허락하고 그 자리에 참가했다.

위지상의 거처에 들어가자 이미 다른 젊은이들이 먼저 와서 그가 오기를 기다리고 있었다. 남궁 남매부터 모용 남매와 막씨 남매들도 있었다. 그 외에 이자수가 앉아 있었는데, 그녀는 조금 날카로운 기운을 풍기고 있었다. 아무래도 유신을 이긴 게 마음에 들지 않는 모양이었다.

'편안하게 검강을 사용할 수 있는 곳이었다면 아무리 운소협이라 해도 이기지 못했을 것이야… 분명.'

이자수는 걸어오는 운소명과 수인사를 나누는 사람들의 모습을 쳐다보며 생각했다. 그리고 자신도 운소명과 인사를 한 후 자리에 앉았으나 다른 사람들은 그녀의 기분이 좋지 않다는 것을 표정으로 알 수 있었다.

운소명이 오기를 기다렸다는 듯 그가 의자에 앉자 넓은 식탁 위에 음식들이 차려지기 시작했다. 십여 명의 시비가 열심히 음식을 나르며 시중을 들었고 사람들은 대화를 나누기 시작했다. 물론 그 화제의 중심에는 운소명이 있었다.

"솔직히 유 소협을 이길 줄은 몰랐소. 물론 운이 따랐다고도 봐야겠지만 말이오."

막영의 말에 모용세가 살짝 눈살을 찌푸렸다. 운소명이 이긴 것은 운이 좋았기 때문이라고 말하는 것처럼 들렸기 때문이다. 이는 무척 실례되는 말이기도 했다. 하지만 운소명은 기분 좋은 미소를 보이며 고개를 끄덕였다.

"물론이지요. 그분처럼 대단한 분은 지금까지 만나본 적이 없소이다. 아마… 구경하는 사람들 때문에 그 실력을 십분 발휘하지 못했을 것이 분명하오. 만약 그분이 자신의 실력을 발휘했다면 저는 패했을 것입니다."

운소명의 말에 사람들은 의외라는 듯 운소명을 쳐다보았다. 자신을 낮추는 일이 말처럼 쉬운 일은 아니기 때문이다. 그리고 스스로 운이 좋았다고 인정하는 것조차 쉬운 게 아니었다. 보통 화를 내는 게 당연한 일일 것이다.

"운이라곤 하나 뛰어난 기지였소. 어떻게 그 상황에서 그런 생각을 하게 되었는지 모르겠소이다. 대단하오."

남궁진이 운소명의 임기응변을 칭찬하자 곧 위지상이 술잔을 들어 올리며 말했다.

"자, 운 소협의 우승을 축하하며 한잔해요. 물론 운 소협은 석 잔을 마셔야 해요. 우승 기념이니까요."

위지상의 반 강요적인 말에 운소명은 기분 좋은 표정으로 석 잔의 술을 마셨다. 그리곤 잡다한 대화들이 오가기 시작했다. 그러다 위지상이 운소명에게 궁금한 표정으로 물었다.

"그런데 운 소협께선 어떻게 하시다가 본 가의 무술대회에 참가하게 되었나요?"

운소명은 그 질문에 천천히 대답했다.

"본래 도가 하나 있었는데 어떻게 하다 보니 잃어버리게 되었소. 그런데 마침 위지세가에서 유령도라는 명도를 내걸고 무술대회를 연다기에 참가하게 된 것이오."

운소명의 대답에 막조희가 눈을 반짝이며 물었다.

"도법을 쓰시면서 맨손으로 우승한 건가요?"

"어떻게 하다 보니 그렇게 되었소."

"아아… 그렇구나. 유 소협도 실력을 감추었지만 운 소협도 실력을 감춘 것이군요? 그렇게 생각하면 되지요?"

막조희의 말에 운소명은 술잔을 들며 고개를 끄덕였다.

"강호에선 삼 할은 숨기라고 하지 않소? 옛 성인들의 말씀을 따랐을 뿐이오."

운소명의 대답에 막조희는 피식거리며 어깨를 으쓱해 보였다. 그 모습이 꽤나 귀여웠는지 운소명은 눈웃음을 그렸다.

"그런데 운 소협은 앞으로도 여행을 다닐 생각이오?"

남궁진이 슬쩍 질문을 던지자 사람들의 눈빛이 변했다. 그 의도가 눈에 보이는 것처럼 느껴졌기 때문이다.

"아직 못 가본 곳이 많아 열심히 다닐 생각이오."

"이 이후에 특별히 가고 싶은 곳이 없다면 남궁세가로 오겠소? 강소성은 유랑하기 좋은 곳이고 절강성과 강서성도 가까워 머물다 가는 것도 좋을 것이오."

"절강성은 정말 가보고 싶은 곳이고, 물론 강소성도 마찬가지로 가고 싶소. 거기다 무림맹도 강소성에 있지 않소이까?"

운소명의 대답에 남궁진은 미소를 보이며 다시 말했다.

"무림맹도 가깝고 포양호에 유람선을 띄워 노는 것도 운치 있는 일이라오."

남궁진의 말에 마음이 움직이는 듯 운소명의 표정이 밝게 변하자 위지상이 말했다.

"운 소협은 본 가에서 며칠 머물다 가실 거예요. 아직 본 가의 손님이시니 그 이후의 일은 본 가를 나간 후에 정해도 될 듯해요."

위지상의 말에 남궁진은 그녀가 운소명을 영입하려 한다는 사실을 알 수 있었다. 그런 마음은 모용세나 막영도 가지고 있었기에 남궁진의 한 수 빠른 대응에 아차 싶어했다. 한데 위지상이 중간에 끼어들자 내심 기뻐했다.

'본 가에 데려간다면 아버님도 기뻐하실 게 분명해.'

막영은 그런 생각을 하며 옆에 앉은 막조희를 쳐다보았다. 막조희는 막영의 시선에 미미하게 고개를 끄덕였다. 이미 이곳으로 오면서 막영의 말을 들었기 때문이다. 운소명을 막씨세가로 데려가자는 뜻을 전한 것이었다.

막조희 역시 운소명이 싫지는 않았기에 데려간다면 좋을 거란 생각을 하였다. 고수는 많을수록 세가에 유리했고 나이가 어리면 어릴수록 더욱 좋았다. 자신과 놀아줄 사람이 필요했는지도 모른다.

분위기를 읽은 남궁진은 눈을 반짝이며 화제를 바꾸려는 듯 운소명에게 물었다.

"그런데 언제 그런 수를 쓴 것이오? 그 와중에 그런 생각을 할 수 있다는 것만으로도 대단한 것 같소."

"처음 땅에 나무를 박을 때 손을 쓴 것이오."

운소명의 말에 모두들 고개를 끄덕였다. 그 와중에 그런 기지를 발휘했다는 것에 다들 놀라고 있었다. 처음 공중에 떠 있을 때는 유신의 검기를 피하는 것만으로도 부족해 보였기 때문이다.

'의외로 실전 경험이 많은 사람일지도 모른다.'

문득 남궁진의 머릿속을 스치고 지나가는 생각이었다.

'흥미롭군… 정말 초출일까?'

남궁진은 가만히 미소를 그리며 운소명을 쳐다보았다. 운소명은 남궁진의 시선이 부담스러울 뿐이었다. 무엇보다 남궁진의 옆에 앉아 있는 남궁옥의 존재가 껄끄러웠다.

'남매가 사람을 잘 괴롭히는군 그래.'

운소명은 속으로 생각하며 이자를 빨리 피하는 게 나을 것 같다고 결론지었다. 하지만 쉽게 끝날 자리는 아니었다. 이 자리의 주인공은 자신이었기 때문이다.

밤 깊은 자시가 되어서야 자리를 파하고 돌아온 운소명은 유령도를 허리에 찼다. 그제야 깊은 한숨을 내쉴 수가 있었다. 마음이 편안하게 가라앉은 것이다. 아무리 그라 해도 그런 자리는 어려울 수밖에 없었고 신경 써야 할 것들이 많이 있었다.

'이 짓도 힘들군.'

사람 좋은 미소를 얼굴에 매달고 다니는 것도 어렵다는 것을 새삼 느끼는 중이었다. 하지만 한동안은 계속 이렇게 다녀야 했다.

방 안에 앉아 있는 제갈현은 기분이 좋은 듯 보였다. 유령도를 획득하는 데 실패했다면 당연히 화가 날 만도 했지만 지금의 모습에선 그런 것을 찾을 수가 없었다.

"무림은 정말 넓어……."

제갈현은 수염을 쓰다듬으며 숨은 고수들이 바닷가의 모래알처럼 많다는 것을 다시 한 번 느꼈다. 비록 젊은 후배에 불과했지만 그가 앞으로 어떻게 커갈지 기대가 됐다. 더욱이 앞으로 무림맹에서 자리를 지금보다 더욱 확고하게 잡으려면 그런 젊은 신진고수들이 필요했다. 유신은 맹주의 사람이기 때문에 자신의 측근이 될 수는 없었다.

"유신입니다."

"들어오게."

제갈현의 목소리가 낮게 울리자 유신이 안으로 들어왔다. 그가 들어오자 제갈현은 마치 딴 사람이라도 된 듯 좀 전의 기분 좋은 표정을 감추고 굳은 눈동자로 유신을 쳐다보았다.

"죄송합니다. 뜻을 이루지 못했습니다."

"흠……."

제갈현은 잠시 짧게 숨을 내쉬었다. 무림맹의 임무라면 이것도 임무였기에 실패라는 의미는 상당히 컸다. 큰 책임을 묻지는 않을 것이나 이력에 남을 일이었다.

"그저 운이 없었을 뿐이네."

제갈현은 한참 만에 조용히 말을 하곤 입을 닫았다. 특별히 해줄 말이 없었다. 그의 말처럼 유신이 자신의 기량을 마음껏 발휘할 수 있는 장소가 아니었고 비무는 거의 해본 적이 없는 인물이었다. 죽이는 일보다 어려운 게 비무였다. 아직 비무에 익숙지 않은 점도 그에겐 부담이었을 것이다.

"죄송합니다."

유신은 짧게 말하며 자리에서 일어섰다. 제갈현이 입을 닫고 있었기에 더 이상 앉아 있을 수 없었다. 무언은 곧 나가라는 축객령과도 같았기에 유신은 천천히 밖으로 나갔다. 곧 제갈현은 수염을 쓰다듬으며 눈을 반짝이기 시작했다.
"그런데 어떻게 영입하지……?"
제갈현의 머리에선 이미 유령도가 떠난 지 오래였다. 명도라곤 하나 사람보다 귀하지는 않았다.
정지요유재득인(政之要惟在得人)이란 말이 있다. 당태종이 했던 말로 정치에 필요한 것은 사람이란 뜻이다.
그리고 제갈현은 지금 정치를 하려고 한다.

아직 해가 뜨려면 시간이 좀 남은 이른 새벽, 위지세가의 문을 천천히 걸어나오는 청년이 있었다. 그는 백의를 입은 청년으로 허리에는 백색 도신이 인상적인 도를 차고 있었다.
운소명이었다. 목적을 이루어 더 이상 이곳에 볼일이 없었기에 이른 아침부터 세가를 빠져나온 것이다.
위지세가의 정문을 벗어나 얼마 못 가서 운소명은 잠시 걸음을 멈추고 우측을 쳐다보았다. 새벽녘의 어둡고 푸르스름한 빛을 받으며 한 사람이 걸어오자 운소명의 눈동자가 반짝였다.
다른 이유가 있어서 그런 것은 아니다. 단지 자신이 예상했던 유신이 아니라 다른 사람이 나타났기 때문이다. 전혀 생각지도 못했던 사람의 얼굴을 보게 되자 운소명은 안색을 찌푸리다 이내 표정을 굳혔다.

"남궁 소저."

남궁옥의 등장에 놀란 것일까? 운소명의 목소리를 통해 들리는 차가움에 남궁옥은 경계의 눈빛으로 한 발 다가섰다.

"갈 것 같았어요."

"마치 나에 대해 잘 아는 사람처럼 말을 하는군."

"다른 사람들과 비교하면 잘 알지 않을까요?"

남궁옥의 말에 운소명은 그녀의 목소리가 약간 경직된 것을 느낄 수가 있었다. 상당히 긴장하고 있는 게 분명했다.

"겁을 먹은 건가? 목소리가 떨리는 것 같은데? 그런 상태로 용케 서 있군."

운소명은 잠시 짧게 숨을 내쉰 뒤 긴장을 풀어주기라도 하려는 듯 눈웃음을 그리며 물었다.

"그런데 남궁세가의 귀한 여식께서 새벽 이슬을 맞으며 나를 기다린 이유는?"

"특별한 건 없어요. 왠지… 기다리면 나타날 것 같아서."

남궁옥의 말에 운소명은 어이없다는 듯 남궁옥을 쳐다보았다. 고작 그런 이유로 자신의 앞을 막은 것일까? 만약 그랬다면 조금 위험하다는 생각이 들었다. 그런 생각이 여실히 표정으로 드러나자 남궁옥이 빠르게 말했다.

"그거 아세요? 무림맹주가 쓰러졌다고 하네요. 며칠 살지 못한다고들 해요."

"……!"

갑작스러운 말에 운소명의 눈동자가 흔들리자 남궁옥은 미미하게 고개를 끄덕이며 자신의 말에 동요하는 그의 모습을 살폈다. 과거 처음 만났을 때완 전혀 다른 사람 같은 그의 모습에 많이 놀랐으나 새삼 사람이 변했다는 것이 호기심을 자극했다.

하지만 가까이 하기엔 위험한 사람이었다. 그 생각은 여전히 변하지 않았다. 그래도 다른 사람들은 모르는 무살의 모습을 자신은 알고 있다는 것에서 왠지 모를 희열감이 느껴졌다.

"미안하지만 큰 정보는 아닌 것 같군. 그 이야기를 하려고 온 건가?"

"그래요. 하지만 큰 정보가 아닌 것치곤 많이 놀라고 있는 것 같은데요?"

남궁옥은 긴장감이 풀렸는지 날카로운 눈매로 쳐다보았다. 운소명이 자신을 죽이지 않을 거란 확신을 가지기 시작하자 용기가 생겨났다. 그 변화를 안 것일까?

"재미있는 여자로군."

말을 한 운소명의 눈동자가 탐욕스럽게 번뜩이며 남궁옥의 전신을 살폈다. 순간 남궁옥은 한기가 조여오는 듯한 기분을 느껴야 했다. 마치 먹이를 노리는 짐승의 눈동자였다.

"내게 흥미라도 있는 건가?"

슥!

말과 동시에 마치 허공에 떠 있는 사람처럼 미끄러지듯 남궁옥의 면전 앞으로 다가온 운소명은 놀란 토끼 눈처럼 둥글게 떠진 남궁옥의 볼을 만졌다. 짙은 남자의 체향이 감각을 자극하자 남궁옥은 전신을 크게 떨더니 곧 수치심을 느꼈는지 노기 어린 표정으로 뒤로 물러섰다.

"착각하지 마세요. 전 당신 같은 천민에게 호감을 느낄 정도로 가벼운 여자가 아니에요."

천민이란 말에 화가 날 만도 했으나 운소명 역시 무례했기 때문에 크게 신경 쓰지 않았다. 단지 남궁옥의 입에서 천민이란 말이 나온 게 의외라면 의외였다. 전혀 세속적인 말을 할 것 같은 사람으론 안 보였기 때문이다.

"그럼 다행이고."

운소명은 입꼬리를 살짝 올리곤 이내 손을 흔들며 남궁옥을 지나쳐 길을 걸었다. 남궁옥은 짧게 숨을 내쉬며 고개를 내저었다. 복수를 하기 위해 나타났다면 말리고 싶었을 뿐이다. 무림맹과 적이 된다는 건 자신과 적이 되기 때문이다.

한참 동안 길을 걷던 운소명은 동이 터오는 산등선을 쳐다보다 이내 안색을 찌푸리며 입술을 깨물었다.

'맹주가… 쓰러져?'

안면 근육이 일그러졌다. 주먹을 쥔 손은 크게 떨리고 있었으며 옷자락은 마치 공기가 가득 찬 모습처럼 차올랐다. 자신을 쳐다보며 썩은 미소와 달콤한 거짓의 정을 보여주었던 사람이었다.

"후후… 조만간 죽겠군."

第二章
사람들이 알아본다

사람들이 알아본다

 동정호를 중심으로 꽤 많은 마을들이 늘어서 있었다. 그 가운데 가장 큰 마을이 악양이었고, 악양은 고대로부터 중요 군사의 요충지라 수많은 환난을 겪은 도시이기도 했다. 하지만 요충지인만큼 사람들은 여전히 많았고 늘 변화한 도시가 악양이었다.

 악양에서 남쪽으로 이백여 리 떨어진 곳에 자리한 용촌은 작은 마을로, 차밭이 작은 산들 사이로 마치 화원처럼 펼쳐진 경치 좋은 마을이었다. 이곳 사람들은 일 년 내내 차농사를 지으며 살고 있었고 용촌의 대다수 땅을 가진 이가는 마을의 가장 한가운데에 대저택을 가지고 있었다. 이가장을 중심으로 용촌이란 마을이 형성되어 있었기에 이가촌이라고도 불리었다.

이가촌의 옆으로 작은 강이 흘렀는데 이곳 사람들은 석하(石河)라 불렀다. 냇물의 바닥이 작은 자갈들로 이루어져 있었기 때문인데 깊지도 않아 아이들이 놀기에는 딱 좋은 강이었다.

이가촌을 끼고 도는 석하의 강변에 서 있던 청년은 해가 중천에 떠오르자 자리에서 일어나 천천히 걸음을 옮겼다. 그는 운소명으로 위지세가를 나온 후 이곳에 온 것이다.

'청청이 죽었다니……'

운소명은 문청청과 자신만의 은거지인 이곳에 오자 다시 한 번 문청청이 죽었다는 게 실감되었다. 사실 그녀의 죽음을 쉽게 믿지 못하였다. 그녀는 무슨 일이 있어도 자신이 살아날 구멍을 만드는 여자였고 너무 많은 사실들을 알기에 쉽게 당할 여자가 아니었다.

구법의 입으로 문청청이 죽었다는 말을 들었을 때도 쉽게 분노하지 못한 게 그러한 이유에서였다. 홍천을 주관했던 여자인데 그리 쉽게 죽을까? 그동안 홍천에서 해온 일이 그리 쉽게 죽을 만큼 편한 일이었을까? 결코 그렇지 않았다.

석하변에 자리한 작은 집 안으로 들어간 운소명은 낡은 의자에 앉아 탁자 위에 올려진 상자를 쳐다보았다. 벌써 열어본 상자였고 문청청이 지니고 다니던 물건들이 들어 있는 상자였다. 그런데 이상하게도 물건은 없고 책 한 권만 들어 있었다.

문청청과 함께 비밀스럽게 만든 세 군데 중 하나가 이곳 이가촌이었다. 과거 신조영이 죽은 죽녹원도 그중 하나였고, 장사에 또 하나가 있었다.

잠시 멍하니 앉아 자신이 홍천일 때 해오던 일들을 떠올렸다. 그러자 그저 사람을 죽이는 일뿐이었단 것에 자조 섞인 미소를 그릴 수밖에 없었다. 문득 유신이 한 말이 떠올랐다. 절대 홍천에서 벗어나지 못한다는 말과도 같은 그의 눈동자가 기분 나쁘게 다가왔다. 하지만 그의 말도 맞는 말이었다.

'미치도록… 살인을 하고 싶다.'

무림맹주가 쓰러진 것은 사실이었다. 그는 오랜 지병을 앓고 있었으며 일어서지도 못한 채 누워만 있다고 한다. 마치 타다 남은 불씨처럼 그의 생명은 언제 꺼질지 모르는 상태였다.

그러한 소문까지 듣게 되자 더욱 기분이 좋지 않았다. 자신이 나온 이유 중에 하나가 그였기 때문이다. 기분이 더러워지면서 살인이 최고라는 생각이 문득 들었다.

붉은 피가 보고 싶었다.

"휴……."

길게 숨을 내쉰 운소명은 상자를 열어 책을 하나 꺼내 펼쳤다. 이미 살펴본 홍천에 대한 일들이 적힌 책이었다. 문청청이 나름대로 조사한 것으로 그녀의 필체가 분명했기에 운소명은 책의 내용을 신뢰하였다.

지금까지 다섯 명의 군주가 있는 것으로 알고 있었다. 하지만 홍천은 그중 한 사람인 무림맹주의 직속일 뿐인 것 같다. 그렇다면 다섯 명의 군주는 도대체 어떤 사람일까?

그중 한 명은 관부가 확실한 것으로 보인다. 관부가 무림에 관여를 하는 것일까? 구법의 조사에 따르면 관부에선 매년 비정기적으로 무림맹에 사람을 보내는 것으로 확인되었다. 물론 맹주는 이러한 사실을 모른다. 구법이 관부를 조사한 사실에 대해선 알릴 수가 없었다.

또 한 사람은 우습게도 우리가 그렇게 죽이려 했던 하오문인 것 같다. 하지만 문득 이런 생각도 들었다. 하오문도 어딘가에 소속된 것이 아닐까?

다섯 명의 군주라면 적어도 한 사람 한 사람이 무림맹주와 동등한 능력을 지닌 자들이거나 세력을 가진 자들일 것이다.

그런데 하오문은 그들과 어깨를 나란히 할 만큼 강대한 세력을 지니지 못하고 있다. 만약 이 다섯 명이 전 강호라면… 두렵다…….

운소명의 눈동자는 무심하게 가라앉아 있었다. 글을 읽는 눈동자에선 어떠한 생각도 읽을 수 없었다. 단지 문청청의 글 중 두렵다는 글에 시선을 집중하고 있을 뿐이었다.
'전 강호라…….'
운소명은 곧 책장을 넘겼다.

백화성과 무림맹의 관계는 도대체 어떤 것일까? 단순한 원한? 깊이 파고들어 가면 들어갈수록 마치 안개에 가려진 산속을 헤매는 것처럼 아무것도 볼 수 없는 두려움과 싸우는 기분이 든다.
은원 관계를 떠나 더 깊은 관계가 아니었을까? 가장 최근에 일어난 무림맹과 백화성의 싸움은 두 세력의 원한이 폭발한 사건이었다. 무엇보다 백화성주의 제자와 맹주의 제자가 죽은 사건이었다. 그런데 그 죽음에 가장 큰 영향을 준 장림은 어떻게 살아 있을까?
정말 맹주의 부탁으로 백화성주가 용서해 준 것일까? 내 자식이 다른 사람의 손에 죽었다면 과연 가만히 있을까? 나라도 직접 손을 쓸 것이다. 그런데 장림은 살아 있었다. 평화를 위해? 서로의 피해가 커지니까?

사람들이 알아본다

지금도 백화성과 무림맹은 서로 반목하며 이름없는 사람들이 어둠 속에서 서로를 죽이고 죽어간다. 그들의 죽음은 당연한 것일까?

"흠······."

운소명은 깊게 숨을 내쉬며 책장을 넘기고 있었다. 그의 머릿속엔 여전히 아무런 생각이 없는 것처럼 보였다. 단지 있는 그대로 문청청이 적은 글을 받아들이는 것뿐이었다.

이제 시간이 없다. 사형이 살아 있어 이 글을 본다면 멀리 도망치라고 말해주고 싶다.

탁!

책을 덮은 운소명은 곧 상자 안에 책을 넣었다. 그리곤 눈을 감았다.

'도망칠 곳은 어디에도 없어······.'

화르륵!

타오르는 불꽃은 한낮의 태양처럼 뜨거웠다. 그 속엔 나무상자 하나도 있었는데 문청청의 물건이 든 상자였다. 물론 책 역시도 안에서 타고 있었다. 그 앞에 서 있는 운소명은 타고 있는 상자를 쳐다보았다. 마치 문청청의 시신을 태우는 것 같은 표정이었다.

"네가 살아 있었다면… 좀 더 편할 텐데……."

가만히 중얼거린 후 자신이 생각해도 우스운지 쓰게 웃었다. 기껏 한다는 말이 있으면 편하다는 말이었다. 이미 죽은 사람에게 할 말은 아닌 것처럼 생각되어 웃은 것이다.

불은 저녁이 될 때까지 타올랐으며 해가 지자 운소명은 다시 집 안으로 들어갔다.

* * *

"아가씨이이!"

길게 부르는 시비의 목소리는 마치 거대한 사건이라도 난 것처럼 호들갑스러웠다.

타닥!

발소리도 요란하게 아름답게 가꾸어진 정원을 가로질러 냇물과 대나무가 어우러진 죽림로를 달리는 시비는 치맛자락을 손으로 잡은 채 연신 아가씨라는 외침을 토해내고 있었다.

"아가씨! 아가씨!"

목청 높여 부르며 달리던 시비는 죽림로의 끝에 맑은 거울처럼 펼쳐진 호숫가에 서 있는 취색 궁장의의 소녀를 발견하자 반색하며 더욱 목청을 높였다.

"아가씨!"

외침 소리에 가만히 눈을 뜬 소녀는 조금 작은 키였다. 하지만 동그란 눈에 마치 조각이라도 한 것 같은 얼굴은 누구라도 첫눈에 반할 것 같은 여성스러움과 소녀의 모습을 함께 가지고 있었다.

또한 길게 늘어뜨린 흑발은 엉덩이를 덮었으며 산들바람에 한 올 한 올 날리는 모습은 한 폭의 그림을 보는 것처럼 조화로웠다.

그녀는 달려오는 시비를 바라보며 살짝 아미를 찌푸렸다. 명상에 잠겨 있다가 시비의 목소리로 방해받아 깨어났기 때문이다. 하지만 그러한 노기도 금세 사라졌다. 달려오는 시비의 모습이 안쓰럽기도 하고 우습기도 했기 때문이다.

"무슨 일이니?"

소녀의 물음에 가까이 다가온 앵앵은 허리를 숙이며 숨을 몰아쉬었다. 곧 호흡을 고른 앵앵이 빠르게 말했다.

"지금 가주님께서 아가씨를 모셔오래요. 성에서 사람이 왔는데 성주님께서 아가씨를 후보로 지목하셨다고 해요."

"응?"

소녀는 아미를 찌푸리며 앵앵의 말이 무슨 말인지 잘 이해하지 못한 것 같은 표정을 보였다. 그러자 앵앵이 어깨를 흔들며 말했다.

"성주 후보요, 다음 대 성주 후보. 오늘 아침 발표를 하셨는데 아가씨께서 그 후보 네 명 중에 들어가셨다구요!"

앵앵의 목소리가 커지자 소녀는 조금 놀란 듯 눈을 크게 떴으나 이내 가볍게 미소를 보이며 말했다.

"무슨 말인지 알겠으니 그리 독촉하지 마라. 하지만 그 일이 그리 기뻐할 일은 아닌 것 같은데······."

소녀는 이내 천천히 걸음을 옮기기 시작했다. 그 뒤로 앵앵이 따르며 이런저런 이야기를 쏟아내고 있었다.

방 안은 그리 넓지 않았다. 백화성에서 최고의 세력가라 불리는 묵가의 가주가 지내는 집무실치곤 검소해 보이는 방 안이었다.

중앙에 놓인 원탁에 의자는 다섯 개가 놓여져 있었고 네 사람이 앉아 있었다. 그중 상석엔 반백의 중년인이 앉아 있었는데 상당히 미남형으로 젊었을 땐 꽤나 이름을 날렸을 것 같았다.

그 옆에는 묵선명이 앉아 있었고 그 외에 날카로운 인상의 중년인과 조금 마른 중년인이 앉아 있었는데 둘 다 묵가의 인물들로 가주인 묵초열의 동생들이었다. 묵선명에겐 숙부들로, 날카로운 인상의 중년인이 묵소록이었고 마른 인물이 묵가륵이었다.

사박! 사박!

그들은 풀밭을 밟는 가느다란 소리에 일제히 고개를 돌렸다. 기다리던 묵선령이 들어오자 모두들 반색하며 그녀를 맞이했다.

"아버님과 두 분 숙부님을 뵙습니다."

묵선령이 인사하며 자리에 앉자 모두들 고개를 끄덕였다. 묵선령의 눈동자가 마치 크게 출렁이는 파도처럼 강한 기운을 뿌리고 있었기 때문이다.

"마음을 잡은 모양이구나?"

묵초열의 물음에 묵선령은 미미하게 고개를 끄덕이며 입을 열었다.

"예, 기다리고 있었어요."

묵선령의 동안과는 다르게 기백이 느껴지는 말이었고 알 수 없는 도도함까지 느껴지는 모습이었다. 그리고 그 말에 모두들 크게 웃으며 묵선령을 응원하였다. 앞으로 묵가는 묵선령을 위해서 최대한 노력할 것이 분명했다.

'누님이… 마음을 굳혔구나.'

옆에 앉아 있는 묵선명만이 어두운 눈동자를 하고 있었다.

꽃의 그림들이 늘어선 방 안은 화사한 빛이 일어나고 있는 것 같은 착각이 들었다. 창을 통해 들어오는 이름 모를 향긋한 향기는 심신을 안정되게 해주는 기공 같은 느낌이었다.

잠시 동안 방 안에 앉아 있다 보면 시인들은 시구가 떠오를 것이고 무인들은 명상에 잠길 것 같은 방이었다.

방 안에 앉아 있는 일남일녀는 묵선령과 묵선명으로 둘은 밝은 빛이 창을 통해 들어오는 창가의 탁자에 앉아 차를 마시고 있었다.

"너는 기쁘지 않은 모양이구나."

은은한 향기가 맴도는 목소리가 묵선령의 입을 통해 흘러나왔다.

"그럴 리가요… 누님이 성주가 되기를 바라고 있습니다."

묵선명이 누님이라고 말하자 조금 괴리감이 들었다. 모르는 사람이 보면 묵선령이 여동생으로 보였기 때문이다. 하지만 분명 묵선령은 묵선명보다 나이가 많았다. 묵선령이 말했다.

"초대 성주님을 제외하곤 본 가에서 성주 자리에 앉은 분이 안 계신다. 늘 후보론 거론되었지만 앉을 수 없는 자리였지."

"그렇지요."

"다른 세가들이 손을 잡고 그토록 경계하니 되고 싶어도 될 수 없었어. 결국 본 가의 여자들은 혼인을 선택했고 스스로 성주 자리를 포기했지. 그게 슬픈 것처럼 보이는 건 왜일까? 나는 말이야… 설혹 성주가 되지 못한다 해도 한 번쯤 도전을 해보고 싶었어."

"음……."

묵선명은 그 말에 침음했다. 묵선령의 말처럼 묵가는 늘 성주의 후보에 들었다. 하지만 다른 세가들의 견제로 성주가 될 수 없었다. 후보가 된 여자들이 시집을 가기도 했지만 대다수 홀로 지냈다.

그렇게 평생을 보낸 할머니들의 모습을 본 세가의 젊은 여인들은 스스로 성주의 후보를 포기하는 경우가 많았다. 불행한 삶처럼 보였기 때문이다.

"우린 가족이다. 명아, 네가 사사로운 감정 때문에 나를 배신하는 일이 없었으면 좋겠어. 진심으로 하는 말이야."

묵선명은 그 말에 잠시 입을 다물었다. 묵선령은 곡비연에 대한 묵선명의 감정을 알고 있는 게 분명했다. 그리고 곡비연 역시 후보였다. 이제는 서로 경쟁해야 하는 사이였다.

"중요한 건 가문입니다."

묵선명의 대답에 묵선령은 고개를 끄덕였다. 곧 묵선령은 다시 말했다.

"성주가 되기 위한 시험은 세 가지인 걸로 알고 있는데…

네 생각엔 누가 가장 경계해야 할 상대로 보이느냐?"

"아무래도 백무원주인 아 원주일 겁니다. 아 원주 역시 누님을 가장 큰 장애로 생각할 겁니다. 뜻밖의 상대가 튀어나왔으니까요. 묵가와 아가는 대대로 친분이 두터우나 이번 일로 사이가 갈라질 게 분명하니 조심해야 합니다."

"네 말대로 아 언니가 가장 조심해야 할 상대겠지. 하나… 내가 볼 땐 곡 원주인 것 같은데?"

"예?"

묵선명은 안색을 찌푸렸다. 그 모습이 재미있는지 묵선령은 미소를 보이며 말했다.

"곡 원주의 능력을 잘 아는 사람은 내가 아니라 아마도 성에서 일을 하는 사람들이겠지. 그 짧은 시간에 백문원을 장악하고 외당마저 장악해 명성을 올리기란 쉬운 일이 아니다. 내 한번 사람들에게 물으니 모두들 곡 원주를 좋아하더구나. 가장 두려운 건 그 친화력이겠지. 그녀를 싫어하는 사람은 없어… 하지만 아 언니를 싫어하는 사람은 있더구나."

고운 목소리 속엔 비수가 담겨 있었다. 묵선명은 묵선령이 자신의 누님이지만 아직도 자신은 그녀에 대해 모르는 게 많다고 생각되었다. 묵선령의 야심이 크다는 것에서 놀란 것이다. 언제나 자상하고 부드러운 여자의 그림만 보여주었던 묵선령이었다.

"나름대로 평가해 본 것뿐이야. 무공은 어떨지 몰라도 사람을 부릴 수 있는 지도력이나 대중을 아우르는 통찰력과 뛰어난 지략까지, 그 모든 게 곡 원주는 나를 포함해 남은 사람들보다 우수해. 그럼 적은 단 한 명이지 않을까? 아마도 나와 같은 생각을 다른 사람들도 하고 있을 것 같은데? 만약 그렇게 생각지 않다면 곡 원주가 나를 찾아오겠지… 분명 아 언니와 종 언니가 손을 잡을 테니까."

"으음……."

묵선명은 침묵하였고 묵선령은 미소를 보이며 눈을 반짝였다.

"곡 원주와 내가 손을 잡는 것도 나쁜 일은 아니야."

차를 마시며 묵선령은 눈웃음을 그렸다.

"묵가가 가장 성가시군요."

"그렇지. 곡 원주는 워낙 가진 게 없으니 크게 경계할 필요가 없지만 묵가가 들어올 줄은 몰랐어. 하지만 선대를 떠올리면 그리 놀랄 만한 일도 아니지."

종무옥과 마주 앉은 아림은 술잔을 만지고 있었다. 아림은 가볍게 미소를 그리며 다시 말했다.

"어차피 한 번은 부딪쳐야 할 상대이긴 하지. 하나 아무리 묵가가 발버둥 친다 해도 성을 장악한 사람은 우리 아가이지 않니? 크게 걱정하지 않아도 될 거야. 내가 성주가 되고 사매의 아버님이 태상장로가 되어야지. 물론 사매는 부성주가 될 거고."

"호호! 생각만 해도 기분이 좋은데요?"

종무옥이 그 말에 기분이 좋은지 웃음을 흘렸다. 그러자 아림이 눈을 반짝이며 입을 열었다.

"묵가에 불만을 가지고 있는 사람들을 선동하는 일은 크게 어려운 일이 아니니 특별한 일이 없는 이상 묵 동생은 스스로 물러날 게야."

"그럼 남은 곡 원주는 어떻게 하실 생각인가요?"

종무옥의 물음에 아림은 비릿한 조소를 입가에 담으며 눈동자에 살기를 띠었다.

"글쎄……."

낮게 말한 아림의 눈빛이 출렁이고 있었다.

* * *

쉿!

가벼운 바람에 휘장이 흔들리자 자리에 앉아 있던 손수수는 어느새 앞에 서 있는 안여정을 발견하곤 물었다.

"어때?"

"원주님의 예상대로 두 분이 손을 잡았어요. 아무래도 묵가의 묵선령을 먼저 견제할 모양이에요. 대충 이야기를 들어보니 묵가에 불만을 가진 사람들을 규합해 선동할 생각인가봐요. 그렇게 되면 묵선령은 스스로 물러설 거라 하더군요."

"그래? 묵가에 불만을 가진 사람들이라……."

손수수는 안색을 찌푸리며 생각에 잠겼다. 묵가에 불만을 가진 사람들이 과연 어떤 사람들인지 떠올리기 위해서이다. 하지만 잘 떠오르지 않았다. 초대 성주인 묵선의 후예, 묵가에 불만을 가질 정도로 배짱있는 가문은 없을 거라 생각했기 때문이다.

"또 다른 말은?"

"그다음은 너무 작아 들리지 않았어요. 아무리 저라 해도 아 원주와 종 당주를 상대로 오 장 이상 다가가는 일은 무리예요. 재수없으면……."

안여정의 말에 손수수는 고개를 끄덕였다. 그 둘의 무공은 손에 꼽을 정도로 대단했기 때문이다. 안여정의 기척을 발견했다면 안여정이 이곳에 모습을 나타내지도 못했을 것이다. 아무리 암화단의 잠행술이 뛰어나다 해도 결코 쉬운 상대가 아니었다.

스륵!

마치 고요한 물웅덩이에 물방울이 떨어지는 것 같은 흔들림과 함께 노화의 모습이 나타났다. 긴 머리카락을 늘어뜨린 그녀의 음침한 모습에 안여정은 놀란 표정으로 옆으로 한 발 물러섰다.

"야행복을 입어봤을 뿐이야."

노화가 느릿한 목소리로 말하자 안여정은 고개를 저었다.

"갔던 일은?"

손수수는 가볍게 미소를 보인 후 물었다. 그러자 노화가 빠르게 입을 열었다.

"묵가에선 특별한 움직임이 없어요. 묵선령에게 다가가려 했으나 옆에 묵선명이 있었고 무엇보다 그녀의 무공이 높아 쉽게 접근할 수가 없었어요. 오 장 정도의 거리를 둬야 했으니까요."

"음……."

"대단하군."

안여정과 손수수가 동시에 눈을 반짝이며 안색을 굳혔다. 묵선령의 무공이 적어도 아 원주와 비슷하다는 말이었기 때문이다.

"특별한 것은 없었고?"

"예. 묵 가주의 근처에도 갈 수 없었어요. 단지, 그들의 얼굴에선 결의가 보였어요. 이번에는 기필코 성주가 묵가에서 나와야 된다고 하인들이 말하더군요."

"하인들까지 그렇게 말할 정도라면 결의가 남다르겠군."

손수수는 고개를 끄덕이며 자리에서 일어섰다. 곡비연을 만나기 위해서이다. 하지만 그럴 필요는 없었다. 곡비연이 문을 열고 들어왔기 때문이다.

다음날 아침 묵선령은 손님과 함께 차를 마시고 있었다. 그 손님은 그녀의 예상처럼 곡비연이었고 그 옆엔 묵선명이 앉아 있었다. 묵선령의 예상대로 그녀가 찾아오자 묵선명은 내심 크게 놀라고 있었다. 그리고 백무원주와 칠성당주가 손을 잡았다는 사실도 알게 되었다.

사소한 안부말이 오고 갔으며 여러 가지 성에 대한 일들에 관해서 이야기를 주고받았다. 아직 정작 중요한 이야기는 하지 않고 있는 두 사람은 서로의 의중을 떠보는 것처럼 보였다.

멀찍이 떨어진 정원에 서 있는 손수수는 묵선령과 곡비연이 손을 잡아 함께하기를 바라고 있었다. 그렇게 되면 아림과 종무옥을 좀 더 쉽게 견제할 수 있기 때문이다. 하지만 과연 묵선령이 손을 잡을까?

묵선령의 입장에선 아쉬울 게 없었다. 곡비연과 손을 잡지 못한다면 앞으로 난국이 기다리고 있었다. 곧 창천궁으로 가야 했기 때문이다.

후보로 선택받은 네 명은 후보로서 각 문파에 백화성의 성주가 바뀐다는 것을 알리기 위해 가야 했다. 물론 전 강호에 알리러 가는 건 아니었다. 대표적인 문파에 가면 되었다. 그중 곡비연이 가야 할 곳이 창천궁이었고 묵선령은 천산이었다. 아림은 무림맹이고 종무옥은 친분이 두터운 빙궁이었다.

그리고 모든 사건 중 후보가 죽는 일은 그때 일어난다.

이름 모를 나뭇잎의 풀잎을 만지던 손수수는 문득 창천궁의 손에 잡혀 있던 운소명을 떠올렸다. 무살과의 일 때문에 급격히 창천궁과의 관계가 냉각된 두 문파였다. 그런 상대에게 가야 한다고 생각하니 걱정이 앞설 수밖에 없었다.

발자국 소리가 들리자 손수수는 신형을 돌려 걸어오는 곡비연의 얼굴을 쳐다보았다. 곡비연의 표정은 그리 밝지 않았다. 그것으로 보아 대화가 잘 안 되었다는 것을 알 수 있었다. 그래도 물어는 봐야 했다.

"어떻게 되었나요?"

"잘 되었어요. 하지만 그녀가 걸리네요."

잘 되었다는 말에 반색한 손수수는 그 이후 묵선령이 걸린다는 말에 의문을 보였다. 그러자 곡비연은 고개를 살짝 저으며 말했다.

"아무것도 아니에요. 가요, 창천궁으로 갈 준비도 해야지요."

"예."

곡비연이 먼저 걸어가자 그 뒤로 손수수가 천천히 걸음을 옮겼다.

'혹시 모르니… 사람을 미리 보내는 것도 나쁘지는 않겠지.'

손수수의 머릿속에 운소명의 모습이 떠올랐다.

멀어지는 곡비연의 뒷모습을 보던 묵선령은 은근한 시선으로 묵선명을 쳐다보며 물었다.

"창천궁에 갔다 오면서 곡 원주가 살아남을 가능성이 얼마나 있다고 생각하지?"

"잘 모르겠군요."

묵선령의 물음에 묵선명은 고개를 미미하게 저으며 씁쓸한 표정을 지었다. 곡비연은 분명 많은 사람들과 함께 움직일 테지만 인원이 많다고 해서 암수를 피하지는 못할 것이다. 그 점이 염려스러웠다. 특히나 상대가 상대인만큼 그녀들은 분명 창천궁을 다녀오는 그 시기를 절대 놓치지 않을 것이다.

"잘하겠지… 일단 우리의 화살은 피했으니까."

"누님이 도와주신다면 곡 원주도 안심할 겁니다."

그 말에 묵선령은 눈을 반짝이며 낮은 목소리로 말했다.

"착각하지 마, 너와의 관계 때문에 도와준다고 오해할까 봐 하는 말이야."

"물론이지요."

묵선명은 그 말에 고개를 끄덕였다.

*   *   *

손수수가 멀리서 운소명을 떠올릴 때 운소명은 여전히 이 가촌에 머물고 있었다. 낮에는 석하 앞에 나가 강물을 바라보며 앉아 있었고 저녁이 되면 초가로 돌아와 밤을 보냈다. 그렇게 삼 일을 보내자 운소명은 자신의 생각이 기우였다는 것을 알았다.

이곳에 들어왔을 때 먼지가 거의 없는 내부의 모습에서 사람이 살았던 흔적을 발견했었기 때문에 오래 머문 것이었다.

누군가가 다녀간 것이 분명했고 그 누군가가 어떤 사람이든 이곳은 오직 자신과 청청만의 장소였다. 그런 장소에 사람이 왔다 갔으면 적어도 청청과 관계있는 사람이 분명했다. 또한 누군가의 시선도 가끔 느껴졌기에 이곳에 머문 것이었다.

그 누군가가 어떤 인물인지 알 필요가 있었기 때문이다. 하지만 그 시선도 며칠 동안 보이지 않자 이곳을 떠나기로 마음먹었다. 그 시선의 주인을 잡을 수 없었기 때문이다. 물론 잡겠다고 마음만 먹는다면 잡을 수는 있었으나 타초경사(打草驚蛇)의 우를 범하기 싫어 그대로 못 본 척한 것이었다.

'알면 알수록 어디서부터 시작해야 할지 모르겠구나.'

운소명은 자신이 소속된 홍천에 대해서 잘 안다고 생각했으나 지금 당장 아무것도 할 수 없다는 것에 실망해야 했다.

밖으로 나와 천천히 석하 변을 걷던 운소명은 곧 안색을 찌푸린 채 걸음을 멈춰야 했다. 눈앞에 다섯 명의 무인이 서 있었기 때문이다.

'그 시선이… 이들 때문인가?'

문득 자신을 주시했던 시선을 상기하며 삼 장 앞에 서 있는 인물들을 쳐다보았다. 모두 검은 무복에 도를 허리에 차고 있는 인물들로, 가운데 서 있는 중년인은 어디선가 본 듯한 인물이었다.

"네가 유령도를 가지고 있는 소소공자인가?"

"그렇소."

운소명의 짧은 대답에 그들 다섯 명은 제대로 찾았다는 듯 서로의 얼굴을 쳐다보며 만족한 미소를 입가에 걸었다. 운소명은 그 모습에 눈을 반짝이며 유령도의 손잡이를 잡고 말했다.

"설마… 이 도를 뺏기 위해 온 것이오?"

"뺏다니, 그런 사파스러운 짓을 내가 할 것처럼 보이나? 나는 단지 소형제가 지니기엔 너무 값진 보도이니 우리가 당분간 맡아주겠다는 뜻을 전하고 싶었을 뿐이네."

"그게 그거 아니오?"

"전혀 다르네. 말이 다르지 않은가?"

운소명의 차가운 냉소에 중년인은 손을 저으며 철면피처럼 말했다. 그 모습에 운소명은 눈웃음을 그렸다.

"거령문에선 갈취에 대해서 가르치지 않는 모양이오?"

"소형제의 안목이 대단하군."

중년인은 눈을 반짝이며 강한 살기를 보이기 시작했다. 거령문은 호남의 유명한 문파로, 지금 앞에 서 있는 인물은 거령패주 안문이 분명했다. 거령문주의 네 제자 중 둘째였다. 거령문주는 호남에서 손에 꼽히는 무인이었다.

"유령도는 본래 우리 것이었네. 사조께서 쓰시던 것인데 그게 어찌하다 보니 위지세가에 가게 되었네. 본래 우리 것이니 우리가 가지겠다는 건데 갈취라고 말할 수는 없지 않겠나?"

안문의 말에 운소명은 그저 가볍게 미소만 보였다. 다른 사람이라면 경을 치고 화낼 말을 안문이 하고 있으나 운소명은 안문을 그저 탐욕스러운 짐승이라고만 생각했다.

그들의 주변에서 은은하게 묻어 나오는 살기가 운소명의 전신을 감싸고 돌자 운소명은 천천히 입을 열었다.

"거령문과는 은원이 없는데… 오늘 은원이 생길 것 같소."

"하하하! 소형제의 호기가 정말 하늘을 찌르는구려!"

호탕하게 웃으며 큰 소리로 말한 안문은 도를 손에 쥐곤 운소명을 노려보았다. 그러자 남은 네 명이 사방을 점하고 운소명을 포위하였다. 곧 안문의 안색이 차갑게 변하더니 싸늘한 목소리가 흘러나왔다.

"죽거든 주제에 맞지 않는 물건을 지닌 네 무지함을 탓하거라."

"그래야지. 그렇게 나와야 나도 마음 편하게 손을 쓰지."

스룽!

운소명의 손에 유령도가 들렸다. 그 순간 운소명의 신형이 흔들렸다.

파팟!

안문은 눈을 부릅뜬 채 멍하니 허공중에 떠오르는 네 개의 둥근 머리를 담았다. 그저 그림자가 어른거리며 금색 선이 그려짐과 동시에 일어난 일이었고, 믿을 수 없는 일이었다.

퍼퍼퍽!

시신들이 쓰러진 자리엔 짙은 혈향만이 남아 있었다. 도를 늘어뜨린 운소명은 여전히 안문의 앞에 서 있었고 유령도는 서늘한 예기를 발산하고 있었다.

"도는 주인을 알아본다고 하지요."

웅! 웅!

도면에서 일어나는 울림과 떨림이 안문의 등줄기로 식은 땀을 흘러내리게 만들었다. 도가 운다는 것은 도명이 일어난 다는 뜻이고, 적어도 그 무공의 경지가 천인합일의 경지에 들어서야 가능한 일이었다.

이제 약관으로 보이는 운소명이 그 정도의 경지에 들었다고 볼 수는 없었다. 하지만 현실은 피에 젖은 동료들의 시체뿐이었다.

"도… 도대체 네놈은 누구냐!"

안문은 저도 모르게 소리치며 뒷걸음질하기 시작했다. 후기지수 중에서도 뛰어나다는 말은 들었지만 대단한 무인이 등장했다는 말은 전혀 듣지 못했다.

"컥!"

뒤로 몇 걸음 물러서던 안문은 목을 부여잡고는 이내 비틀거렸다. 이미 자신의 목도 베어진 후라는 것을 그제야 알았다. 순간 그의 눈에 자신에게 운소명의 거처를 알려준 수하의 얼굴이 떠올랐다.

"초출이라고… 구라… 새끼……."

털썩!

'……'

한쪽의 나무 위에서 보고 있던 검은 인영은 안문이 쓰러지자 어깨를 미미하게 떨어야 했다. 그저 무언가 흔들리는 것 같더니 금색 선이 다섯 개 그려졌고 다섯 구의 시신이 생겨났기 때문이다. 두렵다는 생각이 머리를 스쳤다.

'초출이라고… 초출이 저렇게 과감하단 말인가?'

강호초출은 싸움에 익숙지 않아 무공이 고강해도 여러 명에게 둘러싸이면 당하기 일쑤였다. 하지만 그의 모습은 절대 초출의 모습이 아닌 노련한 고수의 모습이었다. 문득 운소명의 시선과 마주치자 자신도 모르게 눈을 부릅떠야 했다.

"……!"

핏!

금색 선이 순식간에 날아들었다.

파파팟!

허공중으로 몸을 띄운 검은 인영은 이내 신형을 비틀더니 나뭇가지를 차고 앞으로 튀어나갔다. 운소명과 맞부딪치는 게 아니라 도망치는 것을 선택한 것이다. 하지만 앞으로 가야 할 몸이 더 이상 허공을 날지 않았다. 그리고 다리에서 극렬한 고통이 밀려들어 왔다.

"크아아악!"

털썩!

양다리가 잘린 채 바닥에 떨어진 검은 인영은 이내 자신의 앞에 서 있는 운소명을 올려다보아야 했다. 운소명은 가만히 검은 인영의 얼굴을 보더니 이내 도를 도집에 넣곤 물었다.

"소속은?"

"큭!"

순간 복면이 젖더니 이내 검은 인영의 눈이 뒤집혔다. 독단을 먹은 것이다. 이미 운소명은 검은 인영의 다리를 자르는 순간 그자가 자결할 것을 알고 있었다. 그렇기 때문에 도를 거둔 것이다.

곧 쭈그리고 앉은 운소명은 검은 인영의 품을 뒤지기 시작했다. 하지만 애초에 무언가 증거가 될 만한 것들을 지니고 다닐 인물이 아니었다. 하지만 운소명의 눈은 그자의 상의를 벗기자 반짝거렸다. 왼 가슴에 작은 세 개의 원이 교차되어 그려져 있었기 때문이다.

'밀영대… 골치 아프게 생겼군.'

운소명은 밀영대의 문신을 확인하자 안색을 찌푸렸다.

세상에 우연이란 존재하지 않았다. 우연은 없었고, 오직 우연을 가장한 계획된 과정만이 남아 있을 뿐이었다. 모든 건 계획된 만남이었고 계획된 일이었다.

'생각보다 빠르군.'

운소명은 밀영대의 시신을 그대로 방치하기로 마음먹었다. 우연이지만 겨우 잡은 밀영대와의 만남이었고 이 기회를 통해 밀영대의 비밀 분타들을 알아낼 생각이었다. 또한 밀영대의 비밀 서류들도 봐야 했다.

정보를 얻기 위해선 밀영대나 은영대가 필요한 시기였다. 정보는 하오문도 가지고 있었으나 하오문에 맡기면 남에게 자신을 알리는 일이 되어버린다. 믿을 수 있는 사람은 오직 자신뿐이었다. 스스로 모든 걸 해야 했다.

거령문의 문도들을 땅에 묻은 운소명은 곧 주변을 정리하고 이곳에서 가장 은신하기 좋은 장소로 몸을 움직여 갔다. 초가집의 뒤쪽 나무 위가 가장 좋은 은신 장소로, 밖에서는 볼 수 없으나 그곳에 있으면 이 주변의 모든 경관을 한눈에 볼 수 있었다.

밀영대원이 죽었으니 조만간 그 일이 알려질 것이고 시신을 확인하기 위해 다른 밀영대원이 올 게 분명했다. 다른 밀영대원이 오면 그때 그 뒤를 밟을 생각이었다. 그 시간이 며칠이 걸릴지 아니면 오늘 밤 당장 나타날지는 모르나 운소명은 은신술을 펼친 후 하염없이 기다렸다.

어둠이 내리는 장사성은 마치 고요한 죽음이 내려앉은 것처럼 정적만이 맴돌고 있었다. 그 가운데 유일하게 살아 있는 것처럼 역동적으로 움직이고 있는 곳은 홍등가였다. 그 지역은 불빛도 밝았으며 많은 사람들의 말소리와 웃음소리가 끊이지 않았다.

홍등가의 뒤로 어둠이 짙게 깔린 숲 속에서 사람의 검은 그림자가 밝은 달빛 사이로 움직이고 있었다. 하지만 아무도 그 움직임을 모르는 듯 검은 그림자는 마치 어둠에 동화된 것처럼 쉽게 담장을 넘어 홍등가를 마치 자기 집인 양 드나들었다.

"하하하하!"

"호호호!"

남자의 호탕한 웃음소리와 여자의 간드러지는 웃음소리가 섞인 큰 별원을 지난 검은 그림자는 이내 팔각의 오 층 각이 눈에 들어오자 그곳을 향해 미끄러지듯 움직여 나갔다.

스륵!

가장 상층인 오층의 창을 통해 바람이 스며들어 갔다. 그리고 바람이 잠잠해지자 어둠 속에서 복면을 한 인물이 의자에 앉아 문서들을 살폈다. 문서를 살피는 눈은 반짝이고 있었으며 어금니를 강하게 물었는지 뽀득! 하는 소리마저 들렸다.

유령도를 든 소소공자 운소명은 이가촌 석하 변에 자리한 초가에 머물고 있음. 목적은 불명이며 거령문에서 유령도를 빼앗기 위해 안문이 네 명의 제자와 가고 있음.

사람들이 알아본다 71

하오문에서 소소공자를 주목하고 있으나 움직임은 아직 없음.

"운소명……."
 복면인의 입에서 미세한 목소리가 흘러나왔다. 곧 복면인은 문서들을 정리한 후 재빠르게 방을 빠져나가 어디론가 사라졌다.

 무림맹 소속 밀영대 호남 지부의 지부장인 강인은 조금 특이한 버릇이 있었다. 그는 늘 일과를 마치고 비밀 문서를 정리할 때 자신의 머리카락을 한 올 뜯어 비밀 서랍 사이에 끼워두는 버릇이 있었다. 자신을 제외한 다른 사람이 비밀 서랍을 열었다면 머리카락이 떨어져 있을 것이 분명했다.
 그런 머리카락이 지금 서랍의 바닥에 떨어져 있었다. 강인은 안색을 찌푸리며 서랍을 쳐다보았다.
 '손님이 왔다 간 것일까?'
 의구심이 들었다. 이곳으로 발령받아 이 년 동안 생활하면서 단 한 번도 이런 일은 없었다. 물론 그전에도 없었다. 늘 머리카락은 그 자리에 있었고 아무리 강한 바람이 불어오는 날에도 떨어진 적이 없었다. 그런데 머리카락이 지금 바닥에 떨어져 있었다.

강인은 턱을 괴며 서랍을 열고 십여 장의 문서를 꺼냈다. 자신이 포개놓은 그 순서 그대로 놓여져 있었으며 사라진 것은 단 하나도 없었다. 다른 사람이 들어온 흔적조차 없는 방이었고 오직 있다면 머리카락이 떨어져 있다는 것뿐이었다.

'밀영대의 분타를 아는 사람은 우리 밀영대뿐이다. 나 모르게 상부에서 사람이 왔다 간 것일까? 아니, 그럴 리는 없을 터. 그렇다면 도대체 누가… 은영대도 모르는 분타이거늘……'

강인은 안색을 찌푸리며 문서들을 하나하나 살폈다. 중요한 문서가 있는지 확인하기 위해서였다. 하지만 특별히 중요하게 여길 만한 내용은 없었다. 단지 눈에 띄는 건 소소공자에 관한 문서가 세 개 있다는 점이었다.

푸득!

날갯짓 소리에 고개를 돌린 강인은 창가에 앉아 있는 비둘기를 발견하곤 다가가 다리에 걸려 있는 전서를 꺼내 읽었다.

백삼십삼호. 사체 확인. 스스로 목숨을 끊은 것으로 확인됨.

짧은 문구였으나 강인은 안색을 찌푸릴 수밖에 없었다. 밀영대의 한 명 한 명은 소중한 인재들이었고 고도로 훈련된 인물들이었기에 소중할 수밖에 없었다. 인원 보충도 바로 되는

사람들이 알아본다 73

게 아니었기에 자신의 밑에 소속된 수하의 죽음은 그를 화나게 할 만한 일이었다. 하지만 강인은 자신의 선에서 처리할 수 없다는 것을 알곤 재빠르게 전서를 작성하였다.

소소공자를 감시하던 백삼십삼호, 사(死), 지시 바람.

푸드득!
비둘기 한 마리가 멀리 창공 위로 솟아올라 갔다.

나무 사이로 푸른 녹색의 짙은 향기를 머금은 바람이 불고 있었다. 운소명은 짙은 풀 냄새를 맡으며 허공으로 날아가는 비둘기의 모습을 똑똑히 보았다.
'호남 지부인 모양이군.'
운소명은 이가촌에서 잠복한 후 다른 밀영대를 발견하곤 그 뒤를 따라왔다. 악양에서 날아가는 전서를 쫓아 이곳 장사까지 온 것이다.
과거였다면 날아가는 비둘기를 따라간다는 황당한 생각을 못했을 테지만 지금은 가능했다. 지금은 그저 모든 게 가능하게만 보였고, 또한 비둘기도 쉬어야 했기 때문이다. 새 또한 하늘을 쉬지 않고 날아가는 경우는 없었다. 운소명은 몇 번의 휴식을 취하며 날아왔다. 경신술이 극에 이르렀다는 중

거였다.

　운소명은 장사성에서 며칠 머물러야겠다는 생각에 소리없이 그 자리에서 물러섰다.

　"허……."

　강인은 어이없다는 듯 제자리에 서서 발밑에 떨어져 있는 머리카락을 쳐다보았다. 연이어 이틀 동안 머리카락이 바닥에 떨어져 있었기 때문에 황당한 기분이 들었다.

　주변에 사람이 침입한 흔적은 어디에도 없었다. 단지 머리카락만 떨어져 있을 뿐이었다. 그것이 더욱 의심스러웠다.

　'확실히… 노출되었어.'

　근거없는 의구심 때문에 호남성의 모든 지부의 자리를 옮길 수는 없었다. 또한 보고한다고 해서 위에서 심각하게 생각할지도 의문이었다. 하지만 호남 지부가 누군가의 손에 노출되었다는 점은 확실했다. 생각을 마치자 강인은 상부에 전서를 띄운 후 곧 문서들을 정리하기 시작했다. 오늘 해가 지기 전까지 자리를 옮겨야 했기 때문이다.

　방 안에 앉아 있는 운소명은 어젯밤 강인의 집무실에 들어가 본 문서들을 떠올렸다. 특별한 정보를 하나 얻긴 얻었다. 무림맹주가 현재 산동유가에서 요양 중이라는 사실을 알게 된 것이다. 그 외에는 대부분 평범한 것이었다. 자신에 대한 것도 있었다. 자세한 정보에 관해서 무엇보다 밀영대가 빠르다는 것을 느끼는 순간이었다.

'이제 강호에 막 나온 초출도 감시를 하는 모양이군. 빡빡한 세상이야.'

운소명은 고개를 저으며 내일 이곳을 떠나 산동성으로 갈 생각을 하였다. 자신을 감시하는 목적이 무엇인지 궁금했으나 어차피 유령도라는 보도를 차고 있는 이상 세상 사람들에게 관심을 받을 수밖에 없다는 것을 알았다.

또한 유신의 말을 생각해 보면 유령도는 무림맹에서 회수할 목적이었다고 했다. 감시하는 밀영대는 자신이 죽으면 회수할 생각을 한 게 아닐까? 이런 일에 암수를 쓸 정도로 무림맹은 썩은 곳이 아니었다.

정당하게 얻은 것은 어디까지나 정당하게 얻어야 했다. 무림맹은 명예를 중히 여기는 곳이었고, 그 점을 운소명은 잘 알고 있었기에 명성을 얻으며 유령도를 손에 넣은 것이다.

* * *

약재상인 하달은 해가 지고 거리가 어두워지기 시작하자 가게문을 닫고는 일찍 방으로 들어왔다. 이층에 마련된 자신의 방에는 여러 책들로 가득 채워져 있었는데 서가를 꾸려도 될 만큼 양이 많았다.

화륵!

호롱불이 피어나자 방 안은 주황빛으로 빛나기 시작했고, 연이어 피어난 불빛에 방 안은 대낮처럼 밝아졌다. 그제야 만족한 표정으로 하달은 한쪽에 마련된 의자에 앉아 어제 보던 책을 펼쳤다.

촤륵!

그때 주렴이 흔들리는 소리가 들리자 하달은 안색을 찌푸리며 고개를 들었다. 이 시간에, 그것도 가게문을 닫은 이후에 이렇게 아무렇게나 들어올 수 있는 인물은 자신의 기억에 단 한 명뿐이었기 때문이다.

"갔다 온 모양이군."

하달은 짧은 수염을 쓰다듬으며 안으로 들어오는 백색 귀면탈의 인물을 쳐다보았다. 잘록한 허리와 가슴 부분이 튀어나온 걸로 보아 여성이 분명했다.

"갔다 왔지만 소득은 없어요."

약간 탁한 목소리가 흘러나왔다. 감기에 걸린 것도 아닌데 잠긴 듯한 목소리가 흘러나오는 게 이상할 만도 했으나 하달은 예사로운 듯 고개를 끄덕였다.

"오늘 밀영대의 지부가 이동했어."

"그래서 가봤더니 마치 사라진 것처럼 없더군요."

"다음주 세주로에서 홍화루라는 다루가 개업한다고 하네. 아마 그곳이겠지."

하달의 말에 귀면탈의 여인은 고개를 끄덕였다. 그녀는 이곳에 온 목적을 달성했다는 듯 신형을 돌렸다. 그러자 하달이 불현듯 무언가 생각난 표정으로 말했다.

"맹주가 보름 전 산동유가로 출발했으니 지금쯤 도착하지 않았을까? 나라면 그리 가겠는데?"

하달의 말에 잠시 걸음을 멈춘 귀면탈의 여인은 곧 고개를 미미하게 끄덕이곤 소리없이 사라졌다. 그녀가 사라진 빈 공간을 보던 하달은 곧 책을 읽기 시작했다. 하지만 머릿속엔 글자가 들어오지 않았다. 수많은 생각들이 머리를 감싸고 돈 것이다.

애초에 복수라는 감정 자체를 배우지 않아 어떤 감정인지 모르고 살았다. 또한 자신이 쓰다 버리는 종이 조각 같은 존재라는 것을 잘 알기에 오히려 지금이 행복하다면 행복했다. 이용당하다 버려졌지만 화가 나지도 않았다.

단지 삶 자체가 무의미해졌다. 아무런 목적도, 아무런 야망도 없는 그저 그런 삶이 되어버렸다. 자신이 살아왔던 모든 게 사라졌을 때 다가오는 해방감은 무지라는 공포였고 공허감이 주는 고독이었다. 몇 달을 그렇게 방황하며 보냈다.

그러다 한 가지 목적을 가지게 되었다. 왜 자신이 이렇게 살아야 하는지… 왜 자신이 이렇게 당해야 하는지… 그리고 진실을 알고 싶었다.

어둠뿐인 방 안에 홀로 앉은 귀면탈의 여인은 곧 가면을 벗고 머리를 말아 올렸다. 그리곤 옷을 벗고 남장을 하기 시작했다. 홀로 다닐 땐 여자보다 남장을 하는 게 편했기 때문이다.

* * *

장강을 거슬러 올라 항주까지 가는 배 안엔 많은 선객들이 타고 있었다. 마치 그림으로 그린 듯한 장강의 멋진 풍경을 지나치던 배는 칠 일 동안 장강을 타고 흘러갔으며 하루에 한 번 유명한 포구에 머물러 쉬곤 했다.

"장강수채가 정리되고 난 이후엔 정말 마음 푹 놓고 장강 유람을 할 수 있게 됐네그려."

"군에서도 못하는 것을 하는 게 무림맹 아닌가? 대단한 일 전이라 들었는데 장강수채를 정리한 공로로 다음 맹주는 추원주가 될 가능성이 높다고 하네."

배 선미에서 문사 옷을 입은 네 명의 중년인이 떠드는 말소리가 들렸다.

"하지만 남궁세가주도 만만치 않은 인물이네. 누가 뭐래도 남궁가가 아닌가?"

"제갈 군사도 맹주 자리에 욕심을 내고 있다는 소문일세."

그들의 말에 관심있어하는 사람들이 귀를 기울였다. 무기를 찬 무림인들로 그들 역시 다음 대의 맹주는 누가 될 것인지를 토론하고 있었다.

'지금은 전 강호가 맹주의 후임에 관심을 가지고 있는 모양이구나.'

무림맹주가 쓰러진 지금 어쩌면 당연한 관심사였다. 운소명은 개인적으로 다음 맹주의 자리에 남궁가를 떠올렸다. 산동유가도 가능성이 있었으나 보통 맹주가 나온 문파나 세가는 다음 맹주 자리에서 한발 물러서는 게 관례였다. 그렇기 때문에 산동유가는 사람들의 입에 오르지 않았다.

'추파영도 나쁘지는 않지. 하지만 구파가 그를 적극적으로 밀기엔 서로의 이해관계가 너무 복잡하게 물려 있어.'

운소명은 구파의 이해관계를 떠올렸다. 화합을 말하나 자존심 싸움이 심한 구파의 관계였기에 단합이 잘되지 않았다. 실제 다른 문파와의 비무에서 패하면 크게 혼나거나 폐관에 들어가는 경우가 허다했다. 그렇기 때문에 맹주는 세가 쪽에서 자주 나왔다.

추파영이 아무리 뛰어난 인물이라 해도 구파가 단합해서 그를 밀어주지 않는 이상 남궁세가 쪽으로 기울 것이 분명했다.

"……?"

문득 자신을 쳐다보고 있는 이십대 중반의 조금 작은 키의 청년이 보이자 운소명은 시선을 그에게로 향했다. 그러자 청년은 고개를 돌려 강물을 쳐다보았다. 남색에 평범한 옷을 입고 있는 인물로 딱히 눈에 띄는 건 없었다.

곧 운소명은 시선을 돌려 강바람을 맞으며 주변 풍경을 바라보기 시작했다.

배가 무한에 도착하자 많은 사람이 내리고 탔다. 개중에는 상인들도 있었고 문사건을 쓴 선비들도 보였다. 또한 무림인들도 몇몇 보였는데 딱히 눈에 띌 만한 인물은 없었다. 그러다 마지막에 도를 든 삼십대 중반의 조금 거친 인상을 한 인물이 올라탔는데, 그는 주변을 둘러보다 운소명과 눈이 마주치자 천천히 다가왔다.

"이게 누구시오? 소소공자가 아니시오? 반갑소이다."

그의 큰 목소리에 많은 사람들이 운소명을 쳐다보았다. 요즘 부쩍 소문이 커가는 신진고수가 운소명이었기 때문이다. 그는 주변 사람들의 시선을 의식하며 미소와 함께 다시 말했다.

"위지세가에서의 그 무용은 잘 보았소이다."

"누구시오?"

운소명은 크게 떠들며 정작 자신은 소개하지 않는 인물을 달갑지 않은 표정으로 쳐다보았다. 그러자 그는 곧 싸늘한 눈빛을 던지며 말했다.

"제가 실례했구려. 거령문의 공수태라 하오."

"거패도(巨覇刀)!"

공수태란 이름에 사람들이 웅성거리기 시작했다. 운소명 역시 공수태란 이름에 눈을 반짝였다. 거령문의 고수였기 때문이다. 전에 자신을 찾아온 안문과는 격이 다른 인물이었다.

운소명은 곧 입가에 미소를 그리며 말했다.

"공 선배시구려. 반갑습니다. 후배 운소명이 인사드립니다. 하하!"

운소명의 밝은 웃음과 깍듯한 예의에 공수태는 살짝 안색을 찌푸렸으나 이내 시선을 의식한 듯 마주 웃었다.

"반갑소. 그렇게 깍듯이 예의를 차릴 필요는 없소이다. 어차피 이렇게 만난 거 물어볼 말도 있고……."

말끝을 살짝 흐리던 공수태는 배가 출발하자 안색을 찌푸렸다.

"이런, 배가 출발하다니… 후배와 땅에서 할 말이 있었는데……."

"왜 그러십니까? 땅에서 말을 하다니요? 설마……."

운소명의 물음에 공수태는 살기 어린 표정으로 말투까지 바꾼 채 낮게 말했다.

"정말 모르나?"

운소명은 거령문의 안문을 죽였던 일을 떠올렸으나 전혀 모른다는 표정으로 말했다.

"배는 출발하게 마련이지요. 물 위에 떠 있어야 배가 아닙니까? 후배는 무슨 말인지 도통 모르겠습니다. 오늘 그저 명성이 자자한 공 선배를 보게 되어 반가울 뿐입니다."

"음……."

운소명의 말에 잠시 입을 닫은 공수태는 곧 지나가는 선원에게 물었다.

"배는 다음에 어디에서 서나?"

"예? 구강인데… 무슨 일이라도 있습니까?"

"아니네."

선원이 고개를 갸웃거리며 지나가자 공수태는 곧 운소명을 노려보며 말했다.

"자네와는 할 말이 좀 있네. 구강에 도착하면 잠시 땅에서 시간을 보내는 건 어떻겠나?"

"저야… 선배님이 원하시면 당연히 응해야지요."

"훗!"

공수태는 운소명의 대답에 살짝 이를 보이며 마치 먹잇감을 잡았다는 표정으로 노려보다 신형을 돌렸다.

공수태에게 인사한 후 고개를 돌린 운소명은 많은 사람들이 자신을 주시하고 있다는 것에 슬쩍 웃으며 흘러가는 강물을 쳐다보기 시작했다. 그중 예의 그 작은 키의 청년도 있었다.

第三章

뜻밖의 만남

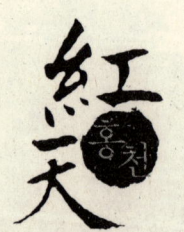

뜻밖의 만남

 새벽녘의 어스름한 시간에 배는 구강에 도착했다. 많은 인부들은 아침잠을 잊은 듯 일찍부터 부두에 나와 짐을 나르고 있었다. 인부들을 제외하면 오가는 사람들은 없었다. 이곳에서는 오후에 배가 출발하기 때문이다. 배가 출발할 때쯤 돼서야 사람들이 오갈 것이다.
 새벽의 강바람을 맞으며 선미에 나와 있는 사람도 있었다. 그는 공수태로 이른 새벽부터 나와 운소명을 기다리는 중이었다.
 얼마 지나지 않아 운소명이 나오자 공수태는 기다렸다는

듯이 말했다.

"잘 잤나?"

"덕분에 잘 잤습니다."

"내려가지."

공수태가 말과 함께 먼저 배에서 내렸고 그 뒤로 운소명이 따라 내렸다. 그들은 사람 없는 공터에 다다르자 걸음을 멈추었다.

"본 문의 사람들은 만난 적이 없었나?"

"잘 모르겠습니다. 워낙 유령도를 탐내는 자들이 많다 보니……."

운소명의 말에 공수태는 안색을 찌푸렸다. 유엽도의 손잡이를 잡으며 공수태가 다시 말했다.

"분명 봤을 터. 자네를 찾으러 간 네 사형이 죽었다. 혹시 아는 게 있나?"

"남의 물건을 탐한 자들은 죽어 마땅하지요."

"훗! 중원에 아무런 연고도 없는 네가 원수를 만들어서 무슨 이득이 있을까? 나는 네게 죄를 묻고 싶다. 죽였느냐?"

운소명은 귀찮다는 듯 다시 말했다.

"금방 말하지 않았습니까? 남의 물건을 탐한 자들은 죽어 마땅하다고요. 제 유령도를 탐해온 자들은 모두 죽였습니다."

운소명은 말을 끝낸 후 차갑게 미소를 보였다. 그 순간 싸늘하게 식어가는 살기가 공수태의 전신을 조여오기 시작했다. 그제야 공수태는 운소명이 고수라는 사실을 실감하였다.

'위험한 냄새를 풍기는 놈이로군.'

공수태는 본능적으로 운소명의 기도가 범상치 않다는 것을 알았다. 하지만 그래 봐야 후기지수라는 생각을 하였다. 아무리 유신의 명성이 높다 하나 그와의 비무를 볼 때 유신의 명성은 과장된 게 분명하다고 여겼다. 그렇기 때문에 공수태는 자신감을 가지고 있었다.

"강호에 나온 지 얼마 안 된 것 같은데… 은원을 만들어놓고 좋은 꼴 본 사람은 없어. 거령문과 은원을 남겨 인상 구기는 일은 없었으면 하는데 자네의 생각은 어떤가?"

"거령문이야 큰 문파이니 당연히 은원을 쌓으면 손해겠지요. 저는 홀로에다가 딱히 몸을 의탁한 곳도 없으니 말입니다."

그 말에 공수태는 미소를 보이며 다시 말했다.

"그렇다면 이렇게 하는 게 어떤가? 내가 이기면 자네의 유령도를 가져가겠네. 자네가 이기면 더 이상 거령문은 자네와의 은원을 잊어주겠네. 없었던 일로 하겠다는 뜻이지."

"그렇게 합시다."

운소명은 손해 볼 게 없다는 표정으로 고개를 끄덕였다. 그러자 공수태가 도를 뽑아 들며 재빠르게 달려나왔다. 그의 과감한 공격에 놀랄 만도 하지만 운소명은 그럴 줄 알았다는 듯 허리를 숙여 피했다.

팡!

도가 운소명의 머리 위를 스치며 지나치자 그의 눈에 공수태의 하복부가 들어왔다. 운소명은 주먹을 말아 쥐며 그의 하복부로 내질렀다.

"……!"

공수태는 자신의 일도를 피했다는 것에 매우 놀랍다는 듯 눈을 부릅떴다. 은하일도(銀河一刀)는 그의 주특기인 쾌도였기 때문이다. 자신의 일도를 피하는 사람은 아직까지 없었다. 대개는 피를 뿌리며 죽었을 뿐이다. 공수태는 은하일도를 피한 운소명의 주먹이 날아들자 몸을 비틀며 옆으로 피했다.

'팍!' 소리와 함께 귀를 스친 주먹의 권풍에 피가 흘러내렸다. 공수태는 고막이 터져 나갔다는 사실에 상당히 놀랍다는 듯 일 장 옆에 서 있는 운소명을 쳐다보았다. 운소명이 손을 썼다면 지금쯤 수세에 몰렸을 것이다. 그런데 운소명은 손을 늘어뜨린 채 쳐다만 보고 있었다.

"비무라고 생각했는데… 저를 죽일 작정이셨군요."

운소명의 말에 공수태는 얼굴을 붉혔다. 운소명의 말처럼 공수태는 운소명을 죽일 작정이었기 때문이다.

"어린놈이… 대단한 실력이다."

공수태는 왼쪽 귀를 만지며 눈살을 찌푸렸다. 그 순간 운소명의 신형이 미끄러지듯 날아들었다. 그 빠름에 공수태는 놀라 도를 들어 정면을 막았다. 어느새 운소명이 유령도를 뽑아들었는지 백색 도신이 광포한 바람과 함께 도끼처럼 도를 찍어갔다.

쾅!

"컥!"

육중한 충격이 도를 통해 전신을 때리자 공수태는 저도 모르게 피를 토하며 뒤로 십여 걸음이나 물러서다 땅에 주저앉았다.

땅!

손에 든 유엽도가 두 동강이 나 땅에 떨어지자 공수태는 기침과 함께 어깨를 떨었다. 곧 고개를 든 공수태는 운소명의 발을 쳐다봐야 했다. 어느새 공수태의 앞에 운소명이 서 있었고, 운소명은 차갑게 반짝이는 눈동자로 공수태를 쳐다보았다.

"네놈은… 도대체 어디에서 튀어나온 놈이냐……."

공수태는 믿을 수 없다는 표정으로 운소명을 쳐다보았다. 그저 한 번 부딪쳤을 뿐인데 전신의 뼈마디가 부서지는 듯한 고통을 느껴야 했기 때문이다. 내력에 당한 것 자체에 놀랍다는 생각만 들 뿐이었다. 저 나이에 이 정도의 내력을 가진 고수가 몇이나 있을까? 애초에 자신은 상대가 되지 않았다. 그 사실을 알게 되자 어이없으면서도 자신이 노력한 지난날이 억울하게 다가왔다.

"거령문은 더 이상 제게 관여하지 마십시오."

"알겠… 다."

공수태가 돌을 씹는 듯한 표정으로 살기를 뿌리다 이내 천천히 고개를 끄덕였다. 운소명은 그 모습에 만족한 표정으로 공터를 벗어났다.

갑판 위로 올라가자 어느새 해가 떠오르고 있었다. 몇몇 사람들이 이른 아침부터 갑판 위에 나와 있었으나 특별히 눈에 띄는 사람은 없었다. 운소명은 난간에 기대어 떠오르는 태양을 바라보았다.

태양의 밝은 빛이 세상을 비추자 잠시지만 모든 게 금빛으로 보였다. 출렁거리는 강물조차도 금빛으로 물들자 운소명은 잠시 그 모습을 쳐다보고 있었다. 금빛 물결이 어느 정도 사라질 때까지 쳐다보던 운소명은 자신의 옆으로 다가온 발소리에 시선을 던졌다.

"좋은 아침이오."

보기 좋은 미소와 함께 다가온 청년은 몇 번 눈이 마주친 청년으로 왜소한 체구에 평범한 용모의 인물이었다. 갈색 옷에 그리 큰 키는 아닌지 머리끝이 운소명의 어깨 정도에 오는 인물이었는데, 목소리는 얼굴에 비해 걸걸해서 조금 쉰 듯한 소리가 특징이었다.

"구름 하나 없는 날이 될 것 같소."

운소명은 가볍게 미소를 그리며 마주 인사하자 갈의청년은 포권하며 말했다.

"운산의 고무용이라 하오."

"운소명이오."

"명성 높은 소소공자를 뵙게 되어 영광이오."

"별말씀을."

운소명은 겸양 섞인 표정으로 손을 저으며 말했으나 눈은 반짝이고 있었다. 갈의청년에게선 조금 다른 독특한 분위기가 흘러나왔기 때문이다. 마치 살수들이나 지니고 있어야 할 어두우면서도 조심스러운 살기라고 할까?

운소명은 본능적으로 자신과 비슷한 냄새임을 감각으로 알았다. 그래서일까? 운소명의 눈빛이 차갑게 번들거렸다.

"어디까지 가는 길이오? 남경까지 가는 길이라면 말동무라도 하는 게 어떻겠소?"

차가운 운소명의 눈동자를 보고도 고무용은 아무런 느낌이 없는 듯 자신이 하고 싶은 말을 하였다. 마치 알면서 모르는 것 같은 느낌을 주자 운소명은 미소를 그렸다.

"말동무가 필요한 건 사실이나 쓸데없이 다른 사람과 대화하는 것을 싫어하는지라, 이만."

운소명은 상대의 정체가 궁금했지만 일단 의문을 뒤로 남겼다. 밀영대라는 생각도 들었지만 밀영대가 이렇게 근접해서 접근하는 경우는 없었다. 하오문이나 창천궁일 가능성도 배제하지 않았다.

하오문은 정보를 위해 친분을 쌓으려는 사람을 보내는 경우가 있었고 창천궁은 영입을 위해 사람을 보내는 경우가 간혹 있었다.

막 몇 걸음을 옮기던 운소명은 자신도 모르게 걸음을 멈춰야 했다. 귓가에 파고드는 전음 때문이다.

[홍천.]

"……!"

운소명은 눈을 부릅뜬 채 걸음을 멈추었으나 고개를 돌리지는 않았다. 하지만 살심이 일어나는 것은 사실이었다.

배는 강을 따라 흘러가고 있었으며 그 안에 탄 수많은 사람들은 어둠이 깔리자 잠을 청하였다. 그중에서도 특실에 머무는 손님들은 넓은 객실 안에서 일반실의 사람들보다 편안하게 잠을 잘 수 있었다.

호롱불빛이 피어나는 선실 안에 앉아 있던 고무용은 밤이 깊어지자 불을 끄고 잠을 청하였다. 그러던 어느 순간 무언가를 느낀 듯 눈을 뜨며 안색을 굳혔다. 어느새 들어왔을까? 운소명의 차가운 눈동자가 고무용을 쳐다보고 있었다.

"밤손님은 반갑지 않은데……."

슥!

고무용의 턱 밑으로 백색 유령도의 도끝이 닿았다. 운소명의 살의를 읽은 고무용의 눈동자가 반짝이기 시작했다.

"누구냐?"

운소명의 목소리는 낮고 차가웠으며 광기가 담겨 있었다. 위험했다. 본능적으로 고무용은 위험하다는 것을 감지했다.

어차피 운소명에게 전음을 날리는 순간 이렇게 될 거란 것을 알고 있었다. 그래서일까? 고무용은 등줄기로 흐르는 식은땀을 느끼며 최대한 여유있는 표정으로 눈을 깜박였다.

"천단을 알아?"

운소명은 안색을 찌푸리며 고개를 갸웃거렸다. 하지만 눈은 여전히 고무용을 내려다보고 있었으며 살기는 줄지 않았다. 천단이란 말보다 흘러나온 목소리가 여자의 목소리라는 게 지금은 더 중요했다.

"남장일 거라 생각은 했지만… 능숙하군."

운소명은 남장을 한 고무용의 변장이 수준 급이란 것에서 의심스러웠다. 변장에 능한 사람치고 비밀이 없는 사람은 없기 때문이다. 운소명은 다시 말했다.

"나는 누구냐고 물었는데?"

도끝이 고무용의 턱에 살짝 들어가자 피 한 방울이 목을 타고 흘러내렸다. 유령도가 너무 예리해서일까? 고무용은 아픔을 느끼지도 못했는지 별반 변화없는 표정으로 운소명을 올려다보았다.

고무용의 눈동자에 많은 생각이 스치고 지나쳤다. 이내 그녀는 입술을 말아 올리며 말했다.

"홍천을 모른다면 나타나지도 않았겠지."

"다음 말도 쓸데없는 말이면 죽이겠다. 누구냐?"

인내의 한계에 달한 듯한 운소명의 말이었다. 힘이 들어간 그의 팔이 눈으로 확인되자 고무용은 짧게 숨을 내쉬며 말했다.

"도를 치워야 마음놓고 말… 잠깐!"

고무용은 운소명의 오른 어깨가 움직이려 하자 깜짝 놀란 듯 토끼눈을 하며 외쳤다. 도끝이 턱으로 좀 더 들어왔기 때문이다.

"복수하고 싶은 사람이야, 천단에게."

"……?"

운소명은 그 말에 아미를 찌푸리며 고무용을 쳐다보았다.

천단이란 말은 아까도 고무용이 했지만 처음 들어보는 말이었기 때문이다. 운소명은 일단 고무용의 목숨을 보존해야겠다는 생각이 들었다. 처음 들어 보는 말에 흥미가 생겼기 때문이다. 무엇보다 고무용은 홍천에 대해서 알고 있는 사람이었다. 홍천과 천단이 관련없다면 과연 고무용이 천단을 입에 담았을까?

운소명은 도를 거두며 말했다.

"좋아, 일단은 살려두기로 하지. 일단은. 하지만 언제 마음이 변할지 몰라… 네가 어떻게 하느냐에 따라 다르겠지."

말을 끝낸 운소명은 뒤로 한 걸음 물러섰고 도를 도집에 넣었다. 그때였다. 유령도를 도집에 막 다 넣은 순간 고무용은 덮고 있던 이불을 운소명에게 던졌다.

펄럭!

"……!"

운소명은 덮쳐 오는 이불로 인해 아주 잠깐 동안 시야가 가려지자 안색을 찌푸렸다. 예상치 못한 고무용의 기습 때문이었다.

'걸렸다.'

고무용은 운소명이 한순간 방심하자 쾌재를 부르며 재빠르게 이불을 던지고 번개처럼 머리 밑에 둔 검을 뽑아 운소명이 서 있는 자리를 찔렀다.

퍽!

이불을 뚫은 검은 정확하게 운소명의 그림자를 찔렀다. 하지만 입가에 미소를 가득 그리던 고무용은 검을 통해 느껴져야 할 사람의 육중함이 없자 안색을 굳혔다. 고개를 돌리던 순간 운소명의 얼굴과 함께 흐릿한 손 그림자가 눈에 들어왔다.

"……!"

퍽!

"큭!"

뒤통수를 맞은 고무용은 자신도 모르게 신음을 뱉으며 정신을 잃었다.

털썩!

후두부를 수도로 친 운소명은 바닥에 쓰러진 고무용의 모습을 잠시 쳐다보았다. 기습할지 모른다는 생각도 했다. 보통 이런 경우엔 상대의 빈틈을 노리는 게 아니라 빈틈을 보이게 만든 후 기습해야 했기 때문이다.

물론 운소명은 일부러 기습하라고 빈틈을 보여주었다. 그걸 고무용이 몰랐을 뿐이다. 단지 기습할 경우와 안 할 경우에 고무용을 대하는 방법이 다를 뿐이었다.

"으음……."

악몽이라도 꾼 것일까? 고무용은 아미를 찌푸리며 눈을 뜨다 순간적으로 부릅뜨며 일어서려 했다. 하지만 손발에 힘을 주고 일어서려 해도 일어설 수가 없었다. 그제야 고무용은 마혈을 제압당한 사실을 알았다.

고무용은 곧 침착한 표정으로 주변을 둘러보곤 자신의 방이란 사실을 알았다. 하지만 알고 있다 해도 자신이 할 수 있는 일은 아무것도 없었다.

끼익!

문이 열리는 소리에 고무용은 시선을 돌려 들어오는 사람을 쳐다보았다.

"일어났군."

안으로 들어온 운소명은 고무용과 눈이 마주치자 밝게 미소를 보여주었다. 그런 그의 손엔 작은 가죽 주머니가 하나 들려 있었는데, 고무용의 시선이 그 주머니로 향하고 있었다. 곧 운소명이 옆에 다가와 앉자 고무용이 말했다.

"어서 풀어."

"왜?"

운소명은 재미있는 물건을 보는 듯한 시선으로 고무용의 전신을 살피며 눈을 반짝였다. 살기는 없었으나 살기보다 더한 한기가 고무용의 전신으로 스며들어 왔다. 무슨 짓을 당할지 알 수 없다는 두려움 때문이다.

운소명은 자신을 향한 고무용의 시선과는 상관없다는 듯이 가죽 주머니에서 망치와 못을 꺼내 옆에 놓았다.

"나는 고문하는 것도 좋아하는 편이야. 특히 고통에 일그러진 얼굴을 보는 것은 흥미롭고 재미있는 일이지. 사람마다 그 표정이 다르거든."

그렇게 말한 운소명은 못과 망치를 들었다. 순간 고무용의 안색이 흙빛으로 변하였다. 무엇을 하려고 하는지 알았기 때문이다.

"아! 깜빡했군."

운소명은 아차 하는 표정으로 품에서 재갈을 꺼내 고무용의 입을 막으려 했다. 그러자 고무용이 다급하게 말했다.

"잠깐! 어제 내가 기습한 것은 네 실력을 알아보기 위해서였다고."

"그럼, 당연히 그랬겠지, 네 마음도 이해해."

운소명은 고개를 끄덕이며 고무용의 입에 재갈을 물렸다. 고무용은 발악하듯 소리치며 무언가를 말하려 했으나 재갈을 문 입에선 강한 숨소리만 흘러나올 뿐이었다. 운소명은 망설이지 않고 대못을 들어 고무용의 왼 허벅지에 대었다. 그리곤 망치를 높이 치켜들었다.

"으……!"

고무용의 전신이 미미하게 떨리고 있는 게 느껴지자 운소명은 고무용의 얼굴을 쳐다보았다. 눈시울을 붉힌 채 두려움에 떨고 있는 고무용의 얼굴을 본 운소명은 가볍게 코웃음을 날린 후 망치를 내렸다.

"내가 홍천원이란 것을 알면서도 다가온 점과 나를 시험할 정도의 용기를 가졌다면 죽을 각오도 되어 있을 거라 여겼는데… 억울한 모양이군. 천단에 복수를 못하고 죽을 것 같아서 그런가?"

옆에 다시 앉은 운소명의 말에 고무용은 거친 호흡소리만 전하였다. 운소명은 짧게 숨을 내쉬며 재갈을 풀어주었다.

"이런 똥물에 빠져 죽을 새끼! 우웁!"

운소명은 고무용의 욕지기에 다시 재갈을 물린 후 옷고름을 잡아 풀었다. 그러자 고무용의 안색이 급변하였다. 운소명은 장난스러운 표정으로 웃으며 말했다.

"욕을 하는 걸 보니 아직 정신을 덜 차렸군. 홀딱 벗겨 사람들 앞에 던질까 하는데?"

과감하게 바지마저 내리려 하자 고무용의 눈에서 눈물방울이 떨어졌다. 운소명은 정말 할 것 같았기 때문에 두려웠던 것이다. 그 모습을 본 운소명이 다시 말했다.

"천단이 어떤 곳이고 너는 누구지?"

운소명은 물으며 재갈을 풀었다. 그러자 고무용의 붉어진 눈에서 살기가 쏟아지기 시작했다. 하지만 운소명이 다시 재갈을 들어 입을 막으려 하자 재빠르게 고개를 저으며 말했다.

"홍천에 대해 알게 된 건 순전히 언니 때문이야."

"언니라고?"

운소명은 고무용의 언니를 알고 있는지 생각했다. 하지만 자신이 아는 사람 중에 고무용과 연관이 있는 사람은 없는 게 분명했다.

"내 언니는 청청이야. 네가 알고 있는 천주."

"호오, 이거 흥미로운데…… 아무래도 고문을 좀 해야겠어."

운소명은 의외의 말에 놀랄 만도 했으나 그저 반짝이는 눈동자로 고무용을 쳐다보며 재갈을 들었다. 그러자 고무용이 놀란 표정으로 다시 말했다.

"정말이라고! 진짜라니까. 우린 쌍둥이야!"

"……!"

운소명은 놀란 눈으로 고무용을 쳐다보았다. 뜻밖의 말이 고무용의 입을 통해서 흘러나왔기 때문이다.

"증거는?"

날카로운 살기와 함께 묻고 있는 목소리마저 차가웠다. 섣부른 거짓말을 한다면 당장에 죽이겠다는 뜻이 보이자 고무용은 진지한 눈동자로 대답했다.

"씻고 나오면 알 거 아니야."

"그래? 하긴… 쌍둥이라면 얼굴이 같겠지."

운소명은 고개를 끄덕였다. 쌍둥이라면 변장을 풀었을 때 같은 얼굴이 돼야 했다. 하지만 아쉽게도 현재는 배 안이라 목욕을 할 만큼 물이 충분치 않았으며 이 배는 그런 장소도 없었다. 천상 배가 정박할 때까지 기다려야 했다.

"배가 멈추려면 하루 정도 걸리는데 그때까지 네 이야기를 들어보도록 하지. 홍천에 대해 언제부터 알았고, 아니, 네 출생부터 시작해 지금까지 살아온 이야기를 낱낱이 해줘야겠어. 만약 네 말에 거짓이 조금이라도 있다면 나는 너를 흔적도 남기지 않게 다져 물고기 밥으로 강에 던질 거니까 충분히 생각해서 말해."

운소명의 차가운 말에 고무용은 침을 삼키며 고개를 끄덕였다. 정말 말처럼 할 것 같은 분위기였다.

"언니와 저는 어릴 때 헤어졌어요. 언니는 홍천에 들어가게 되었고 저는 금천조(金天組)에 들어갔어요. 금천조는 중원에 흐르는 돈을 만지는 곳으로 비밀스러운 조직이지요."

"금천조라… 처음 들어보는데?"

운소명은 금천조란 말에 안색을 찌푸렸다. 천단도 그렇고 금천조도 그렇고 모두 처음 들어보는 단체였다. 호기심이 커질 수밖에 없었다.

"저도 금천조에 대해서 자세히는 몰라요. 어차피 우리 조직은 점조직이니까요. 홍천 역시 점조직인 걸로 알고 있어요. 당신 역시도 몇몇 대원들을 제외하곤 얼굴조차 모르잖아요?"

운소명은 대답하지 않았다. 어차피 대답하지 않아도 상대가 알기 때문이다. 고무용은 그런 운소명에게 다시 말했다.

"이상하지 않나요? 함께 배우고 자랐는데 어느 순간 한 명은 홍천에, 다른 한 명은 금천조에 가다니요? 저는 금천조에 있으면서도 계속 언니를 찾았어요. 물론 언니 역시 비밀스럽게 저를 찾고 있었지요."

고무용의 말을 자르며 운소명이 물었다.

"금천조가 정확하게 어떤 일을 하는 곳인지 구체적으로 알고 싶은데?"

운소명의 물음에 고무용은 고개를 끄덕였다.

"금천조는 어두운 돈을 보관하고 쓰는 곳이에요. 밝혀지면 곤란한 돈을 보관하거나 빌려주는 곳이에요. 주로 관에 연관된 일을 많이 하지요. 또한 여러 상회들과도 연관이 되어 있어서 그들의 커다란 자금줄로 생각하면 될 거예요."

"흠… 만족할 만한 답은 아닌데? 내가 물은 건 네가 그곳에서 하던 일이야."

"저는 장부를 작성하는 일을 했어요."

"그랬군."

운소명은 턱을 쓰다듬으며 금천조 같은 조직을 운영하려면 상당한 재력과 힘이 필요하다는 생각을 했다. 그리고 천하에 그러한 곳이 어디인지 생각하며 다시 물었다.

"정확하게 금천조는 어떤 조직에 소속된 조직이지?"

"금산상회예요."

"음… 역시……."

운소명은 자신의 예상했던 곳 중 하나이자 눈을 빛냈다. 금산상회는 강남에서 가장 거대한 상회였기 때문이다. 금산상회가 뻗어나가지 못한 곳은 백화성과 창천궁이 있는 곳뿐이었다. 중원에서 그들의 유일한 상대가 있다면 강북제일이라 불리는 청평상회일 것이다.

"언니를 알게 된 것은 금산상회의 삼총관이 무림맹에 다녀온 후였어요. 그자는 무림맹에서 저와 너무 빼 닮은 여자를 보았다고 했지요."

"우연이었군."

"그래요. 힘을 가진 관과 무림은 돈을 가진 저희들과 뗄 수 없는 밀접한 관계니까요. 살아만 있다면 우연히라도 마주칠 수밖에 없었을 거예요."

어차피 같은 물이라면 같은 물이라고 할 수 있었다. 상인들과 무림인은 어떻게 보면 한 배를 탔다고도 할 수 있었기 때문이다. 그런 곳에서 이름이 있다면 알게 되지 않을까? 둘의 만남은 어쩌면 당연한 일이었다.

"그 소식을 들은 저는 무림맹에 있는 언니를 만날 수가 있었어요. 물론 언니와 저는 아무도 모르게 만났어요. 그리고 가끔 저와 언니는 구강에서 만나 소소한 이야기를 나눴지요. 그 속에 홍천일호라는 당신도 있었어요."

"그랬었군."

운소명은 고개를 끄덕였으나 여전히 그 이야기에 신빙성을 두지 않았다. 어차피 고무용은 처음 만나는 사람이었고, 그녀가 아무리 문청청의 동생이라 해도 믿어줄 생각도 없었다. 정말 그녀가 문청청의 동생이 확실해도 운소명은 그녀를 믿지 않을 것이다. 단지 고무용이 자신에게 필요한 사람이라면 이용해 줄 용의는 있었다. 그것뿐이었다.

"아무리 네가 청청의 동생이라 해도 과연 청청이 나에 대해 말했을까? 우린 그 누구에게도 홍천이란 존재를 이야기하지 않아."

"금천조 역시 그 누구에게 금천조라는 것을 말하지 않아요."

고무용의 낮은 목소리에 운소명은 안색을 굳히며 그녀를 쳐다보았다. 서로를 쳐다보는 눈동자엔 강한 신념이 담겨 있었다. 운소명은 고무용의 표정에서 그녀가 진실을 말하고 있음을 알 수 있었다.

"금천조에 대해선 믿기로 하지. 하지만 네가 언니인 청청과 만났다는 것은 믿기 어려워."

"저는 언니가 죽었다는 것을 믿지 않았어요. 시신을 확인하기 전까진… 절대 믿지 않았지요. 언니에겐 누구도 모르는 비밀이 있었으니까요. 적어도 목숨은 보존할 수 있는 비밀이에요."

고무용의 말에 운소명은 눈을 반짝였다. 특출난 무공을 숨기고 있었다는 것처럼 들렸기 때문이다.

"언니는 심장이 오른쪽에 있어요. 그렇기 때문에 왼 가슴을 찔려도 죽지 않아요."

"호오… 그거 놀랍군."

운소명은 고무용의 입을 통해 흘러나온 말에 매우 놀라고 있었으나 표정은 그렇지 않았다. 오히려 차갑게 가라앉아 있었다.

"언니가 죽음을 예견하고 제게 연락을 했어요. 그 증거로 언니의 서찰을 제가 가지고 있어요. 물론 지금은 없지만 후에 보여주도록 하지요. 그렇다면 더욱 확실히 저를 믿을 테니까요."

"그렇게 하지. 그럼 천단은?"

운소명의 물음에 고무용은 인상을 쓰며 말했다.

"이 정도까지 말했는데 혈도를 풀어주는 게 예의가 아닐까요?"

"훗!"

운소명은 입술을 올리며 고무용의 전신을 훑어보다 이내 손을 움직였다. 십여 군데의 혈도를 풀어주자 고무용은 길게 숨을 내쉬며 일어나 앉았다. 그녀와 마주앉은 운소명은 미소를 보이며 말했다.

"청청에게 나에 대해 어떤 말을 들었는지 모르겠지만 나는 네가 생각하는 것보다 더욱 무서운 사람이라는 거, 그거 한 가지만 명심하도록 해."

운소명의 말에 고무용은 눈웃음을 그리며 말했다.

"저 역시 같은 말을 돌려주고 싶네요. 그리고 당신이 생각하는 것 이상으로 저는 쓸모가 있어요. 왜냐하면 많은 것을 알고 있으니까요, 당신의 적에 대해서."

"후후……"

"호호……"

배는 여전히 강을 따라 흘러가고 있었다. 얼마 후면 남경에 도착할 것이고 남경에 도착하면 운하를 타고 제남까지 갈 생각을 한 운소명이었다. 그런데 생각지도 못한 일행이 생기자 짐이 생긴 기분이었다.

방 안에 홀로 앉아 있는 운소명은 차를 마시며 고무용을 기다렸다. 아니, 문홍을 기다리고 있었다. 그 이름조차 진실인지 의심되는 여자였지만 운소명은 일단 믿어주기로 했다. 배 안에서 자신의 손을 피할 수는 없기 때문이다.

곧 문을 열고 얼굴을 씻은 문홍이 들어오자 운소명은 눈을 빛냈다. 그녀의 얼굴이 과거 자신의 앞에서 늘 앉아 웃던 문청청의 모습과 흡사했기 때문이다. 아니, 같다고도 할 수 있었다. 오밀조밀한 얼굴형과 그리 크지 않은 키까지도 닮았으며 전체적인 분위기조차 닮아 있었다.

'쌍둥이라…….'

운소명은 다가와 앞에 앉은 문홍의 얼굴을 자세히 훑어보았다. 흠 잡을 데가 없을 만큼 흡사했기 때문이다.

"꽤 놀란 모양이군요."

운소명은 부정하지 못하겠다는 듯 고개를 끄덕이며 입을 열었다.

"네 말대로 천단이란 조직 아래에 무림맹과 금산상회가 있다고 치자. 한데 과연 그게 가능할까? 무림맹의 사람들은 천단이란 조직 자체를 모르는데?"

"굳이 아랫사람이 알 필요 있을까요? 머리만 알고 있으면 되는데? 천단엔 무림맹과 금산상회, 그리고 하오문이 있어요. 물론 하오문이 있다는 것은 예상일 뿐이지만 크게 연관되어 있는 게 확실해요. 그 증거로 하오문주를 잡기 위해 수십 번 무림맹이 움직였으나 단 한 번도 성공한 적이 없잖아요?"

운소명은 그 말에 안색을 굳혔다. 자신 역시도 하오문주를 못 잡았기 때문이다. 자신이 실수를 했을까? 아니면 애초에 거짓된 정보로 무림맹과 홍천이 움직였던 것일까? 운소명은 아미를 찌푸렸다.

"일부러 하오문주를 잡게 했다라… 하오문주를 보호하기 위해서……. 가능한 이야기야."

운소명은 표면적으로 하오문을 적으로 한다는 걸 보여주기 위해서 그랬다면 충분히 이해되는 이야기라 생각했다.

"확실한 건 천단엔 천주 다섯 명이 존재한다는 것과 그들 다섯이 누구냐는 거예요. 그들이 우리를 만들었고 움직인 인물들이죠. 또한 우리를 죽인 놈들……."

"금천조도 당한 모양이군."

"……!"

운소명의 툭 던지는 듯한 말투에 문홍의 어깨가 움찔거렸다.

"금천조가 당한 건 홍천이 척살되고 나서 반년 후예요. 그 반년 동안 저는 금천조도 홍천처럼 될 것을 알고 대비했어요. 그 결과 저는 살아남을 수가 있었지요."

"그래서 복수를 생각한 건가?"

"맞아요."

"하지만 천단은 거대한 조직이야. 그런 조직에 홀로 싸울 수 있다고 생각했나?"

"이제는 둘이잖아요."

문홍의 말에 운소명은 실없이 웃음을 흘렸다. 어이가 없었기 때문이다. 다섯 명이 누구인지 정확하게 알지도 못하고 그 조직의 방대함조차 가늠하기 힘든 상황이었다. 또한 문홍의 말만 듣고 모든 것을 판단할 수도 없는 노릇이었다.

"천단이란 조직은 홍천과 금천조를 만들 정도로 대단한 조직이다. 그런 조직을 둘이서? 말이 되는 소리를 해. 거기다 다른 사람들이 누구인지조차 알지 못하는 상황에서 움직인다고? 불나방 같은 짓을 할 생각인 모양이군."

운소명은 다섯 명이란 것을 알지만 그들이 누구인지 정확하게 알지는 못했다. 단지 늘 다섯 명이 존재한다라는 사실만 알 뿐 그들이 누구인지 알려고 하지 않았다. 그저 위에 있는 높은 사람들이란 것만 알 뿐이었다. 그렇게 생활했고 두려운 존재라는 점만 배웠기에 그들에 대해선 늘 경외심을 갖고 있었다.

어릴 때부터 그렇게 배워왔다. 어느 날 문득 다섯 명의 하늘이 존재한다고 하는 말이 나올 때 그들이 과연 실제 존재하는지조차 의심했었다. 그리고 척살당하던 날 그들이 존재한

뜻밖의 만남 111

다고 확신했다. 그라고 해서 다섯 명에 대해 궁금하지 않았을까? 운소명은 이미 자신의 적이 후림맹만 존재하는 게 아니란 점을 알고 있었다. 그렇기 때문에 신중했고 모든 사람들을 의심의 눈으로 보았다.

상대는 천하였기 때문이다. 그렇기 때문에 알고도 모르는 척해야 했고 모르는 것도 때론 아는 것처럼 꾸며야 했다.

"섣부른 행동은 죽음을 부르지. 기껏 도망쳐서 살게 된 목숨, 좀 더 유용하게 쓰면 어떨까? 세상엔 정말 행복하게 살 수 있는 일들이 많아. 너 같은 경우엔 좋은 남자를 만나 혼인하는 게 최고겠지."

"웃기는 소리군요."

운소명의 진심이 담긴 말을 코웃음과 함께 넘긴 문홍은 안색을 굳히며 말했다.

"다른 사람이라면 몰라도 당신의 입에서 나올 말은 아닌 것 같군요. 사람 죽이는 것만큼 쉬운 게 없다고 하는 홍천이… 그것도 최고라 불린 일호가 그런 말을 할 줄이야…… 기가 차서 제 사고가 정지되는 것 같아요."

문홍의 놀리는 듯한 말투에 운소명은 짧게 숨을 내쉬었다. 그녀의 말에 반박할 말이 떠오르지 않았다.

"거기다 저는 혼자서 한다고 하지 않았어요."

운소명의 표정이 굳어졌다. 설마하니 문홍과 같은 사람이 더 있을 거라 여기지는 못했다.

"동료가 있다고?"

"그래요. 거기다 그렇게 불리하다고 생각하지는 않아요. 우리의 적은 천단의 머리이니까요. 또한 천단의 다섯 명 중 두 명은 알고 있잖아요?"

"무림맹주와 금산상회주."

운소명의 말에 문홍은 고개를 끄덕였다.

* * *

배가 남경에 도착하자 문홍은 다시 분장을 했다. 그녀의 철저함에 운소명은 금천조 역시 만만히 볼 곳이 아니라는 것을 깨달았다. 더욱이 남경엔 그녀가 말하는 금산상회가 존재하는 곳이었다.

그런 곳이니만큼 조심하는 게 어쩌면 당연했다.

남경대주루에 여장을 푼 둘은 한 방에 머물러 앉았다. 남경대주루에 들어갈 때 마치 다른 사람처럼 행동했기에 다른 방을 얻었지만 이야기를 하기 위해선 한 방에 머물러야 했다. 물론 잠은 각자의 방에서 자겠지만.

방 안으로 들어온 문홍은 아미를 찌푸리며 의자에 앉았다. 변장을 풀었기에 그 모습조차 문청청의 얼굴을 떠올리게 만들었다. 운소명은 문청청이 살아 있는 것 같았다. 그리고 그것이 착각이란 것을 금세 알았다. 둘의 목소리는 달랐기 때문이다.

"으음… 이곳에 오면서 하인 둘과 마주쳤는데 왠지 걱정이군요. 제 얼굴을 분명 천단에서 가지고 있을 텐데… 본 얼굴을 보였으니……."

"개미 보고 놀란 얼굴 같군."

"여긴 남경이에요. 남경 그 자체가 금산상회라고 생각하는 게 옳아요. 그런 곳이니만큼 더욱 더 조심해야죠."

문홍의 말에 운소명은 고개를 끄덕였다.

"조심한다고 해서 나쁠 것은 없지. 일단 쉬고 내일 제남으로 출발할 테니 그렇게 알아."

"알았어요. 산동유가에 가는 건가요?"

"그래야지. 적어도 유가는 무림맹보단 침입하기 수월한 곳이니까."

운소명의 말에 문홍은 눈을 반짝였다. 산동유가에 침입하는 게 수월하다는 말 때문이다. 그곳은 운소명이 쉽게 말할 정도로 절대 침입하기 쉬운 곳이 아니었다. 무림맹은 두말할 필요도 없는 곳이었다. 그런데 운소명은 너무도 당연하게 말했다. 그 점이 중요했다.

"왜 그러지?"

문홍이 물끄러미 쳐다보자 그 시선을 의식한 듯 운소명이 물었다. 그러자 문홍은 고개를 저으며 대답했다.

"아무것도 아니에요. 확실히… 홍천은 금천조와는 전혀 다른 성격을 지닌 조직이라 그런지 조금 무서운 것 같네요."

"훗!"

운소명은 실없는 소리 한다는 듯 웃음을 흘리곤 창밖을 쳐다보았다. 큰 정원 사이로 사람들이 지나가고 있었다. 식사뿐만 아니라 객실도 운영되는 곳이다 보니 큰 정원이 있는 것도 당연했다. 단지 그의 눈에 띄는 사람이 있다는 게 문제였다.

'도귀…….'

운소명은 문득 유령도 때문에 손을 잠시 겨루었던 도귀 도자기의 얼굴이 보이자 눈을 반짝였다. 도자기의 옆에 걷고 있는 사람이 누구인지 모르나 꽤나 한 성격 하게 보였다. 좁은 눈에 마른 체형과 신경질적인 눈매가 굉장히 차갑게 다가왔다. 또한 허리엔 유엽도를 차고 있었는데, 전체적으로 차가운 인상이었다.

"삼귀 중 도를 쓰는 인물이 있나?"

"삼귀 중 도를 쓰는 인물이라면 적귀(赤鬼) 만역이에요. 왜요?"

운소명은 고개를 끄덕였다. 그리곤 창밖으로 던지던 시선

뜻밖의 만남

을 돌렸다.

"삼귀 중 둘이나 이곳에 있어서 물어본 것뿐이야."

운소명의 말에 문홍이 궁금한 표정으로 창가에 기대섰다. 그리곤 도자기와 만역을 찾았다. 하지만 그녀가 쳐다봤을 땐 그들 둘은 문을 통해 다른 곳으로 사라진 후였다.

"흠… 무림인으로 의심되는 사람은 없는 것 같은데……."

"그것보다 오늘 밤… 금산상회에 들어가 보는 건 어떨까?"

운소명의 급작스러운 말에 문홍은 매우 놀란 듯 눈을 동그랗게 떴다. 설마하니 금산상회에 침입하겠다고 할 줄은 몰랐기 때문이다.

"왜 그러지?"

"금산상회는 그렇게 쉽게 들어갈 수 있는 곳이 아니에요. 지금까지 수많은 사람들이 그곳에 들어갔다가 죽임을 당했어요."

금산상회가 강남제일의 상회다 보니 도둑들이 한두 번 든 것이 아니었다. 그런 도둑들 중에 단 한 명도 살아서 나간 적이 없는 곳이 금산상회였다. 그것을 잘 아는 문홍이었기에 걱정스러운 듯 말했다.

"너라면 그곳의 지리를 잘 알지 않을까?"

문홍은 고개를 저었다.

"저는 그저 외당 정도만 알고 있을 뿐이에요. 거기다 금산상회의 내당을 지키는 무사들은 모두 강호에서 이름을 날리던 고수들이에요. 그들은 금산상회에 일정한 돈을 받고 호위로 일하고 있어요."

"그렇다면 외당만이라도 둘러보고 와야겠군."

문홍의 말에 운소명은 고개를 끄덕이며 중얼거렸다. 내당이 어렵다면 외당만 둘러보는 것도 좋을 것 같다고 여겼다. 하지만 과연 외당만 볼까? 운소명은 홍천에서도 최고였다. 마음먹고 가고자 하면 못 갈 곳이 없었다. 그것을 잘 모르는 문홍으로선 걱정이 될 수밖에 없었다. 그녀는 홍천이 어떤 능력을 지녔는지 아직 실감하지 못하였다.

"외당이라 해도 아무나 들어갈 수 있는 곳이 아니에요. 실제 금산상회에 침입한 자들 중 거의 대다수가 외당에서 죽었으니까요."

문홍의 낮은 목소리에 운소명은 미소를 그렸다.

"지금까지 수많은 문파를 오가며 사람들을 죽여왔지. 하지만 무림맹만큼 어려운 곳은 어디에도 없더군."

문홍의 안색이 굳어지자 운소명은 다시 말했다.

"내가 못 갈 곳은 세상 그 어디에도 없어……."

한밤이 되자 운소명은 야행복으로 갈아입고 남경대주루를 빠져나와 금산상회로 향했다. 금산상회를 찾는 것은 그리 어럽지 않았다. 남경에서 남쪽으로 쭉 내려가다 보면 수많은 고루거각들이 하나의 담장 안에 펼쳐져 있는 게 보인다.

그곳이 강남제일이라 불리는 금산상회의 총단인 금산장이었다. 그곳의 장주는 강호에서 가장 유명한 인물 중 한 명으로, 운소명도 그 장주의 이름은 몇 번 들어보았다.

금신(金神) 허영정.

운소명은 그자의 얼굴이 예전부터 궁금했기에 이번 기회에 한번 구경해 보는 것도 나쁘지 않을 거라 생각했다.

스슥!

금산장의 담을 넘은 운소명의 검은 그림자가 어두운 그림자들 사이로 헤쳐 나갔다. 이곳에 오기 전 걱정이 되었는지 문홍은 외당 지리에 대해 설명을 해주었다. 운소명은 그 설명을 들었기에 과감하게 움직일 수가 있었다.

"하하하하!"

몇 개의 건물들을 지나치던 운소명은 호탕한 웃음소리를 듣고 잠시 걸음을 멈추었다. 어두운 밤 그림자 사이로 두 명의 인물이 걸어가고 있는 게 눈에 들어왔다. 그들은 이곳 지리를 잘 아는 듯 거침없이 앞으로 걸어갔다.

한 명은 사십대 초반으로 보이는 중년인이었고 다른 한 명은 반백의 중년인으로 어디선가 본 듯한 얼굴이었다.

'한유!'

운소명은 반백의 중년인과 자신이 아는 한유의 얼굴이 겹친다는 걸 알자 순간 재빠르게 호흡을 멈추고 은신술을 펼쳤다.

 '어떻게 한유가 이곳 금산장에 와 있는 것이지?'

 운소명은 호흡을 멈춘 채 한유가 자신의 존재를 모르길 바랐다. 한유는 무림에서도 열 손가락에 꼽히는 초절정고수였고 무림맹의 대표적인 인물이었다. 그런 한유가 금산장에 모습을 보이고 있을 줄은 꿈에도 상상치 못한 일이라 상당히 놀라웠다.

 한유 같은 초절정의 고수라면 아무리 은신을 잘했다 해도 발각될 위험이 있었다. 그만큼 한유는 무서운 존재였다.

 '늑대 우리인 줄 알았는데 호랑이도 한 마리 있었군.'

 운소명은 은신술을 한 상태에서 지청술을 펼쳐 한유가 무슨 말을 하는지 듣고 싶었으나 그렇게 할 여력이 없음을 알기에 멀어지는 한유의 뒷모습을 아쉽게 쳐다만 봐야 했다.

 '확실히… 문홍의 말에는 신빙성이 있어……'

 운소명은 문홍의 말을 거의 믿지 않았기에 오늘 일부러 금산장에 찾아온 것이다. 그녀의 말이 사실인지 아닌지 눈으로 확인해 둘 필요가 있었기 때문이다. 그것을 감지한 문홍은 일부러 말리지 않았다.

 그녀의 입장에서도 운소명이 금산장에 대해 확인할 필요

가 있다고 판단했다. 운소명이 자신을 좀 더 믿어주길 바랐고, 그의 믿음을 얻기 위해선 그가 눈으로 확인해 볼 필요가 있었다.

한유의 모습이 완전히 사라진 후에도 운소명은 은신술을 풀지 않았다. 혹시라도 그가 되돌아올 가능성이 있었기 때문이다. 다른 사람이라면 크게 신경 쓰지 않겠지만 한유라면 조금 더 기다린다 해서 손해 볼 상대가 아니었다.

설혹 마주치게 되어 손을 겨루게 돼도 상관은 없으나 이길 수 있을지 확신이 서지 않는 상대였기에 조심했다. 그만큼 한유는 대단한 인물이었고 경계해야 할 고수였다.

잠시의 시간이 더 흐르자 운소명은 은신을 풀고 천천히 이동해 갔다. 한유를 발견해서일까? 운소명은 신중한 표정으로 조심스럽게 움직여 몇 개의 지붕을 지나 높다란 담장 앞에 멈추었다.

운소명은 일 장 정도의 높이로 솟아 있는 높은 담장을 쳐다보며 금산장의 위용에 다시 한 번 놀라워했다. 웬만한 도둑이라면 넘을 엄두도 못 낼 정도의 높이였기 때문이다. 운소명은 주변을 둘러보다 담장 옆에 자라고 있는 높은 은행나무를 쳐다보았다.

나무들은 일정한 간격으로 담장 옆에서 자라고 있었는데 담장이 워낙 높아 안에서 밖을 본다면 푸른 잎만 보일 것 같았다.

쉭!

운소명의 신형이 바람처럼 은행나무 위로 올라가 굵은 가지 위에 모습을 보였다. 담장보다 높은 곳이기에 내당의 모습이 눈에 들어오는 위치였으나 운소명은 안색을 찌푸리며 혀를 찼다. 내당이 안 보였기 때문이다.

높은 담장에 가려진 건물들은 지붕들만 고개를 내밀고 있었다. 그 사이로 몇 개의 높은 거각들도 눈에 띄었다. 무엇보다 저 멀리 보이는 담장까지 가기 위한 길이 없다는 게 문제였다. 외당과 내당 사이엔 찰랑거리는 소리와 함께 가득 찬 물이 있었다.

'회주의 성격은 분명 소심하거나 감추길 좋아하는 비밀스러운 사람일 것이다. 그렇지 않고서야 이렇게 철저하게 외부로부터의 침입을 차단하지 않을 테니……. 분명 내당으로 들어가는 비밀 통로도 존재할 터. 하긴… 그런 성격이라면 부인과 자식에게도 숨기겠지.'

운소명은 이마에 주름을 잡으며 시선을 돌려 주변을 살폈다. 그러다 저 멀리 불빛 사이로 다리가 눈에 들어왔다. 오직 저곳을 통해서 안으로 들어갈 수가 있었다. 외길이 분명했다. 그리고 안에 들어가기 위해선 철저한 신분 검사를 받을 것이다. 또한 자신의 생각 같은 성격의 회주라면 해가 지고 나면 그 누구도 안에 들어오지 못하게 했을 것이다.

스슥!

운소명의 신형이 다리 쪽으로 향했다.

화르륵!

거대한 불꽃이 타오르는 가운데 주변은 대낮처럼 밝았다. 그 사이로 십여 명의 무사가 허리에 검을 찬 채 주변을 경계하고 있었고, 몇 명은 주변을 걸어다니며 살피고 있었다.

그들 가운데에 위치한 거대한 철문은 굳게 닫혀져 있었는데, 그 문을 통해서만 내당으로 들어갈 수가 있었다.

태양혈이 불끈 솟은 무사들의 모습을 어둠 속에서 살핀 운소명은 자신의 예상처럼 굳게 닫혀진 문을 보며 신형을 돌렸다.

내당만 둘러보았을 뿐이지만 소득은 있었다. 한유가 있다라는 점과 건물의 구조를 통해 금산장주의 성격을 대충은 파악하게 되었다는 점이었다.

운소명은 곧 암영술을 펼치며 금산장을 벗어나기 시작했고, 꽤 큰 대전의 지붕을 지나칠 때였다.

철썩!

물소리가 귀를 파고들어 왔다.

운소명은 잠시 신형을 멈추었다. 물소리는 계속 들리고 있었으나 선명하게 귀를 때리고 있는 소리는 분명 이질적인 소리였다. 물속에 사람이 있을 때의 소리와 흡사했기에 신형을 멈추고 잠시 망설이다 이내 신형을 다시 돌렸다.

배는 작았다. 작은 배는 호수에 비치는 달 그림자를 헤치며 천천히 움직이고 있었는데, 노를 쥐고 있는 사공은 백색 무복을 걸치고 허리에 검을 찬 이십대 중반의 청년이었다. 어디에 내놓아도 전혀 부끄럽지 않을 것 같이 잘생긴 외모의 청년은 노를 저으며 앞을 쳐다보고 있었다.

배의 선미엔 분홍 복숭아 빛 궁장의를 입은 여인이 서서 하늘을 쳐다보고 있었다. 그런 그녀의 모습은 달에서 내려온 것 같은 착각이 들 정도로 아름다웠고 보고 있노라면 시구가 저절로 떠오르는 여인이었다.

나뭇가지 사이에 숨은 운소명은 천천히 이동하는 배의 모습을 눈에 담으며 반짝였다. 달빛을 받은 여인의 모습이 선명하게 뇌리에 박혀왔다.

'흐음……'

운소명은 곧 뒤에 서 있는 청년의 눈빛을 보았다. 마치 무언가를 잡고 싶어하는 갈망이 담겨 있는 듯 뜨거웠으나 그 속에 안타까움과 슬픔 또한 보였다.

'사정이 있는 모양이군. 거기다… 이곳에서 저렇게 자유롭

게 배를 타고 다닐 정도의 위치라면 분명 대단한 여자일 터. 음......'

운소명은 저 멀리서 다가오는 다른 배를 발견하였다. 배는 빠르게 다가와 여인이 탄 배 옆에 섰다. 그리고 그 배에 타고 있는 인물이 한유라는 것을 알자 운소명은 당황스러웠다.

'설마 한유가 금산장에 들어온 것인가?'

그렇지 않고서야 금산장의 내당에서 배를 타고 나타날 리가 없기 때문이다. 무림맹의 장로가 금산장에 들어와 있다는 게 이해할 수 없는 일이었다. 운소명은 잠시 그들의 모습을 쳐다보다 이내 신형을 돌렸다.

금산장에서 돌아온 운소명은 창을 통해 방 안으로 들어갔다. 안으로 들어간 운소명은 옷을 갈아입으면서 말했다.

"기다렸나?"

"그래요."

어두운 그림자 사이로 문홍이 모습을 보였다. 그녀는 의자에 앉으며 옷을 갈아입는 운소명의 모습을 쳐다보았다.

운소명은 문홍이 쳐다보고 있다는 것을 의식하지 않는 듯했다. 그의 잘 다듬어진 상체가 창을 통해 들어오는 달빛을 받아 반짝였다.

"금산장주는 비밀이 많은 사람처럼 느껴지는데?"

옷을 갈아입으며 운소명이 묻자 문홍은 반짝이는 시선으로 운소명의 모습을 쳐다보며 말했다.

"그래요. 금산장에서도 장주는 거의 얼굴을 보이지 않으니까요."

"그렇군."

운소명은 고개를 끄덕이며 모두 갈아입자 곧 문홍의 맞은편 의자에 앉아 차를 따라 마셨다.

"네 말처럼 금산장은 확실히 눈여겨볼 만한 곳이야. 그런데 한유는 언제 금산장에 들어갔지?"

"이 년 전 한유는 무림에서 은퇴한 후 금산장에 들어갔어요."

"그런 일이 있었다니… 한유가 은퇴라……."

운소명은 자신의 예상이 맞자 고개를 끄덕였다. 삼 년이란 짧은 시간 동안 꽤 여러 가지 일들이 있었다고 생각했다. 자신이 모르는 것도 꽤 많겠지만 중요한 게 아니라면 천천히 알아가면 그만이었다.

운소명은 달빛을 받으며 뱃전에 서 있던 여인의 얼굴을 떠올리며 물었다.

"금산장주에게 딸이 있나?"

"딸이요? 금산장주에겐 아들만 세 명이에요. 딸은 없어요."

"딸이 아니다라……."

"왜요?"

"아니, 내당과 외당 사이에 호수에서 뱃놀이를 하던 젊은 여자를 봐서 그래. 적어도 이 시간에 금산장의 호수에서 마음대로 뱃놀이를 할 정도라면 금산장주의 딸이 아닐까 했거든."

"아……."

문홍은 그 말에 생각난 표정으로 말했다.

"금산장주는 첩이 많은데… 그중에서도 최근에 들어간 첩일 거예요. 그녀는 올 초 금산장에 시집간 여자인데 강소 소주 출신의 미인이라 들었어요. 무림인은 아니나 강소제일의 미인이라 불렸지요."

문홍의 말을 듣자 운소명은 강소제일의 미인으로 소문을 떨치던 여자의 이름을 떠올렸다.

"소주 출신이라면 금난미(金蘭美) 가용하?"

"맞아요."

"금산장주는 나이가 꽤 있는 걸로 아는데… 그처럼 젊은 부인을 두다니 꽤나 호색한이군."

운소명이 농담처럼 웃으며 말하자 문홍은 아미를 찌푸렸다. 같은 여자의 입장에 있기에 가용하를 불쌍히 여겼었다.

"가용하는 본래 금산장주의 둘째 아들과 혼인을 하기로 했었어요. 하지만 가용하의 미모를 본 금산장주가 아들의 혼담을 없애고 자신의 첩으로 맞이했지요. 사람들은 가용하가 금산장주에게 시집가는 것으로만 알았지 그 속에 실은 그러한 사연이 있다는 걸 모르고 있어요. 금산장주는 자신이 원하는 것이 있으면 무엇이라도 가지려고 하는 사람이에요."

운소명은 미미하게 고개를 끄덕이다 자리에서 일어나며 말했다.

"그런데 언제까지 여기 있을 생각이지? 설마하니 나와 한 침상에서 자려는 것은 아니겠지?"

운소명의 말에 문홍은 얼굴을 붉히더니 화난 표정으로 자리에서 일어섰다.

"말을 아끼는 인물로 생각했는데 보기보단 가벼운 입이군요."

"훗! 내일 보자고."

운소명의 축객령에 문홍은 말했다.

"내일은 못 볼 것 같네요. 저도 일이 있어 그만 가봐야 할 것 같아요. 더욱이 여기에서 본 얼굴을 보인 게 마음에 걸리네요."

낮에 점원에게 얼굴을 보인 걸 상기하며 그녀가 말하자 운소명은 고개를 끄덕였다. 굳이 막을 생각도 없었기 때문이다. 자신의 손을 빠져나간다고 해서 찾지 못할 상대는 아니라고 여겼다.

"다음에 만날 때는 제가 먼저 연락을 취할게요."

"그렇게 해."

운소명의 대답에 문홍은 곧 밖으로 나갔다. 그녀의 발자국 소리가 멀어지는 것 같더니 어느새 사라졌다. 그녀의 경공도 상당한 수준이란 것을 운소명은 알 수 있었다.

"금천조라……."

운소명은 금천조의 존재 사실을 확인해 둘 필요가 있다고 생각했다.

第四章

흑무(黑霧)

흑무(黑霧)

 곡반호는 외눈이었다. 왼 눈을 과거에 잃은 그는 검은 안대를 하고 있었으며, 깊은 산속에서 홀로 살고 있었다. 매일 그가 하는 일은 집을 보수하는 일이었고 식량이 떨어지면 사냥을 하는 게 다였다.

 집은 십 년 동안 계속해서 보수를 해서 그런지 이제는 꽤 운치있는 모습을 하고 있었다. 맑은 냇물이 흐르는 계곡 옆에 지어진 집은 곡반호에겐 은근한 자랑거리였다. 물론 자랑할 사람도 없고 대화를 나눌 사람도 없었다. 과거에는 외로움에 못 이겨 자살을 생각해 본 적도 있었으나 그러지는 않았다.

자살을 하기에는 이곳에서 지낸 그동안의 시간이 아까웠다. 지금은 어느새 익숙해져서 그런지 나름대로 이곳에서 사는 것도 나쁘지 않게 되었다. 적어도 강호에서 느꼈던 사람들과의 대립되는 감정은 없기 때문이다.

"웃샤!"
커다란 통나무를 품에 안고 계곡을 뛰어넘어 집 앞에 도착한 그는 남루한 옷차림에 덥수룩한 수염투성이였다. 특징은 오직 외눈이라는 것?
"아자자자!"
마치 무언가를 이루었다는 듯 허공을 향해 큰 소리로 외치던 그는 통나무를 바닥에 던지곤 손을 털었다. 그리곤 한쪽에 세워둔 도끼를 들었다. 그 순간 그의 눈빛이 마치 먹이를 발견한 맹수처럼 날카롭게 변하더니 집 안으로 조심스럽게 들어갔다. 곧 그는 의자에 앉아 있는 사람을 볼 수 있었다.
"……?"
곡반호는 자신이 손수 깎아 만든 의자에 앉아 있는 홍의미녀를 발견하자 처음에는 눈을 몇 번 깜빡거리며 그녀가 누구인지 생각했다. 하지만 불현듯 떠오르는 얼굴에 도끼를 옆에 내려놓았다.
긴장은 풀었으나 표정은 밝지 않았다. 자신을 이곳으로 보낸 장본인이 앞에 앉아 있었기 때문이다.

"뭐야? 무슨 일로 왔는데?"

"후후… 그게 십 년 만에 만난 사람에게 할 말인가요?"

조금 나른한 듯한 목소리로 말을 한 아림은 곡반호의 외눈을 뚫어져라 쳐다보았다. 그 시선을 의식해서일까? 곡반호는 슬쩍 시선을 피하며 한쪽 의자에 앉았다.

"할 말 있으면 빨리해. 장작도 패야 하고 사냥도 나가야 하니까."

곡반호의 말에 아림은 미소를 그리며 말했다.

"안쪽에 술을 몇 병 가져다 놓았어요. 물론 개고기도 함께 가져왔지요."

"빨리 말했어야지!"

곡반호가 술과 개고기라는 말에 번개처럼 움직였다. 그의 움직임이 여전하다는 것을 본 아림은 안에서 술병을 들고 나오는 곡반호를 향해 시선을 던지며 말했다.

"강호에 나가볼 생각은 있나요?"

술을 마시던 곡반호가 그 말에 안색을 굳히며 아림을 쳐다보았다.

"이번 일만 처리하면 당신에게 새로운 신분을 주겠어요. 과거의 곡반호는 완전히 죽은 것으로 하고요."

"정말인가?"

곡반호는 술병을 내려놓으며 날카로운 안광으로 아림을 노려보았다.

"정말이에요. 이번 일만 해결되면 제가 궁주가 될지도 몰라요. 그렇게 된다면 당신도 자유가 되겠지요? 더 이상 스승님을 두려워할 필요도 없구요."

"……!"

그 말에 곡반호의 눈동자가 흔들리기 시작했다. 자심연을 두려워해 지금까지 숨어 있었기 때문이다.

"제가 궁주가 된다면 과거의 일로 당신을 추궁할 사람도 없어지게 되지요. 저를 도와주기만 하면 돼요."

아림의 말을 들은 곡반호는 잠시 말을 하지 않았다. 그저 무수히 많은 말을 눈으로 하고 있었다. 그런 곡반호에게 아림이 다시 말했다.

"간단한 일이에요. 현재 백화성주의 후보로 거론된 곡비연이란 여자를 죽여주기만 하면 돼요."

"설마 곡현의 딸은 아니겠지?"

"잘 아시네요."

아림이 미소를 그리며 눈을 반짝이자 곡반호의 전신이 미미하게 흔들렸다. 자신에게는 조카가 되기 때문이다. 그 사실을 아림이 모르고 있을 리 없었다.

"왜요? 어려운가요?"

아림의 서늘한 눈매와 감미로운 목소리가 곡반호의 귓가에 낮은 속삭임이 되어 박혀들었다. 곡반호는 차가운 시선으로 아림을 쳐다보았다.

"너는… 사람이 아니라 요괴로구나. 네 사매도 내 손으로 죽이게 만들더니… 이제는 내 조카마저 죽이라는 것이냐?"

곡반호의 말에 아림의 표정이 싸늘하게 변하였다. 그녀의 그러한 변화가 순식간이라 곡반호도 기세에 놀란 듯 한발 물러섰다.

"그래요. 죽이세요. 조카라도 죽이세요. 어차피 곡현과도 사촌일 뿐 친형제도 아니잖아요? 제가 궁주가 되기 위해서 도와달라는 것이에요. 다른 사람도 아닌 당신의 연인인 제가요."

아림의 말에 곡반호는 미미하게 어깨를 떨어야 했다. 그 모습을 보던 아림은 할 말을 다 했다는 듯 자리에서 일어나 밖으로 나가며 말했다.

"산밑에 제 마차가 있어요. 내일 아침까지 기다릴게요."

슥!

아림의 신형이 바람처럼 산밑으로 날아갔다. 그녀의 경공을 보던 곡반호는 어금니를 깨물며 고개를 숙였다.

"빌어먹을……."

마차에서 잠을 자던 아림은 아침의 시원한 공기를 마시며 일어나 시비들을 남겨놓고 홀로 냇가로 향했다.

스륵!

옷을 모두 벗은 그녀는 나신이 되어 냇물 속으로 들어갔다. 맑고 차가운 물소리에 흠뻑 취한 그녀는 한참 동안 홀로 물속에서 몸을 씻다 시선을 돌리며 말했다.

"언제까지 보고만 있을 건가요?"

언제부터 있었을까? 아림의 시선을 받은 곡반호는 한쪽 바위 위에 앉아 있었다. 그는 여전히 덥수룩한 수염에 남루한 옷차림을 하고 있었다.

"이리 오세요."

아림이 손짓하자 곡반호는 고개를 저었다. 그러자 아림이 물가에서 천천히 걸어나와 곡반호의 옆으로 다가왔다. 그녀의 나신을 본 곡반호는 자신도 모르게 미미하게 어깨를 떨었다. 여전히 그녀의 모습은 아름답게 다가왔기 때문이다.

슥! 슥!

물가에 앉은 곡반호는 자신의 수염을 깎아주고 있는 아림의 모습을 찾고 있었다. 그녀는 여전히 실오라기 하나 걸치지 않은 채 곡반호의 눈을 어지럽히고 있었다.

"결정은 하셨어요?"

"아직."

곡반호의 말에 아림은 고개를 끄덕였다. 아림은 곧 수염을 모두 깎은 곡반호의 얼굴을 씻겨주다 건장한 미청년의 얼굴을 하고 있는 그를 잠시 쳐다보았다. 아림의 눈동자가 흔들렸다. 전혀 변한 게 없는 곡반호의 모습 때문이다. 그는 여전히 젊은 날 그 모습 그대로 남아 있었다.

"여전히… 제 가슴을 뛰게 하네요, 당신은."

아림의 말에 곡반호는 무심하게 그녀의 나신을 쳐다보았다. 아림의 가는 허리가 그의 눈에 들어왔다. 이내 아림이 곡반호의 얼굴을 자신의 가슴으로 당기며 말했다.

"제게 남자는 당신뿐이에요."

곡반호는 그 말을 듣자 마치 실성한 사람처럼 아림을 강하게 끌어안았다.

*   *   *

내실에 앉아 곡비연의 말을 듣던 문소월은 경직된 표정으로 말했다.

"그렇게 할 수는 없습니다. 창천궁에 자극을 줄지 모르나 최소한의 인원으로 창천궁에 가신다니요? 만약 기습이라도 당한다면 어찌하려고 합니까?"

문소월은 말도 안 된다는 표정을 한 채 곡비연을 쳐다보았다. 그의 말에 옆에 앉아 있던 서문각의 각주인 윤청 역시 반대한다는 듯 말을 거들었다.

"그럴 수는 없습니다. 분명 백무원주는 그 기회를 놓치지 않을 것입니다. 백무원주는 보기와 달리 야심이 많은 분이십니다. 궁주가 되기 위해서라면 서슴없이 원주님을 공격할 것입니다."

윤청까지 격한 어조로 말하자 곡비연은 그들이 자신을 크게 걱정하고 있는 마음을 알았다. 적어도 이들은 자신 편이 확실했다. 그런 생각이 들자 곡비연은 부드러운 미소를 보이며 말했다.

"두 분 말씀은 잘 알겠어요. 하지만 백 명이 넘는 인원이 함께 간다면 창천궁을 자극하게 될 거예요. 백화성에 대해 안 좋은 감정을 가지고 있는데 그 많은 인원과 함께 간다면 창천궁의 간부들이 좋아할까요? 아마 더욱 경계하겠지요. 저는 이왕 가는 김에 창천궁을 설득해 한 배를 타게 할 생각이에요. 그러니 최대한 그들을 배려해야지요."

"아무리 그래도 백 명 정도의 호위무사는 필요합니다. 적은 무림맹과 창천궁이 아니라 내부에 있다는 점을 잊지 마십시오."

문소월이 다시 목청을 높였다. 그러자 윤청이 다시 도왔다.

"아무리 그래도 안 됩니다. 백화성에서 공식적으로 가는 것인데 최소한으로 간다니요? 더 많은 인원을 보내 저희 백화성의 위신을 크게 보여주는 것도 모자랄 판에 백 명도 안 된다니요? 저는 오백의 무사와 함께 가야 한다고 생각합니다. 다른 건 다 참아도 그들이 저희 백화성을 무시하는 것은 참지 못합니다. 백무원의 아 원주는 삼백의 무사와 함께 무림맹에 공식 방문한다고 하였습니다. 그 정도도 간소화한 것입니다. 저희 성에 단 두 분밖에 안 계시는 원주님이 가시는 것인데 백 명도 안 데리고 간다니요? 저희 백문원의 위신이 걸려 있습니다. 겨우 백 명만 대동하는 것도 화가 나는데 최소한으로 간다니… 절대 그렇게 보낼 수 없습니다. 안전을 위해서라도 안 됩니다."

윤청이 그녀답지 않게 목소리까지 높이며 열변을 토하자 곡비연은 의외라는 표정으로 윤청을 쳐다보았다. 그녀가 이렇게 흥분하는 모습은 본 적이 없었기 때문이다. 그만큼 그녀에게도 중요한 일이 분명했다.

곡비연은 그들의 말에 고개를 끄덕이며 마음을 이해한다는 듯 차분한 목소리로 말했다.

"너무 걱정하지 마세요. 제 호위로 오신 손 위사도 계시니까요. 거기다 제 시비들인 사비들도 무공이 높아 의지가 되지요."

곡비연의 말에 윤청과 문소월은 한쪽에 서 있는 손수수를 쳐다보았다. 손수수의 옆에는 시비들이 서 있었는데 상당히 손수수를 의식하는 것처럼 보였다.

문소월이 잠시 손수수를 바라보다 안색을 바꾸며 말했다.

"물론 영신위의 무공을 의심하지는 않습니다. 하나 적은 내부에서 옵니다. 그 점을 잊으시면 안 됩니다. 그러니 백 명의 호위를 허락하시지요."

"최소한의 인원으로 가신다면 저도 따라가겠습니다."

윤청이 나서며 말하자 곡비연은 안색을 굳혔다. 윤청은 서문각의 각주로 성의 총관과도 같은 일을 하고 있었기 때문이다. 그녀가 자리를 비운다면 성에 상당한 문제들이 생길 것이다.

"윤 각주가 따라오면 성에 남은 사람들이 곤란해할 거예요."

"밑에 수하들이 곤란할 뿐입니다. 저도 성에서 나가본 지 오래되어서 한 번쯤 바깥바람을 쐬고 싶었습니다."

윤청의 말에 곡비연은 짧게 숨을 내쉬며 고집을 부릴 수 없다고 판단하였다.

"그럼 그렇게 하기로 할게요. 그러니 두 분은 너무 걱정하지 마시고 일 보시기 바랍니다."

결국 고집을 꺾고 허락하자 문소월과 윤청은 표정을 바꾸며 기분 좋게 웃어 보였다. 문소월은 잘되었다는 듯 말했다.

"진작에 그러시지요. 백화성의 위신도 달려 있으니 화려하고 크게 가야 합니다."

"허락하신 걸로 알고 저는 준비를 하러 가보겠습니다."

윤청이 재빠르게 말하며 자리에서 일어서자 문소월도 자리에서 일어섰다.

"저도 윤 각주와 함께 준비를 하러 가겠습니다. 출발은 언제 하실 생각이십니까?"

"이틀 후에 하는 것으로 하지요."

"알겠습니다. 그럼 그때까지 모든 준비를 마치겠습니다."

곡비연의 대답에 문소월과 윤청은 대답하며 밖으로 사이좋게 나갔다. 그들이 나가자 곡비연은 미소를 보인 후 짧은 숨과 함께 자리에서 일어섰다. 그러자 손수수가 다가왔다.

"적의 눈을 교란시킬 생각이었는데 아쉽게도 노출된 상태로 가야 할 것 같네요."

"그것도 나쁘지는 않을 것 같군요. 어차피 창천궁에 도착할 때까진 공격하지 않을 테니. 돌아오는 길이 힘들겠지만……."

손수수의 대답에 곡비연은 눈을 빛내며 고개를 끄덕였다. 이렇다 할 세력이 없는 곡비연이었기에 다른 후보들을 공격할 생각은 꿈도 꾸지 않았다. 당하지만 않으면 그걸로 다행이라 여겼다.

"일단 창천궁에 가면 그 무살에 대한 이야기를 나눠볼 생각이에요. 창천궁 역시 무살로 인해 꽤 큰 피해를 입었으니 무살 때문에 악화된 관계가 무살로 인해 좋아질지도 모르지요."

곡비연의 시선이 손수수에게 닿았다. 무살을 마지막까지 본 사람이 있다면 손수수였기 때문이다. 손수수는 담담한 표정으로 말했다.

"무살에 대한 일은 극비에 해당되지요. 저라고 해서 창천궁에 특별히 해줄 말은 없어요. 무엇보다 창천궁의 손에서 무살을 탈취한 사람은 저예요. 그 점을 잊지 말아주세요."

"그랬지요… 확실히……. 창천궁에서 혹시 묻는 게 있다면 모르는 일이라고 하시겠군요?"

"물론이에요."

대답을 한 손수수의 표정을 가만히 보던 곡비연은 눈을 반짝이다 곧 미소를 보였다.

"잘 알겠어요. 저도 그 방향으로 대화를 나누도록 하지요."

곡비연은 고개를 끄덕이며 천천히 자신의 방으로 향했다. 그녀의 뒷모습을 보던 손수수의 안색이 미묘하게 변하였다. 문득 곡비연에 대해서 다시 생각해 볼 필요가 있다는 생각이 들었다.

　방 안에 앉은 곡비연은 안색을 찌푸리며 손수수의 얼굴을 떠올렸다. 그녀와 함께 지낸 지도 꽤 되어 그녀의 성격에 대해선 어느 정도 파악한 상태였다. 무엇보다 자신의 천안신공을 펼칠 때 보여준 그녀의 마음은 회색빛이었다. 파악하기 힘든 색이었으나 무슨 생각을 가지고 있는지 알 수는 있었다.
　'확실히 내게 숨기는 게 있어……'
　곡비연은 손수수가 무살에 대한 이야기가 나올 때마다 보여준 귓불의 떨림을 상기했다. 그건 손수수 본인도 모르는 버릇이었다. 자신이 당황하거나 숨기고 싶은 게 있을 때 하는 변화라는 것을.
　"휴… 죽은 무살을 생각해서 무엇 하려고… 지금은 그것보다 어떻게 창천궁에 다녀오냐인데……."
　고개를 저으며 곡비연은 창천궁에 다녀오는 일에 생각을 집중하였다. 잠시의 시간을 홀로 명상에 잠긴 듯 보내고 있던 곡비연에게 시비가 다가왔다.
　"묵 공자께서 오셨습니다."
　"그래? 어디에 계시지?"
　"객실에 모셨습니다."
　"곧 가지."

곡비연은 고개를 끄덕이며 일어나 방으로 들어가 옷을 갈아입기 시작했다. 옷을 갈아입다 문득 자신이 묵선명을 만나는데 왜 옷까지 갈아입으려 하는지 우습다는 생각이 들었다.

'여자이고 싶은 걸까?'

스스로에게 물은 곡비연은 이내 고개를 저으며 평소 입던 옷으로 다시 입고 밖으로 나갔다.

객청에 홀로 서 있는 묵선명은 평소보다 조금 어두운 표정을 그리고 있었다. 본래 자신의 마음을 밖으로 잘 표현하지 않는 성격이기에 얼굴로는 어떤 생각을 하는지 알 수 없는 사람이었다. 하지만 지금은 약간 초조한 듯 방 안을 서성이고 있었다.

그러다 숨을 길게 내쉬곤 의자에 앉아 차를 마셨다. 잠시 그렇게 앉아 밖을 보던 그는 월동문을 통해 곡비연이 모습을 보이자 자리에서 일어섰다.

"많이 기다렸나요?"

"아니오."

안으로 들어오며 인사하는 곡비연에게 묵선명은 고개를 저으며 자리를 함께했다. 의자에 앉은 둘은 왠지 전보다는 어색한 사이가 된 듯 한참 동안 입을 열지 못하고 있었다. 어색한 침묵만이 조금 무거운 감정을 담은 채 주변을 맴돌고 있었다.

"언제 출발할 거요?"

한없이 계속될 것 같던 침묵을 깨고 입을 연 것은 묵선명이었다. 앞으로 이렇게 대화를 나눌 시간이 그리 많지 않다는 것을 본능적으로 느끼고 있었다. 왠지 그런 느낌이 들어 일부러 찾아왔다.

"모레 갈 생각이에요."

"창천궁에서 돌아오면 궁주가 되거나 그렇지 않으면… 멀리 가게 될 것이오."

묵선명은 조금 힘들게 말했다. 멀리 간다는 말은 서역에 가게 된다는 것을 의미했다. 지금의 천하에서 완전히 멀어지는 곳으로 가게 된다. 권력 싸움이 일어나는 것을 막기 위한 조치였다.

소문으론 후환을 없애기 위해 멀리 가기도 전에 죽인다고 하였다. 물론 소문에 불과했지만 신빙성이 있는 말이었다. 궁주에 앉아 있는데 후보가 살아 있다면 그와 함께했던 세력들이 다시 힘을 모아 덤벼올 가능성도 있었기 때문이다.

차라리 후보가 사라진다면 더 이상 궁주라는 자리를 꿈꾸지 못할 테니 후환도 없었고 남은 세력들은 신궁주에게 충성을 맹세할 것이다. 그 점을 알기에 묵선명은 어렵게 입을 연 것이다.

"솔직히……."

곡비연은 어렵게 입을 열었다. 그녀의 낮은 목소리에 묵선명은 곡비연을 쳐다보았다. 곡비연의 눈동자가 어지러운 듯 흔들리고 있었다. 무수히 많은 생각들을 하고 있는 것처럼 보였고 왠지 모르게 안쓰럽게 느껴졌다. 힘겨운 싸움을 홀로 하고 있는 기분이 들었다.

"솔직히… 후회하고 있어요."

힘들게 입을 연 곡비연은 힘겨워하는 표정으로 천천히 다시 말했다.

"하지만 이왕 이렇게 된 거… 최선을 다해볼 생각이에요. 설혹 다른 사람들에게 진다 해도 후회가 남지 않도록."

"무슨 말을 해야 할지 모르겠소."

묵선명은 곡비연의 시선을 피하며 길게 숨을 내쉬었다. 묵선명은 묵선령만 아니었다면 곡비연을 지원했을 것이다. 하지만 피를 나눈 누나가 후보이지 않은가? 후보에서 떨어지면 기다리는 것은 멀리 떠나는 길뿐이었다.

"궁주가 되면 무엇을 하고 싶소? 아니, 궁주가 되려고 결심한 계기가 무엇이오?"

묵선명의 물음에 곡비연은 슬쩍 미소를 그리며 말했다.

"무살의 배후를 알아내겠어요. 그게 제 목표예요. 솔직히… 궁주가 되려고 한 이유도 거기에 있어요. 무살의 배후를 알아 복수할 생각이에요. 아마도 무살이 죽은 지금… 그게 제 인생의 목표인 것 같아요."

"백문원주의 자리에 앉은 것만으로도 그건 가능한 일이오."

묵선명의 말에 곡비연은 고개를 저었다.

"백문원주도 커다란 권력이지만 모든 것을 지휘할 수는 없어요. 그리고 모든 것을 알 수도 없구요. 저는 다 알아낼 생각이에요. 이 강호에 대해……."

곡비연의 말에 묵선명은 씁쓸히 입을 열었다.

"그 길도 있으나 다른 길도 있소… 한 명의 여자로 사는 길 말이오. 분명 그 길도 나쁘지는 않을 것이오."

묵선명의 말에 곡비연은 그의 마음을 잘 알기에 미소를 보이며 고개를 끄덕였다.

"분명 그 길도 행복할 것 같아요. 아마 시간이 지나면 크게 후회하겠지요……."

"진정… 그만둘 수는 없는 것이오?"

묵선명이 간곡한 표정으로 말했으나 곡비연은 고개를 저었다.

"궁주가 된다는 건 여자이기를 포기한다는 뜻이에요. 이미 마음을 정했어요. 묵 각주의 마음을 모르는 것은 아니에요. 하나… 지금 저를 지탱하는 것은 복수뿐이에요."

묵선명은 자신을 묵 각주라고 부르는 순간 안색을 굳히며 어금니를 깨물어야 했다. 어떤 말을 하더라도 설득하기 어렵다는 것을 다시 한 번 느끼자 저도 모르게 어깨를 떨었다. 이내 입술을 깨물던 묵선명은 무수히 많은 말을 뱉고 싶었으나 결국 말하지 못하고 자리에서 일어섰다.

깊고 무거운 공기가 방 안을 맴돌기 시작했다. 하지만 그 무거움조차 두 사람의 어색한 사이를 이기지 못하는 듯 바람이 불자 날아갔다.

묵선명은 결국 한숨을 길게 내쉬었다. 길게 내뿜는 한숨 속에 곡비연에게 가지고 있던 모든 감정들을 담아버렸다. 그래서일까, 조금 전과는 달리 표정이 밝았다. 그는 곧 곡비연을 향해 말했다.

"나는 곡 원주가 궁주가 되지 못하더라도 옆에 있을 것이오. 그것 하나만 기억하길 바라오."

곡비연이 놀라 자리에서 일어나 묵선명을 쳐다보았다. 그러자 묵선명은 가볍게 미소를 보인 후 빠르게 밖으로 나갔다.

그가 완전히 사라질 때까지 곡비연은 묵선명의 뒷모습을 눈으로 좇았다.

"휴……."

자신도 모르게 길게 한숨을 내쉰 곡비연은 홀로 남은 객청

안을 둘러보다 자리에 앉았다. 밖은 시원한 바람이 불고 있었으며 풍경은 전혀 변한 게 없어 보였다. 하지만 사람은 변해 버렸다. 불과 며칠 사이에 이렇게 변해 버린 것이다.

"내가 변한 게 아니야… 내가 변한 게 아니라 단지… 기회가 왔을 뿐이야……."

곡비연은 씁쓸히 중얼거리며 멍하니 하늘을 쳐다보았다. 맑은 하늘은 여전히 그녀의 시선을 어지럽혔다. 문득 그녀의 머릿속에 묵선명과 함께 걷던 게 떠올랐다. 묵가의 후원을 걸으며 그와 나눈 대화들도 즐거움으로 다가왔다.

주륵!

한줄기 눈물이 그녀의 뺨을 타고 흘러내렸다. 왜 그런지 모르나 그녀의 눈동자는 붉게 물들어 있었고 뺨을 타고 흐르는 눈물은 멈출 생각이 없는 듯 한없이 흘러내리고 있었다. 한참 동안 그렇게 멍하니 하늘을 올려다보았다.

슥!

곡비연은 고운 손 하나가 눈앞에 나타나자 시선을 내렸다. 손보다 눈에 띈 것은 그 손안에 든 분홍빛 손수건이었다. 시선을 돌리자 어느새 왔는지 모를 손수수가 표정없는 얼굴로 서 있었다.

"언제부터……."

"방금."

흑무(黑霧) 149

손수수의 대답에 곡비연은 피식거리는 웃음을 흘리며 손수건을 받아 눈물을 훔쳤다. 그 모습을 보던 손수수는 자신의 예상보다 그녀가 더욱 깊이 묵선명을 마음에 담아두고 있었음을 알았다.

묵선명이 왔다고 했을 때부터 어느 정도는 예상하고 있었다. 그와 곡비연의 관계가 깊다는 생각을 해왔기 때문이다. 그리고 지금 그녀가 마음속에서 묵선명을 떠나보낸 것을 알았다.

"술이라도 마실까요?"

곡비연은 눈물을 닦으며 애써 웃어 보았다. 손수수는 그 앞에 앉으며 말했다.

"위로가 될지는 모르나… 저는 열다섯에 여자이기를 버렸어요. 암화단이 되어 성주님을 보좌하고 성을 수호한다는 건 쉬운 일이 아니었지요. 물론 결코 가볍게 생각한 적은 없었으나 더 가혹했다고 해야 할까… 처음 임무를 부여받은 열다섯에 적에게 빼앗긴 건 처녀만이 아닌 여자라는 것이었으니까요."

손수수의 말에 곡비연은 안색을 굳혔다. 말은 참 쉽게 하는 것 같았으나 그 속에 담긴 고통이 전해져 오는 것 같았다.

"여자가 험난한 강호에서 살아간다는 건… 쉬운 게 아닌가 봐요. 때론 너무 힘든 선택을 강요받기도 하고 때론 너무 힘든 시련을 견뎌야 하죠. 여자이기 때문에 더욱 힘든가 봐요."

손수수의 말에 곡비연은 어느새 눈물을 멈췄다. 그녀는 애써 밝게 미소를 보이며 말했다.

"술을 마셔야겠네요."

"좋지요. 오늘이 아니면 당분간 마시지도 못할 테니까요. 경치가 좋은 후원에서 마시는 게 더 좋지 않을까요?"

"좋아요. 그리로 가요."

곡비연이 먼저 일어나 빠른 걸음으로 걷자 그 뒤로 손수수가 따라가며 미소를 그렸다.

'강한 사람이다.'

손수수는 곡비연의 뒷모습을 바라보며 생각했다.

밤새 술을 마시고 일어나는 것만큼 힘든 일도 없을 것이다. 하지만 그건 보통 사람들에 해당하는 말이었다. 손수수는 취기를 이기지 못하고 쓰러진 곡비연을 침실에 눕히고 방으로 돌아와 운기를 했다.

운기를 마치고 눈을 떴을 땐 해가 어느새 창을 통해 밝은 빛을 뿌리고 있었다. 손수수는 문득 뜨거운 물에 몸을 담그고 싶다는 생각이 들었다. 하지만 그전에 해야 할 일이 있었다.

오랜만에 모습을 보인 손수수를 보게 되자 암화단의 현 단

주인 연소월은 반갑게 그녀를 맞이했다. 과거 생사고락을 함께했던 동료였고 오랜 시간을 보낸 사이였기에 동료 이상의 감정을 가지고 있는 둘이었다.

"오랜만에 오셨네요, 서운하게."

"바쁜 걸 아는데 자주 찾아와서 귀찮게 할 수는 없으니까."

손수수의 말에 연소월은 미소를 보였다.

"설마하니 내일 창천궁으로 떠나는데 인사나 하려고 온 것은 아닐 테고… 이유가 궁금하네요."

연소월은 손수수의 성격을 잘 알기에 그녀가 인사나 하러 움직이는 인물이 아니란 것을 알고 있었다. 무언가 할 말이 있었기 때문에 이른 아침부터 자신을 찾아왔다고 판단했다. 그러자 손수수가 눈을 빛내며 굳은 표정으로 말했다.

"솔직히 내가 이 성에서 믿을 수 있는 사람은 오직 너 한 명뿐이지 않니? 그래서 찾아왔지."

연소월은 그 말에 의외인 듯 눈을 빛냈다. 자신의 생각보다 중요한 일인 것을 본능적으로 알았기 때문이다.

"설마… 성주님께도 비밀로 해야 하는 건가 봐요?"

"상관없으나 이왕이면 모르시는 게 낫겠지. 어차피 내 목적은 곡 원주를 성주로 앉히는 일이니까. 곡 원주를 보호하라는 명에 따를 뿐이야."

"음……."

연소월은 고개를 미미하게 끄덕였다. 그녀 역시 자심연의 뜻을 따르는 암화단의 단주였기에 곡비연을 마음에 두고 있다는 사실을 알고 있었다. 물론 그 사실을 아는 사람은 암화단 내에서도 연소월 본인뿐이었다.

"알았어요. 어려운 일이 아니라면 저희만 아는 걸로 하지요. 무슨 일인가요?"

"그리 어려운 일은 아니야. 사람을 찾아 서찰을 전하기만 하면 되니까."

 연소월은 그 말에 고개를 끄덕였다. 생각보다 쉬운 일이었기 때문이다. 그러자 손수수가 다시 말했다.

"창천궁으로 내일 떠나는 건 너도 잘 알 거야. 어떤 일이 생길지 몰라 차(車)를 하나 숨기는 것이라고 생각하면 이해하기 쉬울 거야."

"그렇군요."

 연소월은 그 말에 눈을 반짝였다. 아무도 모르는 노림수를 두겠다는 뜻으로 들렸기 때문이다.

"그런데 서찰을 전할 그 사람이 누군가요?"

"운소명."

*   *   *

제남으로 가는 가장 빠른 방법 중 하나가 배를 타고 운하를 거슬러 올라가는 길이었고, 다른 하나는 말을 타고 양주와 회안을 거쳐 올라가는 길이었다. 양주와 회안은 중원에서도 가장 유명한 곡창지대이자 수많은 물품들이 오가는 지역이다 보니 대상인들도 많았고 오가는 사람들도 많았다. 무엇보다 양주는 운하의 마지막 종착점이라 더욱 큰 부를 가진 도시였다.

 중원에서도 가장 부자들이 많은 동네 중 하나이다 보니 도시는 깨끗했고 오가는 사람들도 활기차 보였다.

 느긋한 걸음걸이로 양주에 들어선 운소명은 시장거리를 걷다 약방이 보이자 들어갔다.

 "어서 오십시오."

 점원의 인사에 고개를 끄덕인 운소명은 주변을 둘러보다 주인으로 보이는 중년인에게 다가가 물었다.

 "독을 구하고 싶은데?"

 "예? 독이요? 아이고, 손님, 저희는 그런 거 절대 취급하지 않습니다."

 놀란 주인이 양손을 저으며 설레발을 치자 운소명은 그런 그의 손을 잡곤 손안에 금빛 물체를 쥐어주었다. 그리곤 밝은 미소를 그리며 말했다.

 "학정홍(鶴頂紅) 같은 극독을 원하는데 팔지 않소? 패독 종

류도 좋을 것 같소. 어차피 바다와 가까우니 조개에서 추출한 패독이 많을 것도 같구려. 아, 그리고 문에서 왔소."

빠르게 말한 운소명은 '문(門)'을 강조하며 주인의 손에 또 하나의 금빛 물체를 쥐어주었다. 그러자 주인의 안색이 급격하게 변하였다. 같은 하오문의 사람이란 것을 안 것이다.

"험! 험! 음……."

주인은 헛기침을 하며 주변을 둘러보다 사람이 없다는 것을 알자 곧 신형을 돌리며 말했다.

"우리 집에서 샀다고 절대 말하면 아니 되오. 아… 그리고 신분 확인도 하게 해주시오."

"염려 놓으시오."

운소명은 밝은 표정으로 따라 들어갔다.

얼마 지나지 않아 약방을 나온 운소명은 천천히 사람들 틈으로 사라져 갔다. 물론 약방의 주인은 그 이후로 모습을 보이지 않았다.

"학정홍이라……. 좋구나… 후후."

콧노래를 흥얼거리며 길을 걷던 운소명은 운하의 다리 위를 지나다 밑에서 지나가는 화물선이 보이자 눈을 빛냈다. 그리 크지 않은 화물선은 쌀을 실은 배로 그 옆에는 볏짚이 쌓여 있었다.

쉭!

운소명은 사람들의 시선에 아랑곳하지 않고 볏짚 위로 몸을 날려 내렸다. 푹신한 느낌과 볏짚의 축축하고 독특한 냄새가 코를 간지럽혔으나 기분은 좋았다. 팔베개를 하고 누워 오가는 사람들을 구경하자 세상을 다 가진 것 같은 행복감이 밀려왔다.

"좋구나."

배는 천천히 작은 운하를 지나 거대하게 커진 경항대운하(中京杭大運河)에 들어섰다. 그러자 수많은 배들이 운소명의 눈에 들어왔고 더욱 많은 사람들이 운하의 좌우로 움직이는 게 보였다. 하지만 그러한 모습들보다 활기차게 움직이는 사람들의 모습이 더욱 그의 눈길을 잡았다. 그 많은 사람들이 바쁘게 움직이는 게 조금 새롭게 보였다고 할까?

"바쁘군."

운소명은 웃으며 하늘을 쳐다보았다. 지금처럼 한가롭고 여유있게 지낼 수만 있다면 소원이 없을 것 같은 평화로운 시간이 흘러가고 있었다.

* * *

쏴아아아!

창밖으로 쏟아지는 시원한 빗줄기의 소리가 마음에 가라앉아 있던 무거운 짐들을 씻겨주는 것 같았다.

오전에 바라본 하늘이 검게 변하자 비가 올 것이라고 예상은 했었다. 그때 비가 오면 참 좋을 거라 생각했었다. 공기 속에 섞인 비 냄새가 진해서 그랬을까?

예상처럼 비가 내렸고 마음속에 담아두었던 무거운 짐들이 씻겨져 가는 기분이 들었다.

"스승님, 비가 와서 차를 바꿔왔어요."

다탁 앞에 찻주전자와 잔을 내려놓고 있는 장림의 모습을 보던 유수월은 천천히 일어나 느린 걸음으로 다가와 앉았다. 그의 안색은 창백했고 몇 년 사이에 많이 늙은 듯 주름살이 가득했다. 그 모습을 안쓰럽게 바라보는 장림이었다. 전에 보여주던 패기는 오간 데 없고 사람의 폐부를 찢던 날카로운 안광도 이젠 찾을 수가 없었다. 스승인 유수월이 늙었다는 것을 아는 순간 마음이 한없이 무거워졌다.

차를 한 모금 마신 유수월의 표정이 조금 밝아졌다.

"좋구나."

짧은 말이었으나 장림은 기분이 좋아졌다.

"새순으로 만든 철관음이에요."

"철관음은 흔한 차지만 흔한 만큼 맛이 좋지."

유수월은 고개를 끄덕이며 만족한 표정을 보이곤 천천히 차를 마시면서 창밖으로 시선을 던졌다. 그의 눈동자는 수많은 기억들을 떠올리는 것처럼 깊은 우수에 젖어 있었다.

"세상을 다 가졌다고 생각했지… 또한 세상을 조롱하면서 살 거라 생각했는데 결국 이렇게 된 나를 보니 세상이 나를 조롱한 것 같아 슬프네."

가만히 중얼거린 유수월은 안색을 찌푸리며 다시 말했다.

"어차피 사람은 죽어… 그 사실을 너무 늦게 깨달은 것 같아."

유수월은 이내 고개를 저으며 눈을 감았다. 장림은 아무 말 없이 유수월의 모습을 쳐다만 보았다.

"죽으면 다 소용없다는 걸 지금에서야 알았으니… 너무 늦게 알았어."

씁쓸히 말하는 유수월의 모습은 어디서나 흔히 볼 수 있는 노인처럼 다가왔다.

"피곤하신가 봐요. 조금 주무셔야겠어요."

"아니… 아니야. 어차피 살날도 멀지 않았는데 잠으로 시간을 허비할 수는 없지… 조금이라도 이 눈에 주변을 담고 싶어."

그렇게 말한 유수월은 다시 시선을 정원으로 향했다. 넓게 펼쳐진 정원이 그의 눈에 담겨 들어왔고 이곳에서 지낸 많은 날들이 주마등처럼 스치고 지나쳤다. 그러다 문득 생각이 난 듯 장림에게 물었다.

"지금 맹은 어떻게 돌아가고 있는지 알고 있나?"

"장로원은 다음 대의 맹주 자리를 놓고 다투는 모양이에요."

장림의 말에 고개를 끄덕이며 유수월은 퉁명스럽게 말했다.

"그 녀석들이야 늘 내가 물러서기를 바라고 있었지. 지금 후회되는 게 너무 오래 그 자리에 앉아 있었다는 거야. 적당히 하고 물러섰어야 했는데……."

"스승님은 최선을 다하셨어요."

장림의 말에 유수월은 미소를 보였다.

"나는 죽으면 지옥불에서 천년만년 고통을 당하면서 살게 될 거네."

"무슨 그런 말씀을……."

장림이 그 말에 놀란 듯 눈을 크게 뜨자 유수월은 웃으며 다시 말했다.

"억겁의 세월 동안 고통을 받다 보면 다시 태어날 기회를 줄지 모르지. 그때가 되면 힘없는 촌부로 태어나 사람들 속에 섞여 사소한 것에 웃고 울며 살고 싶군. 쿨럭! 쿨럭!"

기침을 크게 하자 놀란 장림이 벌떡 일어났다.

"의원을 불러 올게요. 잠시만 계세요."

타닥!

장림의 발소리가 번개처럼 사라지자 힘없이 의자에 몸을 맡기고 있던 유수월은 평소 느껴지지 않던 이질스러움을 알아차렸다.

"으음……."

유수월은 기묘하게 공기가 변한 것을 알고 고개를 돌려 밖을 바라보았다. 그리고 그 속에 서 있는 한 명의 청년이 눈에 들어왔다.

쏴아아아!

비를 맞고 있는 청년은 처음부터 그곳에 서 있었던 것처럼 흠뻑 젖은 몸으로 유수월의 얼굴을 쳐다보고 있었다.

땅으로 떨어지는 빗소리가 청년과 동화되어 하나로 보이는 것 같았다. 착각일까? 아니면 나이가 들어 헛것을 본 것일까?

"허허……!"

유수월은 빗속에 서 있는 청년의 모습이 낯이 익다는 것을 알았다. 잠시 동안 그렇게 마주 보고 있었다. 그리고 착각이 아니라는 것도 알게 되었다. 유수월은 시선을 돌려 찻주전자를 들었다.

뚝! 뚝!

빗방울이 떨어지는 소리가 바로 앞에서 들리자 유수월은 고개를 들었다. 그리고 비에 젖은 청년의 눈과 마주쳤다.

"반가운 손님이로군."

"오랜만이오."

"그래… 오랜만이네."

유수월의 대답에 청년은 목에 무엇이라도 걸린 듯 옆에 놓인 찻잔을 들어 마셨다.

"살아 있을 거라 생각했지."

그렇게 말한 유수월의 눈동자가 반짝였으나 강력한 패기가 그의 전신에서 쏟아져 나왔다. 조금 전 그 힘없던 노인의 모습이 아닌 절대자의 모습을 보는 것 같은 착각이 들 정도였다.

콰르릉!

천둥과 번갯불이 번뜩이는 오후의 하늘이었다.

"하늘이 진노한 모양이오."

"왜 하늘이 진노를 하는가?"

"당신이 살아 있으니까."

"네가 살아 있어서가 아니고?"

"나는 죽는 법을 배우지 못했소."

운소명의 말에 유수월은 고개를 끄덕였다.

"그랬지… 죽는 법을 가르치진 않았으니까. 다음부터는 죽는 법도 가르쳐야겠어. 하긴… 그래서 더욱 네가 살아 있을 거라 생각했지."

쏴아아아!

빗소리가 더욱 거세게 내리기 시작했다.

운소명은 입가에 가느다란 미소를 걸었다.

"의원이 늦는 모양이오?"

"왜? 내 죽음에 관심이라도 있나?"

"죽일 마음이 있었다면 벌써 세 번은 죽였을 것이오."

유수월은 그 말에 고개를 끄덕였다. 절대 거짓으로 들리지 않았기 때문이다. 무엇보다 무림맹주였던 유수월을 쉽게 죽일 수 있다고 장담할 수 있는 사람이 과연 천하에 몇이나 있겠는가?

"그래도 죽이지 않는 것을 보면 옛 정은 남은 모양이야."

"정은 없소. 어차피 정이란 것도 배우지 못했으니까."

"그래?"

"물어볼 게 있소."

운소명의 말에 유수월은 고개를 끄덕였다.

"어차피 곧 있으면 죽을 몸. 궁금한 게 있다면 물어보게."

"폐병이오?"

"그렇지. 무공이 아무리 높아도 늙으면 다 병들게 마련이야. 무엇보다 근심과 걱정으로 밤잠을 제대로 이루지 못한 게 화근이라더군. 요양하면서 푹 쉬라는 처방을 들었네."

유수월의 말에 운소명은 어이없다는 듯 가볍게 웃음을 흘렸다.

"솔직히 죽일 생각으로 왔소. 그런데 그 늙은 얼굴을 보니 그럴 필요도 없을 것 같구려."

"얼마 남지 않은 삶… 어차피 죽으면 지옥에 갈 삶이지. 네가 죽여준다면 형량이라도 줄어들까? 아니면 먼저 가서 기다리고 있을지도 모르겠군."

유수월의 말에 운소명은 웃으며 고개를 끄덕였다.

"그럴 것 같소. 하지만 같은 방에서 고통을 받고 싶지는 않구려."

"허허허! 염라대왕께서 그렇게 해줄지도 모르지."

유수월은 털털한 웃음을 흘리며 수염을 쓰다듬었다. 그러자 운소명이 물었다.

"천단이 뭐요?"

"……!"

순간 유수월의 행동이 정지한 듯 멈칫거렸다. 그것을 본 운소명은 눈을 반짝였다.

"천단… 천단이라……. 그래… 천단에 대해 알고 싶은 건가?"

"물론이오."

"왜 알고 싶은 거지?"

"없애고 싶으니까."

"허허허허!"

유수월은 소리 높여 웃었다. 그 웃음소리에 담긴 비웃음을 운소명이 읽은 것일까? 운소명은 차가운 기도를 뿌리며 말했다.

"세상을 조롱하고 이만큼 살았으면 되었지 무슨 미련이 있어 웃는 것이오?"

"네 용기가 가상해서 웃은 것뿐이다."

"미안하지만 용기도 배운 적이 없어서 어떤 건지 잘 모르오."

운소명의 낮은 목소리에 유수월은 눈을 빛냈다. 운소명이 어떤 인물인지 잘 알기 때문이다.

"천단을 무너뜨리는 건 불가능하다."

"알고 있소."

운소명은 미소를 그리며 대답했다. 자신도 천단 자체를 무너뜨릴 수 없다는 것을 알기 때문이다. 그 대답에 유수월은 눈을 크게 뜨며 운소명을 쳐다보았다.

"설마 머리를 자르겠다는 뜻이냐?"

"그렇소."

"홋!"

유수월은 입가에 미소를 그렸다. 그리곤 차가운 목소리로 다시 말했다.

"여기서 나를 죽여라. 그게 네가 살 수 있는 유일한 길이다. 네가 나를 죽이지 않고 이대로 떠난다면 나는 마지막으로 너를 죽이기 위해 손을 쓸 것이다. 그리고 다른 천단주가 네 존재에 대해서 알게 되겠지. 그때가 되면 어디에도 네가 숨을 곳은 없다."

"내가 알고 싶은 건 천단의 다른 네 명이오."

운소명의 차가운 목소리에 유수월은 잠시 운소명을 쳐다보았다. 그러다 눈웃음을 그리며 고개를 끄덕였다.

"알려주는 것도 나쁘지는 않겠지… 어차피 죽을 테니. 미꾸라지처럼 분탕질을 실컷 해보거라. 내 먼저 가서 구경할 테니."

"알겠소."

고개를 끄덕인 유수월은 차를 한 모금 마셨다. 말을 많이 했기에 목이 탔던 것이다. 그 모습을 천천히 보던 운소명의 눈동자가 반짝였다. 그것을 모르는 유수월은 찻잔을 내려놓으며 말했다.

"나를 비롯해 다른 네 명은 금산장주와 병부시랑이다. 나머지 두 명은 창천궁과 백화성에 있지. 그 정도면 될 것 같은데?"

흑무(黑霧) 165

"고맙소."

운소명은 고개를 끄덕이며 신형을 돌렸다.

"네가 안 이상 나는 손을 쓸 것이다."

"기대하겠소."

운소명은 이내 천천히 비 오는 밖으로 걸어나갔다. 그가 나가자 유수월은 자리에서 일어나 지필묵이 있는 곳으로 향했다. 그러던 어느 순간 가슴을 부여잡은 유수월은 안색을 굳히며 비틀거렸다.

"콜록! 콜록! 우엑!"

평소보다 더한 기침과 함께 검은 피를 뱉은 유수월은 바닥에 주저앉았다. 온몸이 말라가는 듯한 기분이 들자 자신이 독에 당했다는 것을 간파했다.

"허허!"

자신도 모르게 헛웃음이 흘러나왔다. 아무리 자신이 나약해졌다곤 하나 바로 앞에서 독에 당할 줄은 상상도 하지 못했다. 그리곤 고개를 돌려 찻잔을 쳐다보았다.

"어느새……."

전신을 떨던 그는 바닥을 적시고 있는 검붉은 피에 검지손가락을 찍곤 글을 쓰다 이내 바닥으로 쓰러졌다.

"스승님!"

"어르신!"

그때 안으로 들어온 장림은 바닥에 쓰러져 있는 유수월을 보자 놀라 소리치며 다가갔다.

홍천일호…

그런 그녀의 눈에 유수월이 쓴 글씨가 보이자 재빠르게 밟았다.
그 옆에 서 있던 중년 의원 역시 크게 외치며 다가왔으나 바닥에 쓰여진 글씨는 볼 수가 없었다. 장림의 움직임이 워낙에 빨랐기 때문이다. 뒤따르던 시비들이 놀라 사방에 유수월이 쓰러졌다는 것을 알렸다.
유수월을 부축하던 장림은 의식적으로 발을 비비며 글씨의 흔적을 없앴다. 눈을 감고 있는 유수월의 얼굴을 보는 장림은 슬픈 듯 눈시울을 붉히고 있었으나 그 속에 강한 불꽃같은 열기가 피어나고 있었다.
'일호……'

담장을 넘어 나온 운소명은 재빠르게 사람들에게 섞여들어 큰길로 나왔다. 잠시 비를 맞으며 걸음을 멈춘 운소명은 고개를 돌려 산동유가의 모습을 쳐다보았다. 그런 그의 입가에 차가운 미소가 걸렸다.

"잘 가시오."

이내 운소명은 고개를 돌린 후 천천히 사람들 틈으로 사라져 갔다.

第五章
권력자는 말이 없다

권력자는 말이 없다

산동에서 가장 유명한 명의를 꼽으라면 누구나 다 윤장을 꼽는다. 그는 산동유가나 악가에서 가솔로 받아들이기 위해 몇 번이나 찾아간 인물이다.
 윤장을 서로 데려가기 위해 유가와 악가가 신경전을 벌인 일은 산동에선 유명한 일이었다. 하지만 윤장은 제남에 있는 자신의 집에서 떠나기를 꺼려했고 산동유가와 악가에 급한 환자가 생기면 가장 먼저 달려가겠다고 약속했다.
 윤장이 그렇게 나왔기에 유가와 악가가 큰 문제 없이 원만하게 관계를 유지할 수 있었고 윤장은 자신 때문에 두 무림세가가 싸우는 것을 원하지 않아 두 곳 모두 봐주기로 한 것이다.

윤장은 수심에 가득 차 있었다. 장사가 이루어지는 동안 내내 가슴속에서 응어리진 혹이 고통을 주는 것 같았다.
"알려야 해…… 그래… 알리는 게 좋겠지."
윤장은 그날 유수월이 쓰러진 날 방 안에 장림과 함께 있었다. 그리고 유수월의 목 주변에서 붉은 반점을 발견할 수가 있었다. 거기에다 피에 섞인 독특한 냄새는 독(毒)을 말해주고 있었다. 산동제일의 의원인 윤장이 그 정도도 모를 리 없었다. 독이란 것을 아는 순간 말을 하려 했다. 하지만 그때 날카로운 눈빛으로 장림이 먼저 말했다.

"만약 스승님이 독에 당한 사실이 세상에 공표된다면 어떤 일이 생길 것 같은가요? 큰 혼란과 함께 윤 의원도 무사하지는 못할 거예요. 아마 윤 의원의 식솔들까지도……."
"나… 나를 협박하는 것이오?"
"협박이 아니라 신중해지자는 말이에요. 조용히… 그리고 신중하게 접근할 필요가 있어요. 혼란은 무림을 어지럽히게 돼요. 거기다 윤 의원의 목숨까지도……. 그러니 조심스럽게 조사를 해야 해요. 윤 의원은 입을 다문 채 평소처럼 지내시면 돼요. 어차피 스승님은 오래 살지 못한다고 했으니 윤 의원이 잘 설명하면 조용히 넘어갈 수 있어요."

"알… 알겠소… 그렇게 하겠소이다. 하지만 독에 대한 것을 가족들에게도 숨겨야 한단 말이오?"

"그건 제가 말할 생각이에요. 상대는 무림맹주인 스승님을 독살할 정도로 간이 부은 놈이에요. 거기다 절대 혼자 할 수 있는 일이 아니에요. 윤 의원이 보기엔 무림맹주를 독살하려는 사람이 과연 천하에 몇이나 있을 것 같나요? 스승님은 무림의 황제예요. 황제를 독살하는 놈인데… 두렵군요. 그 상대가 어떤 단체인지……."

"흠……."

윤장은 그때를 떠올리면 아직도 등골이 오싹한 기분이 들었다. 그 한가운데 자신이 서 있다고 생각되자 절로 가슴이 오그라들었다. 하지만 그래도 알려야 된다고 여겼다. 천하에 공표해야 대대적인 조사와 함께 천하가 움직일 거라 여겼다. 그렇게 하면 자신도 조금 가벼운 마음으로 지낼 수 있을 것 같았다.

"그래… 가자… 가서 알리는 거다."

윤장은 마음을 먹은 듯 자리를 털고 일어나 산동유가로 향했다.

사람들의 인사를 받으며 집을 나선 윤장은 천천히 걸으며 산동유가로 향했다. 산동유가는 제남에서 남쪽으로 내려가다 보면 작은 구릉들과 함께 있었다.

 제남은 호수가 많고 물이 솟구쳐 오르는 샘들도 많아 물의 도시라는 별칭도 있었다. 샘솟는 물이 강을 이루어 제남의 중심인 천성로(泉城路)를 지나가고 있었고, 그러한 수많은 샘들 중 가장 유명한 것이 표돌천이었다.

 표돌천은 어떨 땐 일 장 정도까지 물이 분수처럼 솟구쳐 오를 때도 있었다. 그 장관 때문에 이곳 사람들은 한 번씩 생각 날 때마다 표돌천에 들러보았다.

 윤장은 청성로에 들어서자 많은 사람들 틈에 섞여 천천히 주변 풍경을 산책하듯 걸었다. 청성로가 중심로이지만 그 주변으로 많은 냇물이 맑은 빛으로 흘러 산책하기에도 좋았다. 물이 많은 만큼 다리도 많았다.

 그중 물이 깊기로 유명한 하중천의 다리를 건널 때였다. 몇 마리 물고기들 사이로 비단잉어의 붉은빛이 보이자 윤장은 잠시 걸음을 멈추고 다리의 난간으로 고개를 내밀었다. 그처럼 다른 사람들도 지나가는 물고기의 모습이 신기한지 쳐다보고 있었다.

 툭!

"어?"

지나가던 사람이 친 것일까? 윤장의 신형이 비틀거리다 물속으로 떨어졌다. 떨어지는 순간 그는 고개를 돌려 지나가는 사람들을 찾았다. 누가 밀었는지 눈으로 좇고 있었으나 보이는 건 지나가는 사람들과 자신을 향해 눈을 크게 뜬 채 바라보는 사람들뿐이었다.

'도와달라고!'

윤장은 목청껏 소리쳤으나 이상하게 목소리가 터져 나오지 않았다. 아혈을 제압당한 사실에 대해 그는 꿈에도 모르고 있었다. 윤장의 눈이 부릅떠졌다. 누군가가 자신을 보고 웃는 것처럼 보였기 때문이다.

풍덩!

"사람이 빠졌다!"

"헉!"

순간 구경하던 사람들이 일순간 눈을 크게 뜨고 떨어진 윤장을 쳐다보았다.

윤장은 물속에서 손발을 흔들었다. 헤엄이라면 어느 정도 자신있었기에 물에 빠질 때도 그냥 재수없다고 생각하려 했다. 하지만 손과 발이 마치 굳어버린 흙처럼 움직이지 않았다.

윤장 본인은 모르고 있으나 누군가에게 아혈과 마혈을 동시에 제압당한 것이다. 그제야 윤장은 눈을 부릅떴다. 죽음이 가슴을 때렸기 때문이다.

"쯧! 쯧! 쯧!"

사람이 물에 빠져 죽은 모습을 보던 청년은 혀를 차며 사람들 사이를 빠져나와 동서로를 따라 걸었다.

청년은 평범한 용모였고 이렇다 할 특색도 없어 보였다. 청년은 한참 길을 걷다 작은 호수가 보이자 잠시 걸음을 멈추었다. 소운천(疎韻泉)이라 불리는 작은 호수로 그 주변으로 버드나무가 늘어서 있었다.

그리 유명한 곳이 아니기에 오가는 사람들은 많지 않았다. 가끔 으슥한 곳을 좋아할 것 같은 연인들이 눈에 띄는 게 전부였다.

잠시 소운천을 구경하며 원을 그리듯 걷다 작은 정자가 보이자 안으로 들어가 의자에 앉았다.

"좋구나……."

가만히 중얼거린 청년은 풀잎 하나를 뜯어 입에 물곤 콧노래를 흥얼거렸다. 잠시 그렇게 눈을 감고 고개를 들어 아무것도 없는 빈 천장을 쳐다보았다.

슥!

옷깃 스치는 소리와 함께 옆에 누군가 앉은 것 같은 기척이 느껴지자 청년은 고개를 내려 옆을 쳐다보았다.

옆자리엔 취색 치마에 적포를 두르고 방립을 쓴 백색 면사녀가 앉아 있었다. 방립의 끝자락에 흰 천잠사가 감겨 있어 안을 볼 수는 없었다. 하지만 방립을 쓴 면사녀는 밖이 훤히 보인다는 듯 청년을 쳐다보고 있었다.

"생각대로 고민을 많이 하더군요. 유가는 어떤가요?"

"조용하지… 어차피 죽을 사람이었으니까. 단지 그 시일이 앞당겨졌을 뿐이고. 시신은?"

"확인했지요."

청년의 낮은 대답에 방립녀는 고개를 끄덕였다. 시간이 꽤 흘렀어도 그 실력은 여전하다고 생각했다. 그러다 생각난 듯 물었다.

"앞으로 어떻게 할 생각이지?"

"글쎄요… 확실히 힘든 적들이라 그들이 손을 쓰기 전에 움직이고 싶은데… 일단 금산장에 가볼 생각이에요."

"설마……."

방립녀의 목소리가 작아지자 청년은 고개를 끄덕였다. 그 설마하는 생각이 맞기 때문이다.

"우릴 원망하는 건 좋지만 쓸데없는 살인은 그저 살인자로 만들 뿐이야."

"알고 있습니다."

느긋한 목소리로 청년이 대답하자 방립녀는 자리에서 일어서며 말했다.

"맹주와는 달리 금산장주가 죽게 되면 금산장이 움직이는 게 아니라 천단이 움직인다는 걸 명심해야 해. 쉬운 상대는 어디에도 없어."

"그것도 재미있을 것 같군요."

청년은 자신이 어떤 말을 하는지 잘 모르는 듯 천진하게 미소를 보였다. 그 모습에 방립녀는 눈을 반짝이다 이내 한 걸음 걸었다.

"아! 한 가지 일러둘 게 있는데……."

청년이 그 말에 쳐다보자 방립녀는 낮은 목소리로 말했다.

"추파영을 조심해."

방립녀는 할 말을 다 한 듯 빠른 걸음으로 청년의 시야에서 멀어져 갔다. 그 모습을 잠시 쳐다보던 청년은 엉덩이를 털고 일어나 반대 방향으로 걸어가기 시작했다.

방 안으로 돌아온 장림은 방립을 벗어놓곤 의자에 앉았다. 찻잔을 잡던 그녀는 면사를 하고 있다는 사실에 스스로를 비웃듯 쓰게 웃으며 면사를 벗은 후 찻잔을 들었다. 하지만 그녀의 손은 마치 중풍이라도 걸린 듯 미미하게 떨리고 있었다.

"……!"

 놀란 그녀는 찻잔을 내려놓으며 자신의 손을 감싸곤 고개를 숙였다.

 스승인 유수월의 죽음에 자신도 어느 정도 협력했다는 것에서 찾아오는 죄책감을 견디기 힘들었다.

 '어차피 죽을 사람… 굳이 손을 쓰지 않아도 죽을 사람이었어.'

 마음을 고쳐 잡은 그녀는 굳은 표정으로 입술을 깨물며 찻잔을 들었다. 떨림이 어느 정도 사라졌을까? 그녀는 흔들리는 자신의 팔을 쳐다보며 어금니를 깨물었다. 그리곤 보름 전 운소명이 자신을 찾아왔던 날을 떠올렸다.

 침실로 들어선 장림은 이미 목욕을 마친 후라 침의로 갈아입고 이불 속으로 들어갔다. 산동유가에서 그녀를 위해 마련해 준 곳은 귀빈들에게만 내주는 별채로 상당히 큰 호수를 끼고 있는 규모있는 곳이었다. 혼자 쓰기엔 너무 큰 곳이었지만 이십 명의 하녀와 열 명의 시비가 함께 지내기 때문에 허전함은 덜했다. 한 사람을 위해 서른 명이나 내주 산동유가였다. 그것만 보아도 산동유가에서 장림을 얼마나 생각하는지 잘 알 수 있었다.

 스르륵!

창문이 움직이는 미세한 소리에 장림은 눈을 떴다. 순간 그녀의 손이 머리 밑에 놓아둔 비녀를 잡아 던졌다. 그녀의 삼할 내공이 실린 비녀였기에 그 속도는 번개 같았다.

"팍!"

섬광과 함께 문을 뚫고 나간 비녀는 정확하게 어른거리던 검은 그림자의 복부를 때렸다. 하지만 왜일까? 분명 비녀에 사람이 맞았다면 소리가 들려야 했으나 아무런 소리가 들려오지 않았다. 오히려 목소리가 비녀를 대신해 들려왔다.

"들어가겠습니다."

"……!"

목소리를 듣는 순간 장림의 눈동자가 커졌다. 너무 귀에 익숙한 목소리가 들려왔기 때문이다. 그리고 문을 열고 들어서는 운소명의 얼굴을 보자 장림은 눈을 반짝이며 이불을 걷고 일어섰다.

"살아 있었다니……."

"오랜만에 뵙는군요."

손안에서 비녀를 돌리던 운소명은 미소와 함께 장림에게 비녀를 던져 주었다. 장림은 아무런 힘이 실리지 않은 비녀를 잡곤 곧 흐트러진 머리카락을 정리하며 뒷머리에 꽂았다. 그 모습을 보던 운소명은 한쪽에 놓인 의자에 앉았다.

장림은 운소명을 계속 쳐다보았다. 지금 눈앞에 있는 인물이 운소명인지 아닌지 구분이 잘 안 되었기 때문이다. 하지만 산동유가의 경비를 뚫고 이렇게 쉽게 자신의 처소까지 들어올 수 있는 인물이 이 강호에 몇이나 있을까?

운소명은 과거에 이미 오대세가의 구조를 머릿속에 기억하고 있었다. 그렇기 때문에 손쉽게 들어올 수가 있었다.

"그 모습으로 괜찮습니까?"

운소명이 장림의 전신을 훑어보며 말하자 장림은 살짝 붉어진 얼굴로 손을 들었다. 그러자 한쪽 벽에 걸려 있던 장포가 날아와 그녀의 손에 잡혔다. 장림은 장포로 전신을 가리며 침상에 앉았다.

"일부러 나를 깨운 것이로구나?"

"그렇지요."

운소명은 부정하지 않았다. 창문을 열 때 일부러 소리를 내었기 때문이다.

"스승님을 만나러 왔느냐?"

"죽이러 왔지요."

운소명은 담담히 대답했다. 하지만 그 속에 담긴 살의를 장림이 모를 리 없었다.

"어차피 죽을 사람이다."

"그래도 제 손으로 죽일 겁니다."

운소명의 대답에 장림은 아미를 찌푸렸다. 그러다 자연스럽게 손을 들어 벽에 걸린 검을 향해 뻗었다.

팍!

허공을 격하고 검이 날아와 그녀의 손에 잡히자 운소명은 미소를 보이며 말했다.

"죽이려고 마음먹었다면 이렇게 유가에 계실 때 안 왔을 것입니다."

운소명의 말에 장림은 미소를 그렸다. 일리있는 말 때문이다. 또한 자신을 죽이기 위해 온 것도 아님을 알았으며 협상을 위해 온 것이란 생각이 들었다. 그렇지 않고서야 저렇게 대담하게 나타났을까? 자신이 뒤돌아 어떤 짓을 할지 뻔히 아는데도?

"그럼 내 손에 죽기 위해 온 모양이군."

"과연… 저를 죽일 자신이 있습니까? 삼 년 만에 돌아온 제가 아무런 가능성도 없이 이렇게 얼굴을 보일 거라 생각하십니까?"

장림은 눈을 반짝이며 운소명의 얼굴을 뚫어져라 쳐다보았다. 처음 보았을 땐 사실 설마했다. 그의 모습은 십대 후반의 모습이었기 때문이다. 하지만 어릴 때부터 자라는 모습을 처음부터 지켜본 장림이었다. 그렇기 때문에 바로 알아본 것이다.

"제가 어떤 치욕과 고통을 견디면서 살기 위해 발악을 했는지 아십니까?"

"모른다. 알고 싶지도 않군."

"후후! 뭐, 그건 제 개인적인 일일 뿐이니……."

 말을 하는 운소명의 전신에서 살기가 흘러나와 바닥을 적시기 시작했다. 그 살기만으로도 그가 얼마나 힘든 나날을 보냈는지를 알 수 있었다. 장림은 물었다.

"나를 만나기 위해 삼 년 만에 나타났단 말이냐? 단지 만나기 위해서?"

"설마 그럴 리가 있을까요? 사실 보고는 싶었습니다. 여전히 아름다우신 분이니……. 제 눈이 상당히 높은 편인데도 좀 전엔 욕정을 참지 못할 뻔했습니다."

 뇌쇄적인 미를 뽐내던 장림의 반라를 보았을 때 운소명은 잠시 눈을 떼지 못했었다. 가만히 서 있는 것만으로도 정신을 지배할 것 같은 그녀의 육체는 심력(心力)이 약한 사람이라면 평정심을 유지하기 힘들 것이다.

 운소명은 일부러 그녀의 반라를 지적해 가리게 했다. 그래야만 대화가 될 것 같았기 때문이다. 그렇지 않았다면 운소명 역시 시선을 어디에 둘지 몰라 당황했을 것이다.

"어린것이 어른을 놀리는구나."

"그렇다는 것이지요. 그만큼 여전히 아름답다는 말입니다."

운소명의 반 농담적인 말에 장림은 미소를 보였다. 하나 그것뿐이었다.

"왜 왔느냐?"

"천단에 대해 아십니까?"

"천단?"

운소명은 고개를 끄덕였다. 그러자 장림은 안색을 찌푸리며 고개를 저었다. 그 모습에 운소명은 장림이 정말 모른다는 것을 알았다. 유수월은 장림에게까지 천단을 비밀로 한 것이 분명했다.

"아무래도 우리는 맹주의 유용한 말이 되어 잘 이용당한 것 같습니다. 천단은 맹주가 속한 단체로 다섯 명의 군주로 이루어진 조직입니다. 무림맹은 알게 모르게 천단에 속한 것이 되지요. 맹주가 천단의 다섯 군주 중 한 명이니까요."

"그래?"

장림은 그 말에 눈을 반짝였다. 새로운 사실을 알았으나 놀라워하지 않았다. 그가 그 말을 하려고 온 것처럼 보이진 않았기 때문이다. 또한 천단을 모른다고 해서 크게 달라질 것은 없다고 생각했다. 지금까지 모르고 살았기 때문이다.

운소명은 장림이 크게 흥미를 안 보이자 미소를 그리며 다시 말했다.

"그런데 우습게도 그 천단엔 백화성도 있지요."

"……!"

순간 장림의 눈동자가 커졌으며 강한 기도가 방 안으로 퍼졌다. 운소명은 자신의 말에 반응할 거라 생각했기에 다시 말했다.

"관도 있고 금산장도 있고 백화성에 창천궁이라… 그리고 무림맹까지… 우습지 않습니까? 지금까지 모든 강호의 일들은 그들끼리 짜고 치는 놀이였을 뿐입니다."

장림은 굳은 표정으로 운소명을 쳐다보다 이내 헛웃음을 흘리며 말했다.

"잠시 죽었다 살아나더니 헛것을 본 것이냐? 허풍만 는 모양이군. 말도 안 되는 헛소리는 집어치워라. 그 말을 나보고 믿으라는 것이냐?"

운소명의 말은 누가 듣더라도 말도 안 되는 거짓말이었고 허무맹랑한 이야기였다. 또한 있을 수 없는 이야기였다.

"만약 그 천단이 존재한다고 하자. 그럼 맹주님이 돌아가신 이후에는 어찌 되느냐? 그래도 천단에 무림맹이 속해 있을 거라 생각하느냐?"

"솔직한 제 생각을 말하라면 이미 천단에 속해 있는 후보가 맹주가 되겠지요."

운소명의 말에 장림은 안색을 굳혔다.

"무슨 근거로 그런 말을 하는지 모르겠지만 내 기억해 두지. 하나 네 말에 조금이라도 거짓이 있다면 나는 수단과 방법을 가리지 않고 너를 죽일 것이다."

"반라를 봤기 때문에 죽이려 한다면 행복하게 죽을 수 있으나 그런 이유로 저를 죽이려 한다면 제가 곱게 죽겠습니까? 그럴 기미가 보인다면 선수를 칠 생각입니다."

"흥! 누구보다 너를 잘 아는 나다."

장림이 코웃음을 흘리자 운소명은 날카롭게 안광을 번뜩였다. 순간 얼음처럼 차가운 한기가 방 안을 가득 채웠다.

"과거의 저를 생각한다면 죽을 겁니다."

운소명의 차가운 목소리에 장림은 입술을 깨물었다. 기도만으로도 살이 어는 듯했기 때문이다.

"천단에 대해 알고 싶다면 직접 물어보시지요. 당신이라면 아마 쉽고 빠르게 알아낼 수 있을 것 같은데?"

운소명은 할 말을 다 했다는 듯 자리에서 일어섰다. 그러자 장림이 말했다.

"이제는 당신이라 부르는군."

"그럼 뭐라 부를까요? 우리 사이는 아무런 사이가 아닙니다. 과거와 혼동하지 마시지요. 아! 나이 차가 있으니 선배님이라 부를까요? 아니지… 정이 없어 보이니 누님이라 하지요. 장 누님. 제가 장 누님을 죽이지 않으려는 것은 장 누님이 어릴 때부터 저를 도와주었기 때문입니다. 그리고 왜 나를 그렇게 도와주었는지 그 이유를 아직 못 들었기 때문이지요. 조만간 듣고 싶군요."

퍽!

운소명의 신형이 그 자리에서 땅으로 꺼지듯 사라지자 장림은 안색을 굳히며 그가 사라진 빈 공간을 쳐다보았다.

"나보다… 한 수는 위다……!"

장림은 운소명이 조금 버겁게 느껴졌다. 그리고 그가 앉아 있던 의자에 백색 호로병 하나가 남겨져 있었다. 장림은 일어나 작은 호로병을 들자 깨알처럼 작은 글씨가 눈에 들어왔다.

'학정홍……!'

상념에서 깨어난 장림은 들려오는 발소리에 표정을 바꾸고 마음을 안정시켰다. 가벼우면서도 바쁜 듯 뛰는 소리의 주인공은 유가에 한 명뿐이었다.

"정향이에요."

"들어와."

장림의 말에 유정향이 들어왔다. 그녀는 창백한 안색이었고 슬픔이 여전한 듯 얼굴엔 생기가 없어 보였다.

"네 얼굴을 보니 말이 아니구나. 밥은 먹고 다녀라."

걱정스러운 장림의 말에 유정향은 자신도 알고 있다는 듯 고개를 끄덕이며 의자에 앉았다.

"무슨 문제라도 있느냐?"

"그냥… 아직도 무림맹에 가면 할아버님이 계신 것 같아서 그래요."

유정향의 말에 장림은 안쓰러운 표정을 보였다. 누구보다 유수월을 잘 따랐던 유정향이기에 더욱 상실감이 클 것이다. 하지만 유정향도 어른이었기 때문에 지금 같은 모습을 보여선 안 된다고 여겼다.

"네 마음을 모르는 건 아니나 언제까지 그렇게 슬퍼할 것이냐? 네 몸이 나빠져 아프기라도 한다면 가족들은 더욱 슬퍼할 것이다. 안 그래도 상실감이 커 어찌할 바를 모르고 있는 가족들인데 언제까지 그럴 것이냐? 이제 좀 기운을 차리고 예전처럼 돌아가거라."

"하지만… 쉽지 않아요."

유정향이라고 모를까? 장림의 말이 백 번 맞으나 행동으로 잘 안 되었다. 그런 여린 성격을 아는 장림은 부드러운 표정으로 말했다.

"태산에라도 한번 가보겠느냐? 그곳에 올라 세상을 내려다보면 좀 기운이 날지도 모르겠구나."

"외출을요?"

장림이 고개를 끄덕이자 유정향은 애써 미소를 보이며 고개를 끄덕였다. 방 안에만 있는 것도 답답했기 때문이다.

"예, 알았어요. 지금 당장 준비할게요."
"그래. 나도 준비하고 연무장으로 가마."
"예."
 유정향이 기운 차린 표정으로 일어나 자신의 방으로 뛰어가자 그 모습을 보던 장림은 씁쓸히 고개를 저었다. 유정향을 볼 때면 자신도 모르게 가슴 한쪽이 아파왔다.

"천단에서 사람이 왔어요. 지금까지 스승님이 해왔듯이 저보고 천단을 위해 일해달라고 하네요. 홍천에 대한 모든 권한을 주겠다면서요."
"천단이라고? 무슨 소리인지 모르겠구나."
 말을 한 장림은 누워 있는 유수월의 얼굴을 가만히 쳐다보았다. 하지만 특별한 점을 발견할 수가 없었다. 하지만 그것만 있으면 되었다. 유수월을 너무 잘 아는 장림이었기에 다시 물었다.
"천단에 대해서 제게 왜 숨겼나요?"
"나는 정말 아무것도 모르겠구나, 네가 무슨 말을 하는지."
"후계자는 추파영인가요? 아무리 생각해도 남궁세가는 연관이 없는 것 같아서요."
 유수월의 아미가 살짝 찌푸려졌다. 장림은 곧 한발 물러서며 말했다.

권력자는 말이 없다 189

"얼마 전에 자심연이 왔다 갔어요. 저를 만나기 위해 왔다고 하면서. 그녀가 묻더군요. 누가 사형과 자월을 죽였는지를요. 하지만 전 모른다고 했지요. 전 스승님이 다른 사람을 시킨 걸로 알았어요. 그런데 스승님과 자심연은 만났잖아요? 그런데 왜 자심연이 제게 물었을까요?"

자심연이 왔다 갔다는 말에 유수월은 안색을 찌푸렸다. 생각지도 못한 말을 들어서일까? 유수월의 눈동자가 빛나기 시작했다. 하지만 그것도 잠시뿐이었다.

"무슨 말을 하는지 모르겠구나… 피곤하니 그만 하자."
"누가 죽였는지 그것만 알려주세요. 스승님이 시키지 않았다면 누가 죽였나요?"
"내가 시켰다. 그 이야기는 그걸로 끝난 것으로 안다."
"그랬다면 자심연도 스승님이 그랬다는 것을 알 거 아닌가요? 자심연과 만나 무슨 이야기를 나눈 것인가요? 그때… 그 싸움 이후에."
"피곤하구나."

유수월이 눈을 감으며 말하자 장림은 곧 뒤로 물러섰다.
"죄송해요."

장림의 낮은 목소리가 남은 후 얼마 지나지 않아 유수월은 눈을 떴다. 그의 안색은 그리 밝지 않았다. 곧 자리에서 일어선 그는 천천히 서재로 걸어가 서찰을 쓰기 시작했다. 하지만 그는 모를 것이다, 천장에 숨어 그 모습조차 지켜보던 장림의 눈이 있었다는 것을.

 연무장에 도착한 장림은 마차에 올라 눈을 감았다. 유수월과의 일이 떠올랐기 때문에 피곤했다. 유수월의 서찰은 관으로 향한 것이었고, 그것을 장림은 신속하고 깨끗하게 처리했다. 물론 서찰은 읽고 불태웠다. 그 내용조차 믿지 않았으나 직접 눈으로 보았기에 운소명의 이야기를 믿게 되었다.
 '나를 원망하지 마세요.'
 장림은 차갑게 빛나는 눈으로 잠시 밖을 쳐다보았다. 곧 유정향이 외출복을 입고 달려오는 모습이 눈에 들어왔다.
 '나도… 죽으면 지옥이겠군……'
 자신도 모르게 그런 생각이 문득 머리를 스쳤다.

*　　　*　　　*

 폭풍 같은 한 달이 흘러가고 있었다. 유수월의 죽음은 전 강호를 울렸고 수많은 사람들이 슬퍼했으며 무림맹은 한 달 동안 외부 행사를 중단하고 전 맹주의 죽음을 기렸다.
 오가는 사람들도 무림맹주의 죽음을 이야기했고 안타까워했다. 하지만 죽음이 있으면 또 다른 탄생도 있는 법, 무림맹주도 신이 아닌 이상 죽을 수밖에 없었다.

또 하나 유수월의 죽음과 함께 수많은 사람들의 입에 오르내린 이야기가 있었는데 그건 다음 맹주는 과연 누가 될 것인가 하는 거였다. 많은 사람들이 소란스럽게 거기에 대해 이야기를 나누었고 천하의 모든 눈이 무림맹을 주시하고 있었다.

어떤 인물이 되느냐에 따라 무림의 세계가 바뀔 수도 있었기 때문이다. 되도록 평화적인 인물이 되기를 바라는 사람도 있었으며 어떤 사람들은 패도적인 인물이 되어 백화성과 단판을 내길 바라기도 했다.

무림맹의 우측에 자리한 평정원의 안에는 단 한 사람만이 의자에 앉아 있었다. 그는 평정원의 원주로 무림에서도 이름 높고 십대고수에 들어가는 검천무군(劍天武君) 추파영이었다.

고요하게 가라앉은 평정원의 실내에 그는 깊은 생각에 빠진 듯 눈을 감고 앉아 있었다. 그러던 그의 눈이 떠진 것은 발자국 소리가 들려왔기 때문이다.

추파영은 가만히 앞을 바라보았다. 멀리서 들려온 발자국 소리였기에 평정원으로 들어오는데 꽤 긴 시간이 필요했다.

쉬이잉!

바람이 불어와 전신을 스치고 지나가자 추파영은 입술에

가느다란 미소를 걸었다. 그의 변할 것 같지 않던 표정에 미소가 걸린 것을 다른 사람이 보았다면 상당히 신기해했을 것이다. 그만큼 그는 미소를 보이지 않는 인물이었고 말도 없는 인물이었다. 입이 무겁고 표정의 변화도 없으니 그가 어떤 생각을 하는지 제대로 아는 사람은 없었다.

저벅! 저벅!

발자국 소리가 뚜렷하게 귓가에 맴돌자 추파영의 입가에 걸린 미소가 씻은 듯이 사라졌다. 곧 문이 열렸고 십여 명의 인물이 들어왔다. 그들은 모두 익숙한 얼굴들로 무림맹의 중요 인사들이었다. 그 가운데 무림맹의 군사인 제갈현이 서 있었다. 그는 상당히 경직된 표정으로 추파영을 쳐다보았다.

추파영은 자리에서 일어섰다. 그러자 제갈현이 말했다.

"장로원에서 결정했습니다."

"그렇소?"

추파영의 물음에 제갈현은 고개를 끄덕이며 뚜렷한 목소리로 말했다.

"제오대 무림맹 맹주는 평정원의 추 대협이오."

추파영은 잠시 제갈현의 얼굴을 뚫어지게 쳐다보았다. 믿지 못할 만큼 놀라고 있었으나 표정은 잘 드러나지 않았다. 하지만 제갈현은 그가 상당히 놀라고 있다는 것을 알 수 있었다. 가까이 지낸 지 오래되었기에 그를 가장 잘 아는 몇 안 되는 인물 중 하나일 것이다.

"경하드리오."

"맹주님을 뵙습니다!"

제갈현이 허리를 숙이자 다른 사람들이 일제히 크게 외치며 허리를 숙였다. 그들의 모습에 추파영은 잠시 입을 열지 못하고 멍하니 서 있었다. 그러자 제갈현이 미소를 그리며 말했다.

"모두 기다리고 있습니다. 가시지요."

제갈현의 말에 추파영은 고개를 끄덕이며 천천히 앞으로 걸어나갔다. 평정원을 나가자 언제 나타났을지 모를 서른 명의 중년인이 그의 눈앞에 늘어서 있었다.

"맹주님을 뵙습니다!"

일제히 울려 퍼지는 목소리에 추파영의 어깨가 미미하게 떨렸다. 이루 말할 수 없을 만큼 온몸이 떨려왔다. 세상의 정점에 서게 된 것을 피부로 느끼기 시작하자 그 떨림이 강렬한 쾌감이 되어 다가왔다. 잠시 그들을 쳐다보던 추파영은 천천히 입을 열었다.

"고맙소."

추파영의 짧은 말에 사람들은 얼굴에 미소를 보였다. 그의 성격을 가장 잘 보여주는 말이었기 때문이다.

"맹주가 되었는데 고맙다가 뭔가? 좀 더 그럴싸한 말을 해야지. 쯧! 나라면 일장 연설을 할 텐데 아쉽군."

제갈현이 옆에 바짝 붙어 작게 말하자 추파영은 입가에 미소를 걸었다.

"자네가 옆에 있어주어 안심이네."

"후후!"

제갈현이 그 말에 고개를 끄덕이며 뒤로 물러섰다.

"가시지요."

특무단의 단주인 추정범이 옆에서 길을 안내하자 추파영은 그 뒤를 따라 천천히 걸음을 옮겼다. 그가 지나가자 그 뒤로 많은 사람들이 따라붙어 걷기 시작했다. 새로운 무림맹주가 태어나는 순간이었고, 추파영은 그 시간을 음미하였다.

사람들은 추파영이 맹주가 된 이야기로 떠들썩했다. 그리고 무림맹주로 추대된 지 얼마 후 백화성에서 축하단이 왔다는 소식 역시 사람들의 입에서 오르내렸다.

무림맹 좌측의 무림관엔 백화성의 손님이 온 이후로 사람들의 출입이 제한되었다. 후기지수들이 머무는 곳이었으나 백화성의 손님이 대거 온 이후론 무림관에 머물던 후기지수들은 별원으로 자리를 옮겼다.

맹주가 손님을 맞이하는 중신전의 안에는 맹주인 추파영과 제갈현이 앉아 있었고 그 옆에는 감찰각의 각주인 조양환이 앉아 있었다. 그 맞은편엔 백화성의 대제자인 아림이 앉아 있었고 그녀의 곁에는 이십대 중반의 청년 한 명만이 무심한 표정으로 서 있었다. 그녀의 호위가 분명했다.

"이렇게 조촐한 자리를 마련해 주셔서 감사합니다. 본래라면 검과 도가 난무할 거라 예상했는데… 호의에 감사하군요."

아림이 다시 한 번 사람들에게 인사했으나 크게 좋은 표정을 보이는 사람은 없었다. 하지만 이곳에서 아림이 죽는다면 백화성과 대대적인 싸움을 해야 했다. 맹주가 바뀐 지 얼마 되지도 않은 상황에서 그러한 일이 터진다면 아직 새로운 맹주 체계가 잡히지 못한 무림맹에겐 큰 손해였기에 사람들은 애써 미소를 보였다.

"어제는 많은 사람들 앞이라 눈에 보이는 선물을 맹에 주었으나 이번엔 조촐한 자리인만큼 맹에 다른 선물을 전하지요."

아림이 시선을 청년에게 던지자 청년은 품에서 세 권의 책을 꺼내 앞으로 밀었다. 그것을 본 제갈현은 책을 받아 추파영의 앞에 놓으며 말했다.

"무공서로군요."

"그래요. 소림의 대하신공(大河神功)과 화산의 풍혼검법(風魂劍法), 그리고 마지막 권은 무당의 제왕장(帝王掌)이지요."

"……!"

"흠!"

아림의 말에 앉은 세 사람의 안색이 굳어졌다. 추파영의 표정 역시 굳어진 게 보였다. 추파영은 반짝이는 시선으로 아림을 쳐다보았다.

"모두 백화성과의 싸움에서 사라진 것으로 아는데… 이렇게 선뜻 가져오다니, 무슨 뜻이오?"

"추 대협이 맹주가 된 것을 축하하기 위해서 준비한 선물이에요. 또한 사본은 절대 본성에 없다는 것을 맹세하지요. 그러니 장로원 사람들에게 점수도 따야지요. 또한 제가 백화성으로 돌아갈 때까지 안전을 책임져 주실 거라 믿어요."

먼저 패를 보여주면서 하는 일은 하책 중의 하책이라 여겼다. 하지만 그것도 상황에 따라 달랐다. 아림은 추파영의 성격을 잘 알기에 미리 자신의 패를 보여주면서 안전을 요구했다. 그녀 역시 이곳에서 백화성으로 갈 때 아무런 사건 없이 가는 것은 불가능하다는 것을 알기 때문이다. 하지만 무림맹이 도와준다면 최소한으로 줄일 수는 있었다.

무림맹에 속해 있어도 각양각색의 사람들이 살고 있었다. 복수를 원하는 사람이 한둘일까? 분명 백화성으로 가기 전에 습격을 해올 것이다. 그 점을 잘 아는 아림이었다.

"이렇게 아무런 대가 없이 주신다니 잘 받겠소. 또한 안전 역시 책임질 것이오."

추파영의 말에 제갈현과 조양환도 고개를 끄덕였다. 잃어버린 무공을 찾았는데 싫어할 사람이 있을까? 물론 제갈현은 자신과 관계없는 무공서였지만 그것만으로도 장로원의 중심인 세 문파의 노인들을 단번에 잡을 수가 있었다.

아림의 장로원의 사람들에게 점수를 따라는 말은 그 뜻으로 보였다. 장로원의 힘은 절대 무시할 수 없는 것이었고 무림맹의 근간이라는 각 대문파의 뜻이었다. 그러니 종이 호랑이 같은 맹주가 되지 말라는 의미도 담겨 있었다. 아림이 설마 여기까지 내다보며 선물을 준비할 줄은 몰랐기에 제갈현은 경계해야 될 인물로 아림을 머릿속에 각인시켰다.

"말만 들어도 안심이군요. 무림의 중심이라는 맹주님의 한마디… 깊이 받겠습니다. 또한 제가 성주가 되면 무림맹과 백화성은 더욱더 가까워질 거라 믿어요."

아림의 말에 추파영은 미소를 보였다.

"물론이오."

"그럼 가볼게요. 아! 그리고 저희는 삼 일 후 출발하는 것으로 할게요. 섬서성을 벗어날 때까지는 맹의 호위도 부탁드릴 수 있을까요?"

"약속대로 그렇게 할 것이오."

추파영이 다시 한 번 강조하듯 말하자 아림은 고개를 끄덕이며 곧 밖으로 나갔다. 그녀가 나가자 잠시 침묵이 방 안에 흘렀다. 그러다 제갈현이 먼저 입을 열었다.

"소림과 무당, 화산이라… 장로원을 제대로 파악하고 전한 것 같군요."

제갈현의 말에 추파영은 고개를 끄덕였다. 사실 아림을 어떻게 대해야 할지 몰라 상당히 고민했다. 비밀리에 처리하는 방향으로 의견을 모으기 위해 최소의 인원만 모인 상태였다. 그런데 어떻게 알고 아림이 온 것이다.

거기다 생각지도 못한 선물과 함께 아림의 솔직한 제안에 잠시 당황할 수밖에 없었다. 곧 제갈현은 조양환을 쳐다보며 말했다.

"조 각주께서도 불만은 없을 거라 생각합니다. 일단 맹의 안정을 찾아야 하니 아림에 대한 건은 미루도록 하지요."

"알겠습니다."

조양환은 고개를 끄덕였다. 그는 소림 출신이었기에 대하신공을 아림에게 받게 되자 기분이 좋을 수밖에 없었다. 거기다 약속은 약속이었다. 사파처럼 뒤돌아서 거짓을 말하는 종류의 인간이 절대 아니었다. 그의 곧은 성격을 잘 알기에 제갈현과 추파영은 그를 신임하고 있었다.

"그녀를 보호하는 것으로 바꾸지요. 그리고 최선을 다해 그녀를 보호해야 합니다. 그녀가 백화성주가 될 가능성은 오

할이 넘으니, 여기에서 어느 정도 친분을 쌓는 건 나쁘지 않을 것입니다. 나가면서 풍운각에 들러 경비를 강화하도록 하지요."

"그러게. 나는 조 각주와 함께 장로원으로 가보겠네."

추파영은 고개를 끄덕이며 대답한 후 책을 들고 조양환과 함께 일어섰다. 제갈현도 자리에서 일어나 함께 밖으로 나갔다.

장로원의 사람들과 만나고 돌아온 추파영은 특별한 표정의 변화가 없었다. 어차피 구파는 자신의 지지 기반이었기 때문이다.

물론 구파를 가볍게 생각하진 않았다. 구파는 각 문파마다 서로의 이해관계가 뭉쳐진 실타래처럼 꼬여 있기 때문이다. 겉보기에는 평화롭게 보일지 모르나 자파의 이득을 위한 힘겨루기는 늘 있어왔다. 추파영의 과제는 그러한 이해관계를 좀 더 줄여 힘을 하나로 끌어 모으는 데 중심을 잡아야 한다는 것이었다. 그렇게 하면 실로 무서울 게 없기 때문이다.

방으로 돌아온 추파영은 다시 한 번 인사이동에 대해 생각을 하였다. 자신의 편으로 완벽하게 무림맹의 체계를 잡아가기 위해선 어쩔 수 없는 일이었기에 대대적인 변화는 필수였다. 자신의 말을 잘 듣는 사람을 앉혀야 모든 일이 일사천리로 처리되기 때문이다.

"차를 가져왔습니다."

밖에서 시비의 목소리가 들리자 추파영이 고개를 들었다.

"들어오게."

추파영이 방으로 돌아온 것을 안 시비가 차를 준비해 들어와 다탁 위에 잔과 주전자를 내려놓았다.

"수고하는군."

추파영의 말에 시비는 무림맹주인 추파영이 직접 인사를 건네자 송구스럽다는 듯 허리를 깊게 숙였다.

"그와 만났습니다."

고개를 든 시비가 말하자 추파영은 눈을 반짝이며 시비를 쳐다보았다. 곧 그는 자리에서 일어나 다탁으로 다가와 앉으며 차를 따랐다.

쪼르륵!

찻물이 차오르는 소리가 경쾌하게 방 안을 울렸다. 추파영은 차를 한 모금 마시더니 이내 천천히 입을 열었다.

"그가 맞던가?"

"예, 확인했습니다."

추파영은 선선히 고개를 끄덕였다. 그리곤 위지세가에서 보았던 운소명의 모습을 떠올렸다. 확실히 눈에 띄는 고수의 풍모였다. 그리고 초출에 어울리지 않게 싸움을 알고 있었다. 무엇보다 정파의 신진들이 하지 못하는 기습도 할 줄 아는 인물이었다.

"그에게 말은 잘했고?"

"그렇습니다. 천단에 대해 말을 하자 큰 관심을 보였습니다."

시비의 대답에 추파영은 눈을 빛내며 물었다.

"움직일 거라 생각하나?"

"아직은……. 하나 하달의 보고로는 제남에서 남경으로 가는 중이라 합니다."

"들킬 가능성은 없나? 하달 말이야."

"충분한 거리를 유지하고 있으며, 하달은 저희 홍천 내에서도 가장 추적술과 잠행술이 뛰어난 인물입니다. 아무리 전대 홍천일호라 해도 알지 못할 것입니다."

확신에 찬 대답에 추파영은 만족한 표정으로 중얼거렸다.

"남경이라… 역시 다음 목적은 금산장주인가……."

추파영은 가만히 중얼거리며 금산장주의 얼굴을 떠올렸다. 확실히 호감이 가는 인물이었다. 하나 그뿐이었다.

"천단의 목을 자르는 일은 쉬운 일이 아니다. 금산장주를 죽이면 모든 눈이 그를 향할 것이다. 그때 네가 잘 도와주거라. 천하에 단 한 명뿐인 절대살수이니… 천단의 목을 다 자르기 전까진 꼭 살아야 한다."

"예."

"네 복수를 위해서라도… 문홍."

문홍은 눈을 반짝이며 고개를 끄덕였다.

"예, 맹주님."

문홍의 확고한 결심이 서린 대답을 듣자 추파영은 미소를 그리며 말했다.

"모든 건 조심스러워야 해. 천단이 어느 정도 무림에 뿌리를 내렸는지 모르는 이상… 물론 나 역시 천단의 오천주 중 한 명이나 그건 전대 맹주의 감투를 물려받은 것뿐, 내 이상은 더 이상 천단이 무림에 관여 못하게 하는 일일세. 그걸 위해서라도 천단의 머리들은 사라져야지. 진정한 맹주는 그 이후가 될 것이야."

추파영의 말속에 담긴 야심을 문홍이 모를 리 없었다. 하지만 나쁘게 생각하지 않았다. 자신 역시도 같은 생각이었기 때문이다. 무림에 지배자는 한 명이면 족했다.

"홍천은 어떤가? 잘되고 있나? 그 계획 말일세."

문홍은 추파영의 물음에 빠르게 대답했다.

"예. 아림의 시비로 잠입에 성공했습니다. 삼조와 사조는 백화성 백문원주인 곡비연과 곧 조우한다고 합니다. 또한 창천궁에 잠입한 삼호 역시 빈틈을 기다리고 있습니다."

"곡비연은 언제 창천궁에 들어갈 것 같나?"

"보름 후면 도착할 예정입니다. 그곳에서 삼 일을 머문 뒤 돌아간다고 합니다."

문홍의 빠른 대답에 추파영은 만족한 표정으로 말했다.

"설혹 곡비연을 죽이는 데 실패해도 흔적은 남기지 말아야 하네. 그리고 그에게선 한시도 눈을 떼지 말라고 이르게. 한 달로는 부족할지 모르니 인원을 늘리는 것도 생각하게나."

"명심하겠습니다."

문홍의 대답에 추파영은 다시 말했다.

"늘 수고가 많아. 앞으로도 좋은 소식만 들고 왔으면 좋겠네."

"최선을 다하겠습니다."

문홍의 대답에 추파영은 차를 다시 마셨다. 찻잔을 탁자에 내려놓고 앞을 본 추파영은 어느새 사라진 문홍의 모습에 미소를 입가에 걸었다. 무림맹주가 되어서 가장 큰 힘을 얻은 게 있다면 홍천을 자신의 휘하로 두게 되었다는 점이었다. 일백 명의 홍천원은 모두 최고의 그림자였다.

第六章
저절로 찾아온 행운

저절로 찾아온 행운

 운하를 타고 천천히 남경으로 내려갔기 때문에 시일이 많이 걸렸다. 남경에 도착했을 때는 이미 맹주가 바뀐 후였고 백화성의 아림이 무림맹에 들어간 이후였다.
 남경에서 소문을 모두 들은 운소명은 아림에 대해서 떠올렸다. 분명 백화성의 이인자로 무공도 고강하며 다음 대의 성주로 가장 유력한 인물이었다. 그런 그녀가 직접 무림맹에 왔다는 것은 백화성에 중요한 변고가 일어났다는 것을 말해주었다.
 아니나 다를까? 남경의 중심가에 자리한 청빈루(淸貧樓)라는 다루에 들어선 운소명은 사람들이 이야기하는 소리를 듣고 백화성주가 바뀐다는 사실을 알았다.

"그 괴물 같은 자 궁주가 물러난다니 믿어지지 않는군."

"맹주님도 돌아가신 마당에 백화성의 요물이라고 죽지 않겠나? 어차피 무림도 다 사람 사는 곳이네."

사람들의 말소리를 들으며 운소명은 주변을 둘러보다 찻잔 위에 나무젓가락을 올려놓은 자리를 보았다. 그 앞에 앉은 인물은 이십대 중반의 청년이었는데 누군가를 기다리는 것 같았다. 운소명은 눈을 빛내며 그 청년을 의식하기 시작했다.

'하오문······.'

운소명은 그 표식이 하오문의 비밀스러운 은어라는 것을 잘 알고 있었다. 운이 좋으면 하오문의 남경 지부도 알아낼 수 있는 기회였다. 그 기회를 놓칠 운소명이 아니었다.

"오랜만에 보네."

과연 운소명의 생각처럼 얼마 지나지 않아 삼십대 초반으로 보이는 조금 검은 피부의 인물이 들어왔다. 그 인물이 들어올 때 풍긴 짙은 책 냄새로 인해 서가의 인물이란 것을 알았다.

"그동안 잘 지냈나?"

"잘 지냈습니다. 형님은 어땠습니까?"

"나야 늘 잘 지내지."

두 청년의 이야기를 듣고 있는 운소명은 잡다한 일상적인 대화라는 것을 알았다. 하지만 지루한 표정 하나 없이 들었다. 소소한 집안 이야기와 일 이야기가 계속되었다. 약 일다경 정도 지나자 두 사람은 자리에서 일어나 밖으로 나갔다.

운소명도 자리에서 일어나 밖으로 나가 이십대 중반의 청년을 뒤따랐다. 검은 피부 청년이 들어와 의자에 앉으면서 앉은 청년을 스칠 때 소매 속에서 서찰이 옮겨간 것을 운소명은 보았기 때문이다.

십 장 정도의 거리를 두고 천천히 따라가고 있었기 때문에 청년에게 들키지는 않았다. 청년은 급하지 않은 듯 느긋한 걸음으로 천천히 걸었다.

한참을 걷던 청년이 방향을 바꾼 곳은 홍등가로 이루어진 서로의 끝에서였다. 운소명은 그 뒤를 밟으며 청년이 선인루(仙人樓)의 뒷문으로 들어가는 것을 보곤 천천히 그 앞을 지나갔다.

홍루의 문은 대낮이라 닫혀 있는 상태였기에 들어갈 수는 없었다. 운소명은 걸음을 옮기며 이곳저곳 기웃거리듯 움직이다 곧 길 저편으로 사라졌다. 길을 지나는 사람들이 많았기에 그를 의심스럽게 보는 눈은 없었다.

숙소는 남경대주루였다. 문홍을 만났을 때 머물던 곳으로,

생각보다 위치가 좋아 금산장도 가깝고 주변에 숲도 있어 이동도 용이했다.

'얻은 게 많구나.'

문득 침상에 누워 잠을 자려다 장림의 모습이 떠오르자 그녀와의 일들이 머리를 스쳤다.

'장림은 분명 내 사람이다.'

그것 하나만으로도 운소명은 상당히 자신에게 유리하다는 것을 알았다. 사실 장림이 왜 자신에게 그렇게 호의적인지 아직 이유는 잘 모르고 있었다. 그렇지만 그녀는 어릴 때부터 자신을 특별하게 대해주었다. 그 점을 잊지 않고 있는 운소명은 최대한 그녀를 이용하고 싶었다.

그리고 설마하니 이렇게 손발이 잘 맞을 줄은 몰랐다. 장림이 내부에서 도와주지 않았다면 유수월을 손쉽게 죽이지는 못했을 것이다. 그리고 그의 죽음을 이렇게 쉽게 사람들의 뇌리에서 사라지게 할 수도 없었을 것이다.

'장림에 대한 건 차차 알아가는 것으로 하자. 솔직히 그녀에게 대해서 너무 모르고 있는 듯하니… 조사해 볼 대상이다.'

운소명은 생각하다 곧 전에 본 금산장의 모습을 떠올리며 들어가는 길과 나오는 길을 몇 번이고 반복하며 숙지했다.

'일단 선인루가 먼저인가.'

운소명은 순서를 정한 듯 눈을 감고 잠을 청했다.

선인루는 분명 홍루였으나 후원 가장 깊숙한 곳에 자리한 별원엔 여자의 웃음소리도, 술을 마시는 남자의 호방한 외침도 없었다. 밤이 되면 불야성이 이루어지고 많은 사람들로 붐비는 거리와는 대조적인 모습이었다.

쥐 죽은 듯 조용한 별채의 앞에는 다섯 명의 인물이 자유분방한 모습으로 휴식을 취하고 있었다.

술을 마시는 중년인도 있었고 벽에 기대어 조는 청년도 있었다. 어떤 이는 바닥에 누워 잠을 자기도 했다. 또 다른 이는 지붕에 누워 별을 바라보고 있었다. 누가 보더라도 편해 보이는 모습이었다. 하지만 그들 중 입을 여는 사람은 그 누구도 없었다.

십 장 정도의 거리에서 이들을 지켜보던 한 쌍의 눈이 살짝 찌푸려졌다. 다섯 명의 호위가 상당한 실력자들이었기 때문이다. 하지만 이 정도의 거리에서 더 이상 접근하지 않는다면 문제될 것은 없어 보였다.

문제는 어떻게 하면 더 가까이 접근해 방 안에서 흘러나오는 목소리를 듣느냐였다. 하지만 쉽게 접근할 수가 없었고, 방에서 흘러나오는 불빛과 두 개의 그림자가 몇 명이 안에 있는지만 말해주었다.

'최소한 두 명 이상이 있다는 것인데… 지청술로도 듣지 못하다니…….'

운소명은 안에 있는 두 사람이 분명 고수라고 생각되었다. 방 안의 목소리가 외부로 흘러나가지 못하게 하기 위해 내력으로 공기를 차단한 게 분명했다.

거기다 아무렇게나 흩어져 있는 것 같은 다섯 명의 호위도 각각 한 방향을 주시하고 있었기에 오 방을 점하고 있어 움직이기도 어려웠다. 개개인이 일류 이상은 되어 보이는 인물들로, 저 정도의 실력자들이라면 암도술을 극성까지 펼친다 해도 걸릴 가능성이 있었다.

별원을 중심으로 사방 약 오 장 정도가 공터였기 때문이다. 달빛에 훤히 모든 게 보이는 지역이었다. 그렇기 때문에 접근하기가 어려웠다. 적은 수의 적을 방어하기엔 좋은 장소가 분명했다. 거기다 주변이 조용하니 비밀스러운 대화를 나누기도 좋았다.

드륵!

문이 열리는 소리에 운소명은 그곳으로 시선을 던졌다. 곧 한 명의 청년이 밖으로 나오는 게 보였다. 그는 낮에 뒤를 밟았던 청년이었다.

"그럼 이만 가보겠습니다."

"잘 가게."

문 바로 앞에 서 있는 중년인은 운소명도 처음 보는 인물로 조금 작은 키에 평범한 짧은 수염을 기른 인물이었다. 곧 중년인이 신형을 돌리자 그 안에서 앉아 있는 강렬한 눈빛의 중년인이 운소명의 눈을 가득 채웠다.

 '봉천악……!'

 운소명은 저도 모르게 놀란 듯 눈을 크게 떴다. 과거 하오문주를 죽이기 위해 얼마나 노력했던가? 그리고 봉천악의 그림자와 한바탕 신나게 싸웠던 일도 있었다. 물론 봉천악의 그림자를 죽이기는 했지만 결과적으로 임무는 실패였다. 하오문주는 여전히 계속 활동했기 때문이다.

 슥!

 "……!"

 너무 놀랐기 때문일까? 뒤통수를 겨누는 차가운 쇠의 감촉에 운소명의 눈동자가 잠깐 흔들리더니 이내 차갑게 번들거리기 시작했다. 하지만 움직일 수는 없었다.

 '대단하군. 아무리 내가 잠시 방심했다곤 하나 뒤를 잡힐 줄이야…….'

 운소명은 어금니를 깨물며 잠시 갈등했다. 하지만 그러한 시간조차 주어지지 않았다. 미세한 공기의 파공성이 들렸기 때문이다.

 팍!

저절로 찾아온 행운

운소명의 신형이 사라지는 순간 그곳으로 빛과 함께 회색 그림자가 어른거렸다. 회의를 걸친 인물은 얼굴에 백색 귀면탈을 쓰고 있었는데, 눈가에 뚫린 날카로운 송곳니 같은 구멍 속에서 보이는 차가운 눈동자가 주변을 맴돌았다. 하지만 그것도 잠시뿐, 회색 그림자는 재빠르게 신형을 틀곤 나뭇가지를 강하게 때린 후 어둠 속으로 사라졌다.

쾅!

회의인이 사라질 때 나뭇가지를 때린 소리가 울리자 다섯 명의 호위도 그 소리를 듣곤 신속하게 허공으로 날았다.

숲을 헤치며 빠져나온 운소명은 그리 넓지 않은 작은 공터의 중앙으로 걸어나왔다. 이미 상대에게 뒤를 잡힌 이상 몸을 숨길 필요는 없다고 판단했기 때문이다.

달빛이 강하게 내려오는 밤이었기에 어두운 가운데 사물을 구별하는 데 어려움은 없었다. 고개를 든 운소명은 달을 바라보았다. 보름달은 아니었으나 하루 정도 지나면 보름달이 될 듯했다.

불행 중 다행이라면 달빛이 밝다는 점이었다. 하지만 그것도 잠시뿐, 구름이 밀려와 달빛을 가리자 완전한 어둠이 세상을 덮었다.

"......!"

문득 그의 귀가 미세하게 움직였다. 적의 위치를 찾기 위해 예민한 상태였기에 아주 작은 소리조차 그의 귀를 벗어나지 못하였다. '핑!' 하는 소리는 분명 좌측에서 들렸다.

운소명의 고개가 좌측으로 도는 순간 열 개의 비침이 동공을 파고들듯 바로 앞에서 나타났다. 순간 운소명의 왼발이 한 발 물러섬과 동시에 신형이 급속도로 회전했다.

파파팟!

회전으로 일어난 강력한 바람이 흩어지는 풀잎과 함께 사방으로 퍼져 나갔다.

"칫!"

회전을 멈춘 운소명은 오른손을 들어 손안에 잡힌 비침들을 쳐다보았다.

'독!'

운소명의 아미가 절로 찌푸려졌다. 비침에는 독이 발라져 있었기 때문이다. 정파의 입장에서 본다면 비겁한 술수일지도 모르나 상대에겐 당연한 일이었고 운소명 역시 당연하게 생각하였다. 운소명은 오른팔에 내력을 집중했다. 물론 눈은 사방을 경계하고 있었으며 전신에서 흘러나오는 강력한 살기는 거미줄처럼 사방으로 펼쳐지고 있었다.

웅! 웅!

팔에서 희미한 안개와 함께 회색빛 운무가 피어나기 시작했다. 다른 사람이 이 모습을 본다면 경악할 광경일 것이다. 독을 태워 연기로 뽑아냈기 때문이다. 삼매진화의 진정한 모습이었다.

'대단한 놈이군……'

운소명은 독을 중화시키자 눈을 반짝이며 도의 손잡이를 잡았다. 이렇게 진심으로 상대를 대해보긴 오랜만인 것 같았다.

날아드는 비침은 그만큼 빨랐고 근처에 오기 전까지 소리조차 나지 않았다. 도를 뽑을 시간조차 없었기에 맨손으로 잡아야 했다. 피하기엔 너무 가까웠고 도를 뽑아 막기에도 한 박자 늦었다. 무엇보다 상대의 위치를 모르기 때문에 한 박자가 느린 상태로 날아드는 비침을 막았다면 분명 빈틈이 생길 것이고 그 틈으로 적의 살수가 살을 파고들어 올 게 분명했다.

파팟!

옷자락 스치는 소리와 함께 오 방을 점한 다섯 명의 인물이 운소명을 중심으로 약 이 장 정도 떨어진 거리를 유지한 채 모습을 드러냈다. 그들의 기도는 강했으며 다섯이 한꺼번에 내뿜는 강렬한 기운이 운소명의 전신을 조이기 시작했다.

"누구냐?"

짧고 낮으면서도 차가운 목소리가 운소명의 눈앞에 서 있는 중년인의 입에서 흘러나왔다. 운소명은 그저 눈동자만 반짝일 뿐 입을 열지 않았다.
 핏!
 순간 운소명의 신형이 눈 깜짝할 사이에 중년인의 앞에 나타났다.

 '……!'
 경악스러운 광경이었다. 손을 타고 흐르는 독을 삼매진화로 태워 없애는 모습은 아무나 할 수 있는 일이 아니었기 때문이다.
 '절정이다!'
 어둠 속에서 숨어 운소명을 지켜보던 좌사는 안색을 굳혔다. 백색 귀면탈에 뚫린 두 개의 눈구멍 속에서 반짝이던 눈동자가 지금은 흔들리고 있었다. 그리고 자신이 실수했다는 것을 깨닫게 되었다.
 '오정신(五情神)에게 알리는 게 아니었어.'
 좌사는 어느새 나타난 오정신의 모습을 보며 입술을 깨물었다. 오정신이 상대하기엔 벅찬 상대로 보였기 때문이다. 그렇다고 섣불리 움직여 도울 수도 없었다. 운소명의 모든 정신이 자신에게 쏠려 있다는 것을 잘 알기 때문이다.
 눈은 오정신을 향하고 있었으나 주변을 감싼 알 수 없는 기이한 열기는 자신을 향해 마치 먹이를 노리는 사마귀처럼 양팔을 팽팽하게 당긴 상태였다. 조금이라도 긴장을 풀고 움직인다면 그 당긴 팔이 노리는 수에 자신이 당할 것이다. 그것을 잘 아는 좌사였다.

'문주님이 올 때까지 버텨주면 손쉽겠지만… 문주님께 알리지 못한 게 아쉽군.'

좌사는 생각을 마치며 오정신 중 수좌인 양호를 쳐다보았다.

"누구냐?"

양호의 목소리가 끝나는 순간 좌사는 운소명의 모습이 양호의 뒤에 나타난 것을 눈으로 확인했다.

"……!"

좌사의 눈이 부릅떠졌으며 절로 입이 벌어졌다. 보고도 믿지 못할 정도로 빨랐으며 환영처럼 느껴졌다. 마치 귀신이 움직인 것 같은 모습에 너무 놀라고 말았다. 사람이 움직이기 위해선 준비라는 게 필요했다. 그저 제자리에 선 채로 이동할 수는 없기 때문이다. 하지만 운소명의 움직임엔 그러한 준비 자체가 없었다. 그렇기 때문에 그가 움직일 거라 예상치 못했다.

퍼퍽!

순식간에 양호의 목을 벤 운소명의 신형이 빠르게 회전하며 좌우로 두 개의 환영과 함께 나뉘어졌다. 급격한 그의 움직임에 미처 대처하지 못한 두 사람의 신형이 금색 도기와 함께 쓰러졌다.

"헛!"

"아!"

남은 두 사람의 눈이 부릅떠지며 그제야 무기를 쥐며 자세를 잡았다. 그 순간 남은 한 사람의 눈앞으로 운소명의 신형이 나타나더니, 금빛이 턱을 꿰뚫고 머리를 관통시켰다.

퍽!

머리를 뚫고 올라온 백색 도신이 달빛을 받으며 반짝였다.

"헉!"

다시 한 번 놀람에 찬 목소리가 터지는 순간 운소명은 도를 뽑으며 상대의 몸을 때렸다. 그 반동으로 번개처럼 남은 한 사람의 곁으로 날아들었다. 미처 준비도 하지 못한 상태에서 그의 공격이 있었기 때문에 순식간에 네 사람의 신형이 피와 함께 쓰러졌다. 마지막 청년은 자신의 검을 뽑으며 운소명의 신형과 함께 날아드는 금빛 도기를 막았다.

팍!

"……!"

금빛 도기와 검날이 부딪치는 순간 금빛 도기가 마치 두부를 자르듯 검신을 자르고 들어왔다. 그 모습이 생생하게 청년의 눈에 보였다.

픽!

검신을 자름과 동시에 청년의 허리를 깊게 가르며 회전한 운소명의 신형이 바람과 함께 공터의 중앙에서 멈추었다. 그의 시선은 죽은 사람을 보는 게 아니라 바닥을 보고 있었다. 그의 귀는 여전히 예민하게 주변의 소리를 담고 있었다.

슥!

아주 미세하지만 풀을 밟는 소리가 그의 귓가에 들려온 것은 그때였다. 그의 고개가 우측으로 돌아갔다. 순간 그의 신형이 그 자리에서 사라졌다.

'아차!'

순식간에 다섯 명이 쓰러지는 모습을 본 좌사는 자신도 모르게 놀라 발을 움직였다. 아주 조금 움직였을 뿐이나 그 소리조차 운소명의 귀를 벗어나지 못했다.

슥!

고개를 돌린 운소명의 눈과 눈이 마주치자 좌사의 안색이 급변하였다. 그 순간 그의 눈앞에 운소명의 얼굴이 나타남과 동시에 금빛 도기가 십여 개 번득였다.

파파팟!

나무 한 그루를 마치 조각 내듯 도기가 스치자 좌사의 신형이 허공으로 뛰어올랐다.

 "큭!"

 '휘리릭' 하는 바람소리와 함께 그의 전신에서 십여 개의 비도가 뿌려졌다. 특정한 상대를 노리고 뿌린 게 아니라 운소명이 접근하는 방위로 던진 것이다. 그리고 그가 예상한 곳에 운소명의 신형이 뛰어오르다 비도를 쳐내며 떨어졌다. '따다당!' 하는 금속음이 좌사의 귀를 때리자 좌사는 바닥에 내려섬과 함께 검을 뽑아 몸을 돌렸다.

 팍!

 순간 유령도의 백색 도신과 좌사의 검이 부딪쳤다.

 "훗!"

 좌사의 얼굴을 확인한 운소명의 입가에 미소가 걸렸다. 좌사의 안색이 굳어졌으며 이마에 식은땀이 맺혔다.

 따다다당!

 교차된 검과 도가 미세하게 떨리며 작은 금속음을 연발하기 시작했다. 상체가 조금씩 뒤로 밀려나기 시작하자 좌사의 눈에서 불꽃같은 기운이 일어났다. 그것을 본 운소명의 어깨가 흔들렸고, 좌사의 왼손이 허리를 잡으며 우측으로 돌았다.

 팡!

순간 운소명의 상체를 자르며 백색 도기가 반원을 그렸다.

"……!"

몸을 비튼 좌사는 몸을 일으키지도 못한 채 마치 돌이 된 것처럼 굳어 있었다. 그의 눈이 흔들렸으며 입술 사이로 핏방울이 흘러내리고 있었다. 얼굴 전체가 마치 독에 중독된 것처럼 푸른색을 띠기 시작하자 좌사는 흔들리는 왼손으로 목 주변을 만지다 두 개의 비침을 손에 잡았다.

"이럴 수가……."

좌사는 믿지 못하겠다는 표정으로 운소명을 쳐다보았다. 자신이 던진 비침이 자신의 목에 박혀 있었기 때문이다.

"어느새……."

"방금."

운소명의 대답은 아주 당연하다는 듯 명쾌했다. 좌사의 어깨가 떨리기 시작했다. 운소명은 좌사가 왼손으로 허리에 감춘 단도를 잡고 반 회전하듯 상체를 숙이고 머리를 잘라오자 선명하게 그의 뒷덜미가 눈에 들어왔다. 그 틈에 비침을 날렸다.

"크으으윽!"

비틀거리듯 신음을 삼킨 좌사의 전신에서 강력한 바람이 일어나 사방으로 퍼져 나가자 운소명은 도를 들었다.

"합!"

좌사의 신형이 빛과 함께 신검합일이 되어 운소명을 덮쳐왔다. 이미 죽음을 예감한 좌사는 동귀어진의 수법으로 운소명을 덮친 것이다. 그 순간 좌사는 거대한 푸른빛의 도가 내려쳐지는 것을 보았다.

'도… 강!'

쾅!

　　　　　*　　　*　　　*

휘리릭!

밤 공기를 가르며 들리는 옷자락 소리가 창을 통해 안으로 들어왔다.

"쥐새끼라도 발견한 모양입니다."

술잔을 들던 하오문 육대회주 중 한 명이자 무천회의 회주인 우전소는 앞에 앉아 있는 하오문 총문주인 봉천악을 바라보며 보기 좋은 미소를 걸었다. 특별한 일은 없을 거란 뜻이었다. 봉천악도 특별히 신경 쓰는 표정이 아니었다. 지나가는 쥐 한 마리조차 그냥 보내는 좌사나 오정신들이 아니었기 때문이다.

"금방 오겠지."

봉천악이 중얼거리며 술잔을 기울이자 우전소가 입을 열

었다.

"금산장주께서 시간 되시면 술이나 한잔하자고 하십니다. 어찌할까요?"

"그래? 음… 금산장주께서 특별히 할 말이라도 있는 모양이야?"

봉천악의 물음에 우전소는 잘 모르겠다는 표정으로 대답했다.

"저야 어디까지나 아랫사람이기에 부탁만 받고 의중을 여쭌 것뿐입니다. 거기까지는 묻지 않았습니다."

우전소는 자신의 위치를 정확하게 파악하는 인물이었기에 지금까지 무천회주로서 앉아 있을 수 있었으며, 강호상에 얼굴을 보이지 않았다. 봉천악 역시 그러한 우전소를 가장 신임하는 수하 중 한 명이라 생각했기에 가끔씩 시간이 나면 이곳 남경에 들러 우전소와 담소를 나누곤 했다.

"이번 일만 마무리되면 찾아가 봐야지. 어차피 금산장에서 나올 분이 아니니……."

"그렇지요."

우전소도 그 말에 동의하는 듯 고개를 끄덕였다. 금산장주는 무림과 관련된 손님을 만날 땐 자신의 집 안에서 만났지 밖에서 만나는 일은 아주 특별한 일을 제외하곤 거의 없었다.

"일단 좀 전에 이야기한 묵선령과 종무옥의 처리는 백 천주에게 일임되었다는 점을 상기하고 곡비연의 처리도 홍천에서 해결할 테니 자네는 아 원주가 성주가 될 때를 맞추어 회의 애들을 백화성에 넣게."

"알겠습니다. 실수없이 준비하겠습니다. 그런데 과연 성공할지 의문입니다. 그리 쉽게 당할 사람들이 아니라서……."

우전소가 조금 걱정스러운 듯 말하자 봉천악은 담담히 말했다.

"실패를 생각하고 일을 행했다면 지금의 천단은 없었겠지. 실패는 없어. 우연도 없지. 모든 건 계획된 일들이야. 알겠나? 지금이 중요하다는 것을. 유수월이 죽고 백화성주가 바뀌는 지금, 우리의 계획대로 무림맹주는 정해졌으나 아직 백화성주가 남았어. 이번 일만 잘 넘긴다면 우린 다시 몇십 년 동안 평화롭게 강호 위에서 군림하겠지."

"그렇게 돼야지요."

우전소는 술잔을 들며 미소 지었다. 봉천악의 말처럼 천단이란 존재가 가지는 절대적인 힘은 곧 강호의 평화였고 자신이 앉은 자리의 영원함이었다.

쾅!

술의 달콤함에 혀를 녹일 때 들린 강력한 폭음은 모든 상념을 떨치게 만들어주었다.

"허!"

놀라 자리에서 일어선 우전소의 눈에 어느새 사라지는 봉천악의 거대한 신형이 잡혔다. 그리고 사고가 생겼다는 것을 알았다.

  *　　*　　*

주변 일 장여의 공간은 마치 태풍이 지나간 것처럼 쓰러진 나무의 잔재가 쌓여 있었고 그 속에 고개를 숙인 회의인이 깊숙이 파묻혀 있었다.
"쿨럭! 쿨럭!"
검붉은 피가 기침과 함께 가면 밑으로 쏟아지고 있었다. 가면 너머 비치는 좌사의 눈은 이미 죽은 사람처럼 빛을 잃어갔으며 양팔과 양다리는 부러진 듯 기묘한 형태로 비틀려 있었다. 아직도 좌사는 지금의 현실을 믿지 못하고 있었다.

그를 발견하고 교전한 지 불과 일다경도 안 된 지금 자신은 초라하게 쓰러져 있었다. 지금까지 자만한 적은 없으나 자신의 무공에 대해 자부심을 가지고 있었으며 그 누구와 만나도 쉽게 질 거란 생각은 한 적 없었다.

뿌득!
나뭇가지를 부러뜨리며 바로 앞에 발이 나타나자 좌사는 고개를 들었다. 힘없는 시선이 자신을 내려다보는 청년을 향했다.

"너는… 도대체… 어디에서 온 것이냐……?"

퍽!

좌사의 목에 유령도를 박은 운소명은 곧 도를 비틀어 마치 구멍을 파듯 원을 그리다 뽑으며 도날을 기울였다. 그러자 붉은 피가 도신을 타고 바닥으로 떨어져 내렸다. 그 모습이 너무나도 선명해 마치 기름 위에 물이 흐르는 것 같았다.

운소명은 죽은 좌사의 얼굴을 유심히 쳐다보았다. 백색 귀면탈이 달빛을 받아 반짝이기 시작하자 상당히 인상적으로 다가왔다.

'훗!'

운소명은 가볍게 입가에 미소를 그리며 좌사의 얼굴을 가린 귀면탈을 벗겼다. 그러자 흉측하게 일그러진 좌사의 얼굴이 보였다. 전체적으로 화상을 입은 얼굴이라 나이를 가늠하기 어려웠다. 운소명은 살짝 아미를 찌푸리다 가면의 뒷면에 묻은 피를 소매로 닦은 후 자신의 얼굴 위에 썼다.

피 냄새가 코를 간지럽혔으나 전체적으로 자신의 얼굴에 맞아떨어지는 느낌이 들자 만족감이 밀려왔다.

곧 시선을 돌린 운소명은 귓가를 스치는 옷자락 소리에 번개처럼 주변 삼 장여를 돌며 십여 그루의 나무 기둥을 베었다. 금색 도기가 나무의 기둥을 지나쳤지만 나무는 쓰러지지 않은 채 그 모습 그대로 서 있었다. 너무 빨라 나무조차도 자신이 베였는지 모르는 것 같았다.

그리곤 재빠르게 공터의 중앙에 섰다. 그의 주변엔 다섯 구의 시신이 널브러져 있었다. 곧 펄럭거리는 피풍의 소리와 함께 운소명의 눈에 허공에서 떨어지는 두 중년인이 잡혔다.

"음……!"

봉천악은 자신을 쳐다보는 백색 귀면탈의 사내를 눈에 담으며 침음성을 삼켰다. 좌사의 가면을 쓰고 있는 인물은 분명 자신의 좌사가 아니었기 때문이다.

"놀랍군."

봉천악은 금세 본래의 표정으로 돌아와 낮게 중얼거렸다. 좌사의 죽음이 믿어지지 않았으나 현실을 받아들이는 일도 중요한 일이었기에 눈앞에 서 있는 상대를 주시했다. 그 옆에 서 있던 우전소도 상당히 굳어진 표정으로 주변에 쓰러진 오정신들을 쳐다보았다.

무엇보다 그를 놀라게 한 것은 그들 다섯 모두 단 일 도에 쓰러졌다는 점이었다. 우전소는 허리춤에 차고 있던 연검을 손에 쥐며 살기를 뿌리기 시작했다. 곧 봉천악이 소매를 말아 올리며 말했다.

"네놈과는 긴 대화를 해야 할 것 같구나."

그의 전신에서 퍼지는 강렬한 기도가 마치 바늘처럼 운소명의 전신을 파고들었다. 하지만 운소명은 그러한 봉천악의 기도에 흔들리지 않는 듯했다.

파팟!

운소명의 신형이 번개처럼 앞으로 움직이며 거미줄 같은 십여 개의 도기를 발산했다.

쉬쉬쉭!

금빛 도기가 우전소와 봉천악의 전신으로 날아들자 그 모습이 가소로운지 봉천악은 입가에 미소를 그리며 오른 주먹을 앞으로 뻗었다.

붕!

순간 강력한 경풍이 사방으로 퍼지더니 날아드는 도기가 '파팍!' 하는 소음과 함께 흩어졌다.

슈아악!

경풍은 도기를 날린 채 다가오는 운소명의 안면으로 날아들었다. 운소명의 도가 앞을 막았다.

쾅!

휘리릭!

폭음과 함께 그 힘을 이기지 못한 운소명의 신형이 허공중으로 뛰어오르며 빠르게 회전하자 우전소가 땅을 박찼다. 그때였다. 우측에서 '우르릉!' 하는 소리와 함께 십여 그루의 나무가 괴성을 지르며 쓰러졌다.

미리 운소명이 잘라놓은 나무들이 봉천악의 일권이 만든 경풍을 이기지 못하고 쓰러진 것이다. 그 소리에 놀란 우전소와 봉천악의 시선이 우측으로 향했다. 그들의 눈에 쓰러져 오는 나무들이 보였다. 크고 소란스러운 소리에 그들의 본능이 먼저 반응을 보인 것이다.

"이런!"

"아차!"

찰나의 실수라는 것을 안 그들은 재빠르게 운소명을 찾아 고개를 돌렸다. 하지만 밤하늘 어디에도 운소명의 모습은 보이지 않았다. 그 짧은 순간에 사라진 것이다. 그 놀라운 실력에 우전소와 봉천악은 잠시 할 말을 잃은 듯 그 자리에 서 있었다.

"허… 허!"

봉천악이 어이없다는 듯 빈 허공을 바라보며 웃음 지었다. 그러다 이내 온몸을 떨더니 땅을 크게 때렸다.

쾅!

폭음과 함께 사방으로 흙과 돌들이 튀었으며 먼지가 구름처럼 위로 솟구쳤다. 이내 강한 경풍이 먼지의 중심에서 불더니 봉천악의 모습이 다시 나타났다. 그런 그의 주변으로 일장 정도의 둥근 원형의 구덩이가 파였다.

"무슨 일이 있어도… 네놈을 죽여 버릴 것이다."

봉천악은 주먹을 불끈 쥐며 중얼거렸다.

"상당히 계획적인 놈인 것 같습니다. 나무는 미리 자른 것 같습니다. 저희가 도착하기 바로 전에……."

우전소가 우측에 쓰러진 나무의 밑동을 살피며 말하자 봉천악은 그의 뒤로 다가가 단면을 살폈다. 이미 귀면탈의 괴인이 지닌 실력을 어느 정도 예상했기에 어른 몸통만 한 나무의 잘린 깨끗한 단면을 보고도 놀라지 않았다. 그러다 좌사의 시신이 눈에 들어오자 봉천악은 안색을 굳히며 그의 곁으로 다가가 잠시 바라보았다.

처참하게 죽은 그의 모습은 지금까지 삼십여 년 동안 자신과 함께한 동일 인물이란 생각이 들지 않았다.

'설마하니 이렇게 허무하게 내 곁을 떠날 줄이야…….'

봉천악은 흔들리는 시선으로 좌사를 쳐다보다 곧 안아 들었다.

"육대회주를 소집하게. 그리고 남경을 걸어 잠가라. 벗어나기 전에 놈을 잡아 죽여야지."

"알겠습니다."

우전소는 대답과 동시에 경공술을 펼쳐 봉천악의 시야에서 사라졌다.

"아… 냄새."

가면을 벗은 운소명은 곧 품에 가면을 넣고 어두운 골목길에서 홍등가의 밝은 거리로 걸어나와 천천히 사람들 틈으로 스며들어 갔다. 그를 주시하는 사람은 어디에도 없었고, 운소명은 느긋한 걸음으로 자신이 머무는 남경대주루로 들어가 휴식을 취했다.

본래의 계획대로라면 선인루에서 바로 금산장으로 가야 했다. 하지만 그것은 어디까지나 정찰의 의미에서 행하는 계획일 뿐이었다.

얼굴을 씻고 나온 운소명은 상의를 벗은 채 의자에 앉아 물을 마셨다.

'봉천악이라……. 후후… 설마 그자가 이곳에 있을 줄이야.'

전혀 예상치 못한 상대였다. 행운이라면 행운일까? 봉천악과 개인적인 원한은 없으나 그가 하오문의 문주라는 것은 잘 알고 있었다. 그것만으로 그에겐 큰 행운이었고 성과였다. 전에 만난 가짜가 아닌 진짜 봉천악이라는 게 중요했다.

'생각보다 감정적인 사람이군.'

운소명은 그가 분노한 표정으로 내지른 일권을 기억하며 그의 성격이 자신의 예상과 달리 감정적인 면이 있다는 것을 생각했다. 본래는 자신이 바람을 일으켜 나무를 쓰러뜨릴 생각이었다.

 하지만 봉천악이 먼저 경풍으로 쓰러뜨리자 손을 쓰는 수고를 덜게 되었다. 그리고 쉽게 봉천악의 눈앞에서 사라질 수가 있었다.

 가면은 여러 가지로 좋은 효과를 가져다줄 것이다. 짧은 순간 얼굴을 보일지 아니면 가릴지를 생각하다 내린 게 가리는 쪽이었다. 봉천악은 한동안 귀면탈에 생각을 집중할 것이다. 가면은 그러한 시선을 분산시키는 효과가 있었다. 앞으로 가면을 쓰고 활동하는 사람이 있다면 봉천악은 무슨 일이 있어도 그자를 잡을 것이다.

 또한 내일 아침이면 남경을 빠져나가는 일도 힘들 거라 생각했다. 과거 홍천에서 하오문주와의 일을 떠올린 운소명은 분명 하오문도 무림맹에 연관이 있다고 여겼다. 거기다 이곳엔 하오문주만 있는 게 아니라 금산장도 함께 있었다. 둘이 함께 움직인다면 관도 함께 움직일 게 뻔했다.

 운소명은 곧 바닥에 앉아 운기하기 시작했다. 가벼운 운기 조식 후에 금산장으로 향할 계획이었다. 그리고 내일 해가 뜨기 전 남경을 벗어나기로 했다.

"손님, 이 야밤에 어디를 가십니까?"
 밖으로 나가려는 운소명에게 점원이 다가와 묻자 운소명

은 가볍게 농을 던지듯 말했다.

"홀로 밤을 보내려니 옆구리가 시려서 견딜 수가 없더군요. 오늘은 홍루에서 밤을 보낼까 하는데 이상합니까?"

"아… 옆구리가 시리시면 당연히 맨살로 덮는 게 최고지요. 좋은 밤 보내십시오."

"수고하시오."

운소명은 가볍게 미소를 보인 후 천천히 홍등가 쪽으로 걸음을 옮겼다.

'벌써부터 조사가 시작된 건가……?'

걸음을 옮기는 운소명의 표정이 굳어졌다.

*   *   *

천하에 이름이 높은 금산장주는 보기에는 평범한 용모를 하고 있는 중년인이었다. 음주가무(飮酒歌舞)를 즐기는 그는 가끔씩 내원에 마련된 소평관이라는 넓은 연회장에서 홀로 많은 여인들의 춤과 노래를 즐겼다.

오늘도 그는 술잔을 기울이며 홀로 상석에 앉아 많은 소녀들이 속이 비치는 궁장의를 입고 춤추는 모습을 눈으로 좇고 있었다.

"구영입니다."

우측 문가에서 들리는 낮은 목소리에 허영정은 인상을 찌푸리며 손을 들었다. 그러자 음이 멈추고 춤도 멈췄다.

"나가보거라."

그의 낮은 목소리에 많은 소녀들이 일사불란하게 움직여 자리를 비켜주었다. 잠시지만 빈 공간만이 그의 눈을 가득 파고들었다. 그것은 견딜 수 없는 허전함이었다.

"들어오게."

"예."

대답과 함께 문을 열고 삼십대 중반의 잘생긴 중년인이 들어왔다. 그는 큰 키에 백의를 입고 있었으며 청색 피풍의를 두르고 있었고 왼손엔 붉은 검이 들려 있었다. 전체적으로 잘 단련된 고수를 보는 듯했다.

"네가 이곳까지 오다니 별일이군."

허영정의 말에 구영은 고개를 숙여 보이며 말했다.

"좀 전에 하오문주가 습격을 당했다고 합니다."

"그래? 봉천악이 습격을 당했다라… 그 비밀스러운 놈이……. 재미있군. 그래서?"

허영정의 물음에 구영은 빠르게 대답했다.

"혹시 모르니 일단 침실로 드시는 게 좋을 듯합니다. 또한 남경을 차단하고 개미새끼 한 마리 빠져나가지 못하게 할 생각인 것 같습니다. 그 일로 장주님께 도움을 요청하기에 이렇게 왔습니다."

"흐음… 알았네. 그렇게 하지. 경비는?"

"평소보다 두 배로 늘렸습니다."

허영정은 고개를 끄덕이며 자리에서 일어났다. 곧 그가 느린 걸음으로 걷자 그 뒤로 바짝 구영이 붙었다.

"별일이 다 있군. 이 시점에서 습격이라……."

"하오문주가 놈을 놓친 모양입니다."

"그랬겠지. 그렇지 않고서야 이 큰 도시를 막아버리겠다고 할 수 있겠나? 최대한 협조하게."

"예."

구영이 대답하자 허영정은 발길을 후원으로 옮겼다. 자신의 처소가 아닌 첩들이 있는 후원 쪽으로 향하자 구영이 입을 열었다.

"막내 사모님과 둘째 도련님은 호수에서 배를 타고 계십니다."

구영의 말에 허영정은 잠시 걸음을 멈추었다. 가용하의 화용월태(花容月態)한 모습이 눈앞에 아른거렸다. 며칠 못 본 것 같자 더욱 보고 싶어지는 밤이었다.

"여전히 둘째와 잘 어울리나?"

"예."

구영의 대답에 허영정은 아미를 찌푸리며 다시 걷기 시작했다.

"무림에는 사미가 있어 모두 아름답다 하지. 특히 그중에서도 남궁가의 여식은 문무(文武) 모두 뛰어난 여자라 들었네."

"예, 익히 들었습니다."

구영의 대답에 허영정은 고개를 끄덕이며 말했다.

"둘째와 맺어주는 게 좋을 것 같은데, 어떤가?"

허영정의 말에 구영은 잠시 입을 열지 못하였다. 남궁세가는 무림세가였기 때문에 일반적인 집안과는 달랐다. 어른들이 혼인을 결정하는 것과는 다르게 무림세가는 본인의 뜻을 최대한 존중해 주기 때문이다. 성년이 되면 남자와 여자의 구별없이 한 사람의 무인으로서 대우했기에 혼담 이야기는 조심스러울 수밖에 없었다.

"한번 해보겠습니다."

"어렵다는 것은 나도 아네. 하나 잘되었으면 좋겠네. 용하에게 빠져 있는 둘째의 시선을 돌리려면 그 정도는 돼야 할 것 같아 그러네."

"예, 알겠습니다. 하면 무림세가이니 무공서에 관심이 많을 것입니다. 남궁세가의 실전된 비급이나 구하기 어려운 무공서를 구해보는 게 좀 더 수월할 것 같습니다. 또한 만년삼은 아니더라도 백 년 된 하수오나 산삼을 구하는 것도 좋겠

저절로 찾아온 행운 237

지요."

"돈이 좀 들겠어."

"상당한 금액이 소모될 것 같습니다."

구영의 대답에 허영정은 미소를 그리며 말했다.

"한계를 두지 말게나. 본 장에 무리가 되지 않는 선까지 쓴다면 문제될 것도 없겠지."

"예."

구영은 대답하며 그 한계가 어디까지인지 생각했다. 하지만 곧 그러한 생각을 지웠다. 금산장의 돈은 쓰는 만큼 다시 생겼기 때문이다. 허영정의 말은 마음대로 자금을 이용하란 뜻도 포함되어 있었다.

"그런데 신경 쓰이는군."

"어떤 점이 그렇습니까?"

"백화성주가 바뀌는 이 시점에서 하오문주가 습격당했다는 점이 말일세."

"그것보단 하오문주의 위치가 누군가에게 알려졌다는 것이 놀라울 뿐입니다."

"그것도 그렇군."

구영의 말에 허영정도 인정한다는 듯 고개를 끄덕였다. 그만큼 하오문주는 은밀하게 움직이는 인물이었고 천하에 자신의 분신들을 활동시켜 시선을 분산시키기도 했다. 그렇기 때문에 그의 별호가 환영신객(幻影神客)이었다.

그런 그가 자신의 본모습을 누군가에게 보였다는 것 자체가 의미있는 일이었다. 그 점을 허영정은 상기했다.

"천단 내에 이중첩자가 있을지도 모르겠어."

"설마… 그럴 리는 없을 것입니다."

"혹시 모르니 자네도 조사를 해보게."

"예."

구영은 심각한 표정으로 대답하며 곧 후원으로 통하는 문을 넘자 더 이상 함께 가지 않았다. 이 안부터는 허영정과 첩들의 세상이었기 때문이다. 가족이라 해도 그가 허락하지 않는 이상 들어갈 수 없는 곳이었다.

금산장의 외당 중 그리 크지 않은 건물의 지붕에 바짝 붙어 있던 검은 그림자가 소리없이 옆 건물로 이동했다. 여전히 지붕에 바짝 붙어 있었으며 달빛이 구름에 가릴 때를 기다려 이동했다.

소리는 없었고 검은 인영이 있던 흔적조차 남지 않았다.

슥!

바람이 부는 소리만을 남기고 움직이던 검은 그림자는 높은 담장이 만든 검은 그림자 사이로 움직이다 굵은 은행나무로 올라 호수를 바라보았다.

'여전히 답이 없군.'

외당을 전체적으로 살핀 후 다시 나무에 올라 내당을 쳐다보는 시선엔 고민스러운 마음이 담겨져 있었다.

운소명은 장기전으로 가야 할 것 같다는 생각을 했다. 그렇다고 낮에 일꾼으로 가장해 침입할 수도 없는 곳이었다. 쉽게 새로운 얼굴을 받아들일 만큼 어수룩한 곳이 아니었다. 그렇다고 이대로 돌아가자니 아쉬움이 남았다.

경비의 숫자가 두 배로 늘어난 것은 그에겐 아무런 장애가 되지 못하였다. 오히려 늘어나면 날수록 움직이기 수월했다. 경비를 가장하는 방법도 하나였기 때문이다. 하지만 금산장의 외당 경비가 내당으로 갈 수는 없었다. 철저하게 분리를 해놨다.

일개 상인이 하기에는 경비가 철통같았다. 마치 황궁을 보는 듯한 착각마저 들 정도였으니 말이 필요없었다.

찰랑!

물소리와 함께 전에도 본 적 있는 작은 배가 운소명의 눈에 들어왔다. 배의 선미에 서 있는 그림 같은 여인의 모습과 노를 젓는 청년의 우수에 젖은 얼굴은 그에게 깊은 인상을 남겨주었다.

스르륵!

배는 천천히 호수를 가로질러 운소명의 앞을 지나갔다. 운소명은 침묵을 지키며 그 모습을 지켜보고 있었다.

'어쩌면 길이 보일지도……'

문득 든 생각이었다. 하지만 어디까지나 생각일 뿐 거의 불가능에 가까운 계획이었다. 눈앞에 보이는 상대가 밖으로 나오지 않는 이상.

'급할 필요가 있을까?'

운소명은 자신이 너무 조급해하는 것 같다고 생각했다. 어차피 시간은 있었다. 목적을 달성하기 위해 몇 달이고 기다릴 수도 있었다. 하지만 몇 년을 기다릴 수는 없었다.

저벅! 저벅!

여러 생각을 하고 있을 때 발소리가 귓가에 들려왔다.

"그나저나 여기는 어떻게 된 게 몇 번을 와도 길을 잘 모르겠다니까."

"자네야 나와 달리 방향치가 아닌가? 그러니 길을 잃을 만도 하지."

두 사람의 목소리와 함께 천천히 은행나무 앞을 지나가는 그들은 운소명이 숨어 있다는 사실을 모르는 듯 보였다. 운소명은 한눈에 그들이 삼귀 중 둘인 도귀와 적귀라는 것을 알았다. 그리고 그들도 금산장에 포섭되어 있다는 사실이 놀라웠다.

"그런데 왜 저년은 이 야밤에 달구경을 하는지 원. 우리가 고생하는 게 그렇게 좋나."

"어쩌겠어? 저년도 답답하겠지. 밖에 나가고 싶어도 못 나가는 감옥 같은 곳인데 즐겁겠나? 우리가 이해하자고."

적귀가 도귀의 말에 고개를 저으며 말하자 도귀는 다시 한 번 투덜거렸다.

"아, 그거야 지 사정이지 우리 사정인가? 누가 돈 받고 시집오라고 했나?"

"너무 그러지 말라고. 다 부모 잘못 만난 탓이니까."

둘의 목소리가 조금씩 멀어지자 운소명은 더 이상 이곳에 있을 의미가 없다는 것을 알고 자리에서 벗어나 이동하기 시작했다.

얼마 지나지 않아 금산장의 담을 넘은 운소명은 기이한 열기에 안색을 찌푸렸다. 사람의 인기척이 느껴지지는 않았으나 본능적으로 뭔가 다르다는 느낌을 받았다.

스륵!

운소명의 신형이 땅속으로 꺼지듯 사라졌다.

휘릭!

그 순간 옷자락 휘날리는 소리가 울리더니 반백의 중년인이 모습을 나타냈다. 그는 주변을 둘러보더니 아무도 없다는 것을 알자 이마에 주름을 그렸다.

"이상하군……."

휙휙!

중년인의 옆으로 두 명의 인물이 빠르게 내려섰다. 그들은 도귀와 적귀로 중년인이 나타나자 뒤따른 것이다.

"어르신, 무슨 문제라도 있습니까?"

도귀가 공손히 말하자 중년인이 아미를 찌푸리며 턱수염을 쓰다듬었다.

"내 착각인가……."

중년인은 도귀의 말을 무시하듯 중얼거리며 여전히 주변을 살피고 있었다.

"너희들은 아무것도 본 게 없느냐?"

중년인이 시선을 던져 도귀와 적귀에게 묻자 둘은 고개를 저으며 대답했다.

"저희들은 본 게 없습니다."

"아무것도 못 봤습니다."

둘의 대답에 중년인은 입맛을 다시며 신형을 돌렸다.

"내 착각인 모양이야."

중년인은 중얼거리며 담장을 넘었다. 그러자 도귀와 적귀가 안색을 찌푸리며 사방을 살피기 시작했다.

"누가 침입이라도 한 모양이군."

"그랬다면 어르신이 벌써 죽였지. 안 그런가?"

"하긴."

적귀가 도귀의 말에 고개를 끄덕였다. 천하에 명성이 자자한 삼귀조차 어르신이라고 부르는 인물이 중년인이었다.
"들어가세."
"그러지."
 둘은 주변에 이상한 움직임이 없는 것을 확인하고 담을 넘어 금산장의 안으로 사라졌다.

'한유…….'
 운소명은 중년인이 한유라는 것을 잘 알기에 그가 사라졌는데도 지둔술을 풀지 않았다. 주변 공기가 여전히 무겁게 가라앉아 있었기 때문이다. 고수들만이 펼친다는 신기정공이 사방에 펼쳐진 상태였다. 자신의 기를 주변에 거미줄처럼 뿌려 오가는 사람들의 인기척을 알아내는 상승의 무공이었다. 고수가 되면 자연스럽게 자신의 기를 발산하기 때문에 저절로 익히게 되는 무공이다. 물론 사람들마다 그 기도나 성격이 달라 느낌도 제각각이었다.
 한유의 기도는 한없이 차갑고 날카로워 마치 칼날 같은 예기를 지니고 있었다.
'조금만 늦었어도 한바탕했겠어.'
 운소명은 한유와 싸워 이득 볼 게 아무것도 없다고 판단했기에 숨은 것이다. 결코 한유가 두려워서가 아니었다.

약 반 시진 정도 지났을까?

휘릭!

한유의 신형이 운소명이 사라진 자리에 다시 나타났다. 먼저 포기하고 모습을 보인 것이다.

"내가 잘못 생각한 모양이군. 아니면 나조차도 확신을 갖지 못하게 만드는 은밀한 놈이 있었거나. 쯧!"

강하게 혀를 찬 한유는 상당히 불만스럽다는 표정으로 사방을 노려보다 다시 담장을 넘어갔다. 그제야 운소명은 지둔술을 풀고 조심스럽게 움직이기 시작했다. 한유의 기운이 완전히 사라졌기 때문이다.

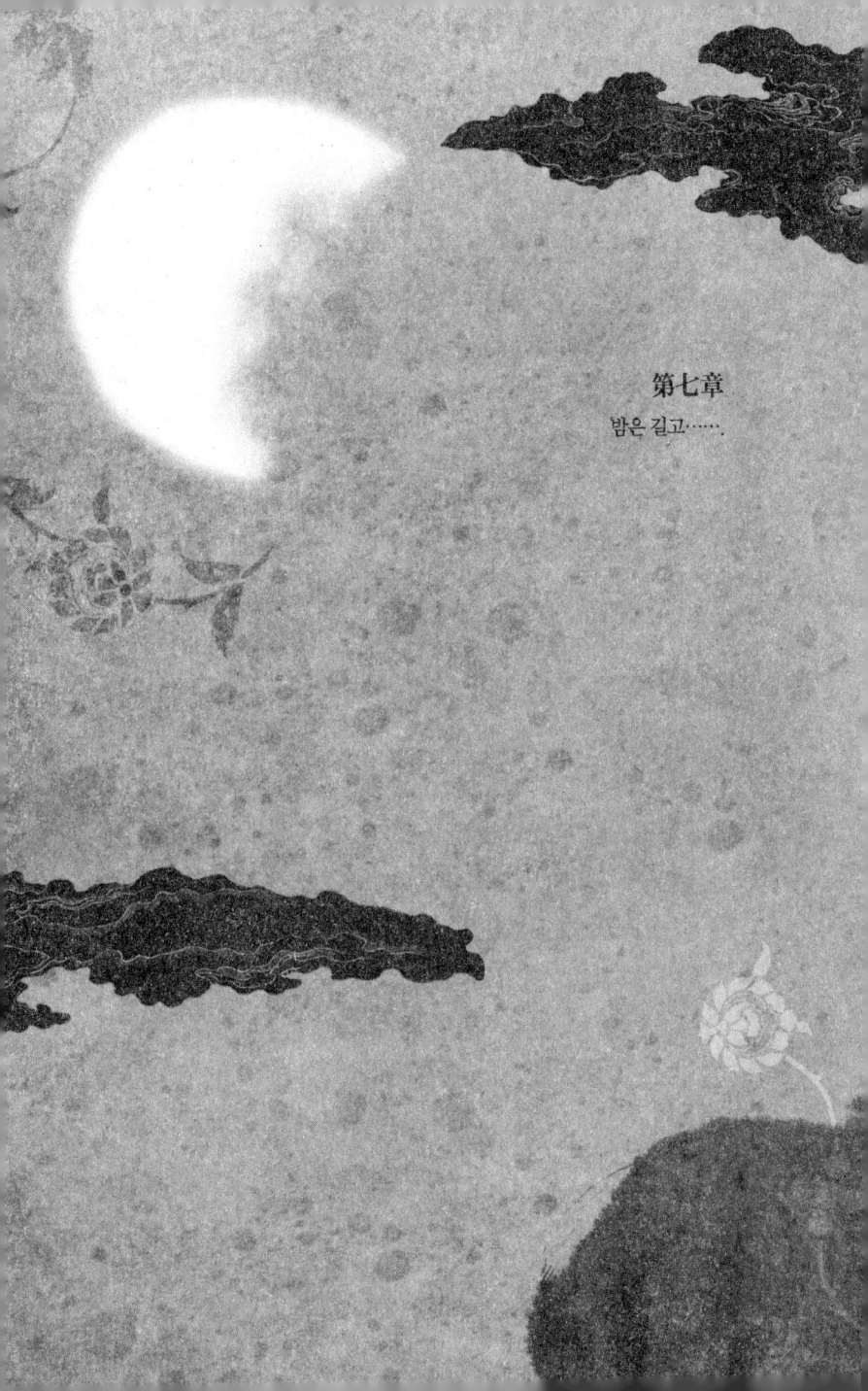

第七章

밤은 길고……

밤은 길고······.

 금산장을 나와 남경에서 가장 큰 호수인 현무호(玄武湖)의 주변에 도착하자 운소명은 천천히 모습을 보이며 걷기 시작했다. 어두운 밤이었기에 사람의 모습은 찾기 어려웠다. 운소명은 마치 산책 나온 사람처럼 천천히 걸으며 주변을 둘러보았다. 달빛이 반사되어 흔들리는 호수의 수면은 생각보다 운치있는 모습이었다.
 운소명은 길을 걸으며 여러 가지 생각을 하였다. 가용하를 이용하는 계획도 세워보고 금산장주의 둘째인 허한을 이용하는 방법도 떠올렸다. 그중 가장 빠른 시간 안에 금산장의 내당으로 들어갈 수 있는 방법은 허한을 이용하는 방법이라 여겼다. 또한 내당의 무사로 취직하는 방법 역시 해볼 만한 방법이라 생각했다.

길을 걷던 운소명은 앞에서 걸어오는 두 명의 인물을 쳐다보았다. 평범한 인상의 두 사람이었으나 무림인이란 생각이 들었다. 걸어오는 두 사람의 기도가 강했기 때문이다.

"혹시 소소공자가 아니시오? 위지세가에서 큰 명성을 떨치던."

운소명이 잠시 걸음을 멈추고 쳐다보자 두 사람은 반갑게 포권하며 말했다.

"위지세가에 갔다가 본 기억이 있소. 이렇게 보게 되어 반갑소이다. 우리는 이곳에서 살고 있는 사람들로, 본인은 장정이라 하오."

"소원이라 하오."

"아… 남경이호(南京二虎)라 불리는 두 분이시군요. 반갑습니다."

운소명이 마주 인사하자 장정이 말했다.

"이곳에는 무슨 일로 오신 것이오? 무림대회에 간 게 아니었소? 보통 후기지수들은 무림대회를 위해 무공을 연마하는데, 소소공자께선 관심이 없는 모양이오?"

"그런 무림대회에 나가서 무슨 이득이 있겠습니까? 그저 경치 좋은 강호를 유랑하는 게 최고지요."

"천하를 다니며 견문을 넓히는 것만큼 보람된 일이 어디에 있겠소. 남경도 좋은 곳이니 길게 머물러도 후회는 없을 것이오. 그럼 우리는 이만 가보겠소."

"만나서 반가웠습니다."

서로 인사하며 지나쳐 갔다. 장정과 소원이 운소명의 곁을 지나 막 세 걸음 떨어졌을 때였다. '쉭쉭!' 하는 바람소리와 함께 장정과 소원이 몸을 돌려 운소명을 덮쳐 왔다.

장정은 머리를 검으로 잘라왔고 소원은 발목을 노렸다. 마치 처음부터 계획했던 것처럼 둘의 움직임은 신속했고 또한 정확했다.

"흥!"

운소명은 바람소리를 듣는 순간 예상이라도 했다는 듯 번개처럼 몸을 돌리며 금색 도기를 아래위로 펼쳤다. 금사영의 금빛 도기가 마치 실선처럼 그들을 향하자 운소명의 신형 역시 그들을 지나쳐 있었다.

퍼퍽!

장정과 소원의 몸에서 피가 솟구치며 그들의 육체가 힘없이 바닥으로 쓰러졌다. 그 모습을 본 운소명은 안색을 찌푸렸다. 거대한 기운이 곁에 있는 게 느껴졌기 때문이다.

짝! 짝! 짝!

죽은 장정과 소원의 옆쪽에서 회의인이 걸어나오며 칭찬이라도 하는 듯 박수를 쳤다. 그런 회의인의 눈은 차갑게 반짝이고 있었는데 먹이를 노리는 맹수처럼 보였다.

"남경이호가 단 일 합에 죽다니… 과연 명성만큼이나 빠른 도법이로군."

운소명은 상대가 누구인지 이미 알고 있었다. 봉천악과 만났을 때 그 옆에 서 있던 우전소였다. 하지만 처음 만난 사람처럼 물었다.

"누구시오?"

우전소는 운소명의 물음을 무시하며 죽어 있는 장정과 소원의 시신을 발로 차며 말했다.

"돈이란 게 참 슬픈 거지. 이놈들도 결국 돈 때문에 고용되었으니까."

운소명은 안색을 굳혔다. 고용했다는 말 때문에 자신이 문득 실수했다는 것을 깨달은 것이다. 하지만 여전히 표정은 변화가 없었다.

"무슨 말을 하고 싶은 건지 모르겠소."

그 말에 우전소가 차갑게 미소 지었다.

"우리가 바보처럼 보이나? 남경에 들어온 외부의 무림인은 오직 자네 한 명뿐이었어. 우습게도 자네가 들어오고 얼마 지나지 않아 우린 공들여 키운 오정신들을 잃었지. 그런데 오늘은 금산장에서 나올 줄이야……. 결국 이놈들은 자기가 받은 만큼 할 일을 했어. 네놈의 금빛 도기를 보게 해줬으니까."

우전소는 다시 한 번 시신들을 쳐다보며 말했다.

핏!

순간 운소명의 신형이 우전소의 면전으로 섬전처럼 다가갔다. 그 빠름에 놀라야 정상이었으나 우전소는 아무런 저항조차 하지 않았다. 마치 예상이라도 한 듯 다가오는 운소명의 얼굴을 볼 뿐이었다. 그때였다, 좌측에서 푸른 섬광이 나타난 것은.

"……!"

운소명의 안색이 굳어졌다. 푸른 섬광은 번갯불처럼 어느새 눈앞에 나타났기 때문이다. 운소명의 신형이 회전하며 강력한 금광을 번뜩였다.

쾅!

폭음이 어두운 현무호의 주변으로 울려 퍼짐과 동시에 운소명의 신형이 좌측 숲으로 날아갔다.

쉬쉬쉭!

그 순간 수십 개의 검은 그림자가 운소명이 사라진 방향을 향해 쫓아가기 시작했다. 그러자 우전소의 옆으로 도귀와 적귀가 모습을 보였다.

밤은 길고……. 253

"저놈에겐 받아야 할 빚이 있었지."

도귀가 먼저 말과 함께 뛰어가자 적귀가 고개를 저으며 그 뒤를 따랐다. 그때 또 다른 한 사람이 우전소의 옆에 나타났다. 그는 오 장 정도 떨어진 나무의 기둥에 박힌 자신의 비도를 쳐다보며 손을 들었다. 그러자 비도가 그의 손안으로 날아들었다. 비도를 손에 쥔 그는 우전소를 쳐다보다 안색을 찌푸렸다.

"죽었군."

한유는 비도를 품에 넣으며 우전소의 목에 찍힌 작은 점을 안쓰러운 표정으로 쳐다보다 고개를 저었다. 자신을 믿고 모습을 보인 건 칭찬할 만했으나 상대의 무공을 너무 경시한 것 같았다. 아니면 자신의 비도를 너무 믿고 있었던 게 아닐까?

주륵!

목에 찍힌 붉은 점에서 물방울이 솟구치듯 피가 모이더니 한 방울 흘러내렸다. 운소명이 모습을 감춘 지 한참 만에야 사인이 뚜렷하게 드러나자 한유는 눈을 반짝이기 시작했다.

"놀라운 놈이로군."

한유는 평소 다른 사람을 칭찬하는 일이 드물었다. 그만큼 다른 사람의 능력을 인정하지 않는 성격이었고, 인정할 만한 인물도 거의 없었다. 하지만 이번만큼은 칭찬을 하지 않을 수가 없었다. 자신도 희미하게 스치는 듯한 느낌으로 우전소의 목을 지나치는 기를 보았기 때문이다.

그것은 극히 짧은 찰나의 순간이었고, 운소명은 우전소의 목젖에 지공을 펼친 것이 분명했다. 그리고 한유의 비도를 받아치며 그 충격을 이용해 이 자리를 피한 게 분명했다. 생각하면 할수록 대단히 뛰어난 임기응변을 가진 인물이었다.

"분명 강호에 나온 지 얼마 안 되는 놈이라고 하지 않았던가……."

한유는 천천히 걸음을 옮기며 산전수전 다 겪은 고수들도 하기 힘든 행동을 손쉽게 펼치는 운소명의 판단력을 높게 평가했다.

문득 그의 머리에 도귀와 적귀의 얼굴이 스쳤다. 그들이 고생할 것 같다는 생각에 자신도 모르게 미소가 그려졌.

"쉬운 상대는 분명 아닐 거다."

한유는 천천히 구경이나 해야겠다고 생각했다. 아무리 운소명의 능력이 뛰어나고, 강호에서 잔뼈가 굵은 고수들만큼 뛰어난 임기응변을 지녔다 해도 자신이 볼 땐 아직 어린아이일 뿐이었다. 그렇다고 해서 상대를 얕잡아보거나 경시하지도 않았다. 단지 도귀와 적귀에게 어려운 상대라는 것뿐이었다. 한유 본인의 입장에서 볼 땐 조금 성가신 정도였다.

밤은 길고……. 255

타탁!

운소명은 빠르게 남경의 동쪽 성벽을 타넘은 후 자금산으로 들어갔다.

'한유와 만나기 전까지 최대한 힘을 보존해야 한다.'

운소명은 우전소가 피하지 않고 자신을 노려볼 때 한유의 존재를 직감하였다. 그리고 생각처럼 한유의 비도가 날아들자 우전소를 향해 지공을 펼침과 동시에 비도를 막았다.

비도를 막은 후 강한 충격으로 몸이 튕겨 나가자 운소명은 오히려 더욱 경공을 발휘해 자리를 벗어났다.

물론 다른 사람들이 볼 땐 부상을 당해 자리를 피한 거라 생각하게 만들었다. 어차피 그런 점을 노린 거지만.

쉬쉭!

바람을 가르는 소리와 함께 십여 명의 흑의무인이 성벽을 넘어 자금산으로 들어오자 운소명은 재빠르게 나무 그늘 아래로 모습을 감추었다. 그 뒤를 따르던 십여 명의 흑의인이 숲속을 쳐다보며 추적을 멈추었다.

'쳇!'

그 모습을 본 운소명은 입맛을 다시며 안색을 찌푸렸다. 조장은 경험이 많은 사람임이 분명했다. 만약 숲속으로 무작정 밀고 들어왔다면 운소명의 살수에 의해 모두 죽었을 것이다.

운소명의 특기 중 하나가 이런 어둠을 이용한 암습이었다.

"흩어지지 마라!"

곧 조장으로 보이는 인물이 크게 외치자 흩어짐없이 일렬로 늘어선 채 천천히 숲의 어둠 속으로 들어왔다. 그 뒤로 또 다른 황색 옷을 입은 무인들 이십 명이 나타났다. 그 앞에는 도귀와 적귀가 서 있었다.

"도망친 것 같나? 아니면 숨어서 우리를 지켜보며 암습을 할 거라 생각하나?"

도귀의 물음에 적귀가 미소를 그리며 말했다.

"나라면 암습을 노리겠지. 하나 이 정도의 인원을 보았다면 도망칠지도 모르겠는데?"

적귀의 말에 도귀는 고개를 끄덕이며 말했다.

"이대로 자금산을 둘러싼 채 아침이 될 때까지 기다리는 게 나을 것 같은데……."

"그러는 게 낫겠지. 아니면 앞서 간 놈들을 기다리는 것도 좋을 거고."

"그럼 둘로 나뉘는 게 좋겠어. 나는 뒤쪽 천원문 쪽으로 가겠네. 여기는 자네에게 맡기지."

도귀의 말에 적귀는 고개를 끄덕였다. 그러자 도귀의 뒤로 열 명의 무인이 일사불란하게 따라갔다.

적귀는 곧 도를 손에 쥐곤 자금산으로 천천히 걸어 들어갔다.

자금산은 그리 큰 산이 아니었다. 남경의 동쪽에 조금 높게 솟은 산으로, 반 시진이면 정상에 올라갈 정도의 산이었다. 산의 둘레 역시 남경의 전체 성 크기보다 작았다. 어차피 평야에 솟은 산이기에 그 주변으로 이렇다 할 산이 없었다. 한마디로 자금산에 들어간 것은 주변을 막으면 감옥에 스스로 들어간 것과 마찬가지였다.

물론 자금산 전체를 감싸 안을 만큼의 인원이 있을 때의 이야기였다. 아쉽게도 현재 남경엔 그런 문파가 존재하지 않았다.

슥!

수풀 그림자 속에 숨어 있던 운소명의 눈앞으로 다리 하나가 나타났다. 일행들보다 이 보 정도 뒤로 처진 무사였다.

운소명은 기다렸다는 듯이 무사의 입을 막으며 목을 베었다. 그 이후 소리없이 바닥에 눕히자 다른 무사들은 전혀 눈치채지 못한 듯 앞으로 가고 있는 게 보였다. 운소명은 망설이지 않고 등을 보인 상대들을 향해 금빛 도기를 뿌리며 덮쳐들었다.

"악!"

"크악!"

비명과 함께 삽시간에 세 명의 동료가 피를 뿌리며 쓰러지자 남은 무사들이 일제히 신형을 돌리며 방비했다. 하지만 그들의 눈에 들어온 것은 죽은 시신들뿐, 어디에도 적은 없었다. 긴장감 때문일까? 무사들의 이마에 땀방울이 맺히기 시작했다. 조장 역시 마찬가지인 듯 경직된 표정으로 죽은 세 구의 시신을 쳐다보며 말했다.

"철수한다. 물러서라."

조장은 현 상황을 예리하게 판단한 듯 수하들에게 말하며 물러서기 시작했다. 물러설 때 역시 사방을 경계하며 천천히 자금산을 빠져나가기 시작했다.

쉬쉭!

바람처럼 자금산을 헤치고 나온 운소명은 눈앞으로 날아드는 붉은 손 그림자에 안색을 굳혔다.

"기다리고 있었다!"

슈악!

도귀의 구궁적양수(九宮赤陽手)가 광포하게 운소명을 덮치고 있었다. 운소명은 기다렸다는 듯이 소명삼식 중 이식인 뇌섬살(雷閃殺)을 펼치며 손 그림자를 잘라갔다.

파파팟!

뇌섬살의 금빛 도기가 수십 개의 번갯불과 함께 장영을 베고 들어오자 도귀의 표정이 굳어졌다. 하나 그는 주저함없이 허리를 숙이며 운소명의 하체를 잡아갔다. 그러자 운소명의 도가 원을 그리며 도귀의 머리를 찍었고, 순간 기다렸다는 듯이 도귀의 신형이 반 회전하며 옆으로 돌아 운소명의 허리를 쳤다.

쾅!

운소명의 신형이 옆으로 밀려났으나 충격은 없는 것처럼 보였다. 도면으로 도귀의 구궁적양수를 막았기 때문이다. 도면에서 붉은 기운이 맴돌다 사라지자 운소명은 도귀가 내공을 불태우는 화(火)에 해당되는 무공을 익혔다고 판단했다.

쉬쉭!

짧은 생각을 하고 있을 때 기다렸다는 듯이 이십여 명의 도객이 일제히 운소명을 덮쳐 오기 시작했다. 그들의 무공도 어느 정도 수준은 되는 듯 옷자락 휘날리는 소리와 도를 움직일 때 일어나는 바람소리가 강하게 느껴졌다.

보통 이런 경우라면 당황하게 마련인데 운소명의 얼굴에는 그런 기색이 없었다. 아니, 오히려 덮쳐 오길 기다리는 사람처럼 보였다.

슈아악!

운소명의 신형이 앞으로 나아가 십여 번의 회전을 하며 강력한 도기를 광풍 같은 바람과 함께 사방으로 뿌렸다. 회오리치는 도풍과 금빛 도기가 사방으로 퍼지며 춤을 추자 구경하던 도귀의 표정이 굳어졌다.

운소명은 소명삼식 중 마지막 삼식인 풍사륜(風絲輪)을 펼쳤다. 풍사륜은 다수의 적을 상대하기에 적합한 것으로, 십육방을 향해 도기를 발산하면서 앞으로 나가는 초식이었다.

도풍과 도기가 함께 어우러진 무공으로 그 힘만으로도 무기를 조각낼 수 있었는데, 유령도의 날카로움까지 더하자 두부를 썰듯 상대의 무기들을 베어버렸다.

따다당!

"크악!"

"으아악!"

비명과 함께 십여 명의 무사가 변변한 저항도 하지 못한 채 쓰러졌다. 무엇보다 놀라운 것은 그들이 들고 있던 무기들조차 도기를 막다 잘려 나갔다는 점이었다.

쉭!

운소명의 그림자가 번개처럼 강풍에 밀려 나가 목숨을 건진 무사들을 향하고 있었다.

"이런 괘씸한 놈!"

도귀가 죽은 무사들의 모습에 분노한 듯 양손을 붉게 물들이며 운소명의 뒤를 덮쳤다. 운소명은 뒤를 덮치고 있는 도귀를 무시하며 눈앞에 도를 들고 서 있는 상대의 어깨를 내려쳤다. 상대 역시 가만히 서 있지는 않았다. 내려치는 운소명의 도를 막기 위해 도를 들어 올렸다.

땅!

유령도는 당연하다는 듯 막아선 도를 자르고 상대의 어깨를 파고들어 갔다.

"크악!"

비명을 들으며 심장까지 파고들어 간 도를 뽑은 운소명은 빠르게 회전하며 반 장까지 접근한 도귀의 얼굴을 잘라갔다.

"흥!"

도귀는 이미 예상하고 있었다는 듯 왼손을 들어 도날을 잡아갔다. 그 행동에 운소명의 눈이 놀란 듯 커졌다. 생각지도 못한 행동을 했기 때문이다. 아무리 급해도 금빛 도기를 머금은 유령도를 맨손으로 잡을 거란 생각은 못하고 있었다.

분명 강철도조차 두부 자르듯 자르는 모습을 보여주었다. 그런데도 도귀는 맨손으로 잡으려 한 것이다.

팍!

극성으로 끌어올린 구궁적양수의 붉은 손이 도날을 잡자 운소명의 신형이 한순간 정지했다. 무엇보다 놀란 듯 운소명의 눈이 커졌다. 도귀 역시 한 수를 가지고 있었으며, 구궁적양수의 손은 어떠한 날카로운 무기라도 잡을 수 있는 강철같은 힘이 있었다. 하지만 그 사실을 아는 사람이 몇이나 있을까?

 도귀는 그 점을 노리고 운소명의 도를 잡았다. 근접한 거리에서 도를 잡은 도귀는 마치 계산된 행동처럼 허리를 숙이며 붉게 물든 오른손으로 운소명의 단전을 찔러갔다.

 퍽!

 푸른빛으로 반짝이는 거대한 도는 넓이만 반 장 정도 되는 것 같았고 길이는 족히 한 장 정도 되어 보였다. 전체적으로 푸른색에 아지랑이 같은 기운이 일어나고 있는 거대한 도는 도귀의 가슴을 품고 있었다. 도귀의 가슴부터 아래위를 마치 나눠 버린 듯 보였다.

 운소명은 자신을 노려보는 도귀의 얼굴을 쳐다보다 곧 유령도에 주입한 내력을 거두었다. 반혼도법을 펼치려다 그만둔 것이다.

 팟!

 마치 거짓말처럼 거대한 푸른 도가 사라지자 도귀의 상체가 서서히 앞으로 쓰러졌다.

밤은 길고……. 263

털썩!

그 모습을 본 운소명은 마치 먹이를 노리는 맹수처럼 신형을 돌리며 살아 있는 사람들을 쓸어보다 어느새 그들을 향하고 있었다.

파팟!

성벽을 넘고 내려선 운소명은 고개를 돌려 자금산 쪽을 바라보았다. 설마하니 다시 남경으로 들어올 거라 생각하지는 못했을 것이다. 그 점을 이용해서 다시 들어온 운소명은 반대 방향으로 갈 생각이었다.

거기다 이제부터는 신분을 숨기고 은밀히 행동할 필요가 있었다. 또한 우전소를 보았을 때 아직 이곳에 봉천악이 있다는 확신을 가지게 되었다.

우전소를 위급한 상황에서도 죽인 까닭은 그가 봉천악과 직접 연결된 고리였기 때문이다. 또한 우전소는 자신의 무공이 가지고 있는 특색을 보았고 그날 오정신들과 좌사를 죽인 장본인이 자신이란 것을 확인한 인물이었다.

봉천악이 직접 나서는 시간을 벌게 되었다. 한유와 봉천악을 동시에 상대할 수는 없었기 때문이다. 그 시간 동안 남경을 완벽하게 벗어날 필요가 있었다.

도귀와 적귀의 출현도 의외였으나 그로 인해 하오문과 금산장이 연결되어 있다는 사실을 확인할 수가 있었다. 그렇지 않았다면 그들이 어떻게 이렇게 빨리, 그것도 우전소와 같이 왜 나타났을까?

'나도 눈치채지 못할 만큼 은밀한 놈이 감시하고 있는 게 분명해.'

운소명은 이들의 신속한 대응에 혀를 내두르며 생각했다. 자신을 누가 감시하지 않는 이상 이처럼 빠르게 나타날 수는 없었다. 문제는 그 감시자가 언제부터 자신의 뒤에 붙어 있었느냐 하는 거였다. 그리고 그 감시자를 끌어낼 방법도 생각해야 했다. 그때였다.

쉭!

바람소리와 함께 하늘에서 작은 빛 하나가 유성처럼 떨어져 내렸다. 작은 빛은 정확하게 운소명의 미간을 노리고 있었다.

땅!

"……!"

빛을 쳐내는 순간 강력한 힘이 팔을 타고 전해지자 저절로 뒤로 한 걸음 물러서졌다. 운소명은 자신이 쳐낸 것이 흔한 돌이란 사실에 안색을 굳히며 고개를 들었다. 십여 장이나 떨어진 이층 건물의 지붕 위에 만나고 싶지 않은 상대의 모습이 눈에 들어왔다.

밤은 길고…….

'한유… 어떻게…….'

운소명은 가만히 속으로 중얼거리며 도를 늘어뜨렸다.

한유는 운소명의 얼굴을 쳐다보며 눈살을 찌푸렸다. 생각보다 어렸기 때문이다. 하지만 그의 싸움은 노련한 고수의 면모를 보여주고 있었다. 아무도 예상하지 못한 경로를 따라 움직였기 때문이다. 설마하니 그 상황에서 오던 길을 되돌아온다고 생각하는 사람이 몇이나 있을까?

운소명의 판단은 옳았으나 기다리는 사람이 있다는 게 문제였다.

"참으로 당돌한 놈이로구나. 누구의 밑에서 일하느냐?"

한유의 목소리는 큰 편이 아니었다. 하지만 십여 장이나 떨어진 운소명의 귓가에 선명하게 들려왔다. 운소명은 눈을 반짝이다 이내 땅을 차고 반대편의 지붕 위로 올라갔다. 한유는 공격하는 게 아니라는 것을 알았기에 물끄러미 바라보며 입가에 미소를 걸었다.

도전해 볼 욕심이라도 있는 듯한 운소명의 타오르는 눈빛 때문이다.

"무림에서 은퇴했다고 들었소이다, 한 선배."

보통 무림에서 은퇴하면 더 이상 무림의 일에 관여하지 않았다. 하지만 한유의 지금 행동은 관여하는 게 되기 때문에 선배라는 말까지 써가며 물은 것이다. 그 의중을 모르는 한유가 아니었기에 대답해 줬다.

"선배라… 오랜만에 들어보는 말이로군. 그래, 은퇴야 했지. 하나 무림에서 은퇴를 한 것이지 내 삶에서 은퇴한 적은 없다네."

"그랬었군요."

운소명은 고개를 끄덕이며 한유의 말을 이해한다는 듯 다시 말했다.

"금산장도 무림입니다."

"그건 자네의 생각일 뿐이지. 일반 사람들은 금산장을 무림으로 안 보네. 거기다 어차피 죽으면 그만 아닌가?"

비릿한 미소가 한유의 입가에 걸렸다. 강하게 압박하는 날카로운 살기에 운소명은 눈을 부릅떴다. 눈앞에 검은 물체 하나가 나타났기 때문이다. 본능적으로 고개를 옆으로 숙였다.

팡!

오른 귓불이 떨어져 나갈 것 같은 충격과 함께 동전 하나가 지나치며 십여 개의 머리카락을 떨어뜨렸다. 운소명은 입술을 깨물며 오른발에 힘을 주었다.

팍!

그의 신형이 번개처럼 삼 장의 공간을 넘어 한유에게 다가갔다. 한유는 반짝이는 시선으로 그 모습을 바라보며 양

손을 들었다. 운소명의 신형이 한유의 반 장 가까이 접근하는 순간 실선 같은 금빛이 반짝였고, 운소명의 모습이 사라졌다.

"훗!"

한유의 입술에 미소가 걸렸다. 생각보다 빨랐기 때문이다. 한유의 왼손에서 푸른빛이 나타났다.

따다당!

금사영(金絲影)의 금빛 선이 조각나듯 잘려 나가자 운소명의 신형이 충격을 이기지 못하고 뒤로 밀려 나갔다. 소명삼식의 일식인 금사영이 이렇게 쉽게 깨진 적은 없었기에 운소명은 아미를 찌푸렸다.

한유에겐 소명삼식이 통할 것 같지는 않았다. 하지만 처음부터 한유의 경각심을 크게 일으키게 만들 생각 또한 없었다. 한유는 이미 알려진 고수였고 운소명은 아직 알려진 게 거의 없는 인물이었다.

그러한 장점을 이용해 한유에겐 무공의 칠 할을 숨길 필요가 있었다. 또한 지금까지 그렇게 해왔고 자신의 무공을 본 사람들은 모두 죽였다. 운소명은 안색을 굳히다 먼저 움직였다. 선수필승이란 말처럼 이럴 땐 먼저 움직이는 게 이득이었다.

팟!

앞으로 뻗어나가는 운소명의 도가 금빛 광채를 머금으며 번개처럼 다가갔다. 한유의 눈이 반짝였다. 운소명의 양어깨가 미미하게 흔들렸기 때문이다. 한유는 손에 비도를 하나 쥐었다.

파파팟!

옷자락 스치는 소리가 경쾌하게 울리더니 운소명의 신형이 한순간 여덟으로 분리되어 한유의 팔방을 노리고 금광을 번뜩였다. 환영과 함께 금사영을 펼친 것이다. 금빛 직선의 실이 팔방에서 마치 하나의 점을 이루려는 듯 한유를 향해 접근했다.

한유는 처음 운소명의 어깨가 흔들릴 때부터 대충 예상을 하고 있었다. 그렇기 때문에 여덟 명의 분신이 생겨나도 크게 당황하지 않았다. 오직 정면의 운소명만 쳐다볼 뿐이었다. 그런 한유의 오른손에서 푸른빛이 일어나기 시작하더니 정면을 향해 뻗었다.

쾅!

"큭!"

순식간에 여덟 개의 환영이 사라짐과 동시에 운소명의 신형이 지붕의 기와를 부수며 뒤로 밀려 나갔다. 그때 얼굴 위로 검은 그림자가 나타났다. 고개를 든 운소명은 푸른빛과 함께 나타난 한유의 모습을 볼 수 있었다.

쉬악!

한유의 비도가 빛과 함께 운소명의 머리를 찍어버리듯 쳐왔다. 운소명이 급하게 도를 들었다. '쾅!' 하는 소리와 함께 금광과 푸른빛이 부딪쳐 강력한 충격을 사방에 뿌렸다. 운소명의 신형이 지붕을 뚫고 내려가 일층까지 떨어졌다. 지붕의 구멍을 통해 내려다보는 한유의 모습이 운소명의 번뜩이는 눈 속에 잡혔다. 그때 푸른빛이 마치 유성처럼 구멍으로 떨어져 내렸다.

"헛!"

놀란 운소명의 신형이 엉거주춤한 자세 그대로 뒤로 날아갔다.

콰쾅!

주루의 일층에서 강렬한 폭음과 함께 문과 창문을 뚫고 흙먼지와 부서진 탁자와 의자 조각들이 비산했다. 그 사이로 운소명의 신형이 창을 뚫고 나와 바닥을 굴렀다. 뒤이어 한유의 신형이 바람처럼 일어서는 운소명을 향해 날아들었다. 운소명의 전신에서 강력한 회풍과 함께 십여 줄기의 금빛 도기가 한유를 향해 폭포수처럼 쏟아져 갔다. 소명삼식의 삼식인 풍사륜을 펼친 것이다.

따다다당!

* * *

 '쓸데없이…….'

 삼십 장이나 떨어진 삼층의 전각 지붕 밑에 숨어 있던 검은 그림자가 눈살을 찌푸렸다. 천풍비도(天風飛刀)라 불리는 한유와 정면으로 싸우는 미련한 사람을 보았기 때문이다.

 '기껏 찾았더니 시체가 되는 거 아니야? 재수가 없으려니……. 천풍비도의 손에서 구할 수나 있을지 몰라. 젠장.'

 일이 꼬인다고 생각했는지 검은 그림자는 자신도 모르게 온몸을 비비 꼬기 시작했다. 구하려고 달려드는 자신의 모습과 금세 한유의 비도에 꼬치가 되어 사라지는 모습이 겹쳐 떠올랐기 때문이다.

 검은 그림자는 반짝이는 눈동자로 지붕 위로 다시 올라와 싸우는 한유와 운소명의 모습을 좇고 있었다.

 쾅! 쾅!

 폭음과 함께 지붕이 터지며 기왓장이 사방으로 비산하자 복면인의 눈동자가 흔들렸다. 한순간 운소명의 모습이 시야에서 사라졌기 때문이다.

 [어머머! 언니! 저 사람 튄다! 좌측 십 장!]

 옆에서 들리는 전음성에 놀란 복면인의 시선이 재빠르게 돌아갔다. 지붕을 차고 달리는 그 뒷모습이 마치 낮게 나는 제비처럼 보였다. 경공도 무지하게 빨랐다.

[우리도 쫓자!]

[그러다가 한유에게 걸리면 디져.]

[어쩔 수 없잖아, 명령인데.]

[망할 새끼!]

[잠깐!]

막 움직이려던 복면인은 자신과 오 장 정도 거리를 두고 숨어 있던 동생에게 멈출 것을 말한 후 안색을 굳혔다. 낮고 빠르게 움직이는 또 하나의 그림자를 발견했기 때문이다. 그 그림자는 대담하게 골목길 하나를 사이에 두고 한유와 운소명을 따라가고 있었는데, 마치 뱀이 기어가듯 움직였으며 형체는 완전하지 않았다. 마치 수십 개의 그림자가 뭉쳐 있는 것 같은 모습에 복면인의 눈동자가 굳어졌다. 거기다 움직이는 소리조차 들리지 않았다.

[봤니?]

[봤어요.]

[어디일까? 저렇게 움직이는 경공은 들어본 적이 없어.]

[뭐 하는 놈인데 저렇게 꼬리를 달고 다녀, 귀찮게. 어떻게 할 건데요?]

들려오는 전음성에 복면인의 아미에 주름이 잡혔다. 하지만 결론은 빨리 내야 했다. 안 그러면 애써 찾은 목표가 사라질지도 모르기 때문이다.

[목적은 운소명이야. 꼬리는 나중에 생각하자. 운소명을 데리고 한유의 손에서 벗어나면 그때 꼬리에 대해서 의논하기로 하지.]

[알았어요.]

복면인은 곧 움직이기 시작했다.

하달은 발빠르게 움직이며 지붕을 타고 가는 두 사람의 그림자를 쫓았다. 그런 하달의 안색은 그리 밝지 않았다.

'저 미친놈이 죽고 싶어서 환장했나……. 구해야 하나?'

하달의 목적은 어디까지나 운소명의 감시였다. 하지만 그가 죽는 것 또한 위에서 바라지 않고 있다는 것을 잘 알고 있었다.

그렇기 때문에 고민스러울 수밖에 없었다. 하지만 무턱대고 구할 수도 없었다. 상대가 한유이기 때문이다. 지금도 한유는 여유있게 운소명을 대하고 있었으나 운소명은 조금 힘들어 보였다. 하지만 놀라움도 느꼈다.

'한유와 오십여 초를 주고받다니……. 예상보다 고수가 분명해. 놀랍군. 역대 홍천원 중 최고라고 하더니 거짓이 아닌 모양이야. 하나 살수가 정면으로 무림고수와 싸우는 건 자살행위…….'

하달은 찌푸린 표정으로 생각하다 운소명의 신형이 남쪽으로 향하는 것을 알곤 눈을 빛냈다. 남경성을 벗어나려 한다는 것을 안 것이다. 남문을 나가면 안휘성으로 가기 편하였다. 진수강을 건너 넓은 평원을 달리면 안휘에 들어서기 때문이다. 안휘성은 이곳보다 산이 많아 숨기에도 용이했다.

'좋은 판단이다. 하나 그렇게 하게 그냥 둘 리 없겠지.'

하달은 고개를 돌려 한유를 쳐다보았다. 그의 생각처럼 한유의 신형이 지붕을 차며 두 개의 푸른 섬광을 뿌렸다. 마치 번갯불이 번뜩이듯 두 개의 섬광이 자신을 향하자 운소명은 신형을 맹렬하게 회전하며 강렬한 바람과 금광을 번뜩이며 막아갔다.

콰쾅!

폭음 소리와 함께 운소명의 신형이 바람처럼 뒤로 날아갔다. 그 모습을 본 한유는 재빠르게 따르기 시작했다. 충격을 타고 더욱 멀리 날아갔으나 내상을 입은 게 분명했다. 그 정도의 충격을 받아친 것만 해도 칭찬해 줄 만했다.

"무슨 일이지?"

소란스러운 충격음에 여기저기서 불꽃이 피어나고 사람들의 말소리와 모습이 보였다. 하달은 어두운 골목을 통해 남문으로 향하기 시작했다.

　　　　　＊　　　＊　　　＊

　피핑!

　한유의 손을 떠난 네 개의 동전이 어둠을 가르고 지붕 위를 달리는 운소명의 뒤통수로 향했다. 하지만 운소명은 마치 뒤에도 눈이 있는 것처럼 동전이 막 닿으려는 찰나 흐릿하게 신형을 흔들며 세 개의 환영과 함께 흩어지다 합쳐졌다.

　타탁!

　운소명의 발이 지붕을 차고 올라 성벽으로 향하자 한유는 안색을 굳혔다. 남문을 넘으려는 그 행동만으로도 자신의 손에서 벗어나려 한다는 것을 알았기 때문이다.

　"어딜!"

　운소명의 신형이 성벽을 거의 올라갔을 때였다. 한유의 신형이 대붕처럼 허공으로 솟구치더니 양 소매를 휘둘렀다.

　파파팟!

　다섯 개의 푸른 섬광이 마치 번갯불처럼 운소명을 향해 직진하였다. 강력한 경기에 놀란 운소명은 성벽의 끝을 차올라 몸을 회전하며 풍사륜을 펼쳤다. 강한 회전과 함께 일어난 풍압과 금광의 번뜩임에 다섯 개의 번갯불이 부딪쳤다.

　콰쾅!

폭음과 함께 운소명의 신형이 비틀거리는 찰나 무음의 비도 하나가 운소명의 눈앞에 나타났다. 운소명의 안색이 급변하였다.

퍽!

"크악!"

오른 어깨를 잡은 운소명의 신형이 바람에 실린 낙엽처럼 성벽 너머로 떨어졌다. 그 모습을 확인한 한유의 신형이 성벽 위에 나타났다.

사사삭!

풀밭을 헤치며 뛰어가는 소리에 한유의 눈이 반짝였다. 하지만 그의 표정은 그리 밝지 않았다. 두 갈래로 나뉘어졌기 때문이다.

'동료가 있었나?'

한유는 조금 짜증난다는 표정으로 성벽을 내려와 멀어지는 두 개의 그림자를 쫓다 풀밭을 살폈다. 곧 좀 더 발자국이 깊게 파인 우측을 향해 초상비를 펼치며 나아가기 시작했다.

'초상비!'

풀밭 위를 마치 유령처럼 날아오는 한유의 모습에 고개를 돌린 청령은 눈을 부릅뜰 수밖에 없었다. 초상비를 펼칠 수 있을 정도의 고수를 지금까지 만나본 적이 없었기 때문이다. 경공의 최고봉이라는 초상비까지 한유가 펼칠 줄은 몰랐다. 거기다 그와의 거리가 점점 가까워지고 있었다.

청령은 등에 업혀 있는 운소명을 향해 말했다.

"너 때문에 일이 꼬이잖아."

"확실히… 적은 아니군."

"헉! 깨어 있었어?"

청령은 등에 업힌 운소명의 목소리에 놀라 눈을 크게 떴다. 성벽에서 떨어지는 운소명을 낚아채서 달린 이유는 그가 정신을 잃었다고 생각했기 때문이다. 그렇지 않았다면 번거롭게 이렇게 할 이유가 없었다. 반대편으로 달리던 미령도 방향을 틀어 접근하고 있었다. 한유가 급속도로 접근하고 있었기 때문이다.

"어디의 누구지?"

운소명의 질문에 청령은 식은땀을 흘리며 달려야 했다. 운소명의 오른손이 목을 휘감았고 왼손은 왼 가슴을 누르고 있었기 때문이다. 조금이라도 오른팔에 힘을 주면 목이 부러질 것이고 왼손에 힘을 주면 가슴이 파열할 것이다.

'실수다……. 뭐 이런 놈이 다 있어.'

청령은 속으로 욕을 하며 침을 삼키며 말했다.

"손수수가 보내서 왔어. 창천궁으로 오래."

"음……."

운소명은 뜻밖의 말에 매우 놀라고 있었다. 하지만 표정은 굳어 있었다. 이들 때문에 자신의 계획이 틀어졌기 때문이다. 한유가 방심하는 틈을 타 기습할 생각이었다. 그 계획이 틀어졌지만 한유가 여전히 방심하고 있다는 사실은 변함이 없었다.

"백화성인가?"

청령이 고개를 끄덕였다. 그러자 운소명은 빠르게 말했다.

"진수강을 건너면 한정이란 마을이 있다. 그곳의 관제묘에서 기다려라."

운소명의 말에 청령의 안색이 굳어졌다.

"설마 한유하고 계속 싸울 생각은 아니겠지?"

청령의 물음에 운소명은 당연하다는 듯 대답했다.

"지금이 아니면 저놈을 죽일 수 있는 기회가 없거든."

운소명은 말을 끝내고 청령의 등에서 떨어져 내렸다.

[가슴 잘 만졌어.]

순간 청령은 전신을 미미하게 떨기 시작했다. 복면 속의 얼굴은 볼 수 없었으나 분명 수치심에 분노하고 있을 게 뻔하였다.

[뭐야! 저 새끼 정신 차렸어?]

미령이 급속도로 접근하며 묻자 청령은 고개를 끄덕였다.

[저 새끼… 변태야.]

[응?]

미령은 그저 눈만 동그랗게 뜨고 청령의 옆으로 다가와 섰다. 곧 둘은 어둠 속으로 빠르게 사라지기 시작했다.

논길 위에 선 운소명은 전과는 달리 평온한 안색이었고 눈빛 또한 고요하게 가라앉아 있었다. 그의 눈은 오 장 앞에 서 있는 한유를 향하고 있었다.

한유는 분명 운소명의 오른 어깨에 자신의 비도가 박히는 것을 눈으로 보았다. 하지만 그의 오른 어깨에서 아무런 상처의 흔적도 보이지 않자 내심 놀라고 있었다. 거기다 좀 전과는 전혀 다른 기도가 운소명의 전신에서 흘러나오고 있었다. 부드러우면서도 무겁고 중압감을 주는 기도였다. 그건 운소명의 투지였고 싸우고자 하는 의지였다.

한유는 그걸 잘 알고 있었다. 운소명이 사생결단을 내려 한다는 것도.

"정면대결을 택한 건가?"

한유가 물으며 운소명의 뒤쪽을 쳐다보았다. 사라진 두 사람의 그림자를 찾기 위함이었다.

"나 때문에 죽게 할 수는 없잖아."

운소명의 미소 띤 말에 한유는 고개를 끄덕였다.

"현명한 선택이다. 동료를 위해 자신을 희생하겠다는 그 정신을 높게 사서 죽이지는 않으마. 어차피 물어볼 것도 있으니."

한유의 말에 운소명은 왼손에 들린 비도를 던졌다.

팟!

밤 공기를 가르며 날아간 비도가 한유의 손에 잡히자 운소명이 말했다.

"한번 제대로 붙어봅시다."

쉭!

운소명의 신형이 바람처럼 한유를 향해 다가가 허리를 잘라갔다. 삽시간에 오 장의 거리를 단축하고 다가온 운소명의 움직임에 한유의 손이 앞으로 뻗었다.

번쩍!

푸른 번개가 운소명을 강타했다.

쾅!

한 발 물러서며 비도를 옆으로 쳐냈다. 피할 곳도 없었고 물러설 곳도 없었다. 뒤로 물러서면 더 이상 앞으로 나아가지 못하고 죽을 것이다.

그러자 또 하나의 섬광이 다가왔다. 운소명은 다시 한 번

비도를 쳐내며 앞으로 한 발 나섰다. 비도를 쳐내는 순간 어깨가 아파왔다. 비도에 실린 내력이 팔을 치고 올라온 것이다.

슈악!

비도를 쳐내자 또 다른 푸른 번개가 작렬했다.

"이얍!"

자신도 모르게 기합성을 내지른 운소명은 앞으로 뻗어나가며 푸른 섬광을 쳐냈다. 금광의 번쩍임이 강렬하게 사방에 퍼지자 '쿵!' 하는 육중한 소리와 함께 운소명의 발목이 땅속으로 파고들어 갔다. 그렇게 해서라도 버틴 것이다. 하지만 다른 하나의 섬광이 다시 날아들자 운소명의 안색이 굳어졌다.

쾅!

"큭!"

폭음성과 함께 운소명은 뒤로 밀려 나갔다. 막 고개를 드는 순간 또 하나의 섬광이 번뜩였다. 힘으로 눌러 버리려는 한유였다. 끝없는 내력으로 눌러 버리려는 그의 기세를 모르는 운소명이 아니었다. 하지만 도를 잡는 것조차 힘들다는 표정이었다.

쩡!

아까와는 다른 진중한 소리가 유령도와 부딪친 비도에서

흘러나왔다. 운소명의 안색이 급변하였다. 이번에 실린 힘은 좀 전보다 몇 배나 가중되었기 때문이다. 심장이 아파왔다. 뒤에서 날아오는 비도의 힘이 배로 증가한 것을 안 것이다. 다음번에 날아오는 비도는 더욱 강력할 것이다.

"큭!"

자신도 모르게 신음성을 내뱉은 운소명은 무릎을 꿇으며 손으로 입을 막았다.

"쿨럭!"

기침과 함께 피를 한 움큼 토한 운소명은 어깨를 미미하게 떨며 한유를 쳐다보았다. 한유는 여유있는 표정으로 천천히 다가오고 있었다. 하지만 내심 놀라고 있었다. 운소명처럼 어린 후기지수 중에 자신의 탈명오도(奪命五刀)를 받아내는 사람은 처음 보았기 때문이다. 무엇보다 사도까지 받아낼 거라고 생각지 못하였다.

지금부터라도 잘 가르치면 사십에 이르러 추파영 정도의 실력을 가질 것 같은 놈이었다.

"사도까지 받아내다니, 대단한 놈이다. 칭찬해 주마."

그 말에 운소명은 땀에 젖은 얼굴로 한유를 쳐다보았다. 말할 힘조차 없어 보이자 한유가 손에 비도를 하나 쥐며 다시 말했다.

"네놈에겐 두 가지의 길이 있다. 하나는……!"

말을 하던 한유의 눈앞으로 푸른빛이 나타났다.

퍽!

주춤거리며 물러선 한유는 굳은 표정으로 자신의 허리를 지나친 무언가를 보았다. '웅! 웅!' 하는 기괴한 소리와 함께 거대한 푸른 도가 그의 눈에 들어오자 자신도 모르게 전신을 떨어야 했다.

"도… 강……."

한유는 허리에서 느껴지는 극렬한 고통도 잊은 듯 앉은 자세로 도를 펼친 운소명을 쳐다보았다.

"후후… 하하하!"

운소명은 가볍게 웃어 보이며 자리에서 일어났다. 그의 거대한 푸른 도가 그 순간 사라졌고 유령도의 백색 도신이 달빛을 받아 반짝이기 시작했다. 얼굴은 좀 전과 달리 편안해 보였으며 표정 또한 좋았다. 은은하게 흘러나오는 기도는 바람이 되어 한유를 압박하기 시작했다.

"나를 속였구나……."

한유의 옆구리에서 흘러나오는 피가 하의를 적시기 시작했다. 자신이 당했다는 게 믿을 수 없는 일인 듯 한유의 눈동자는 흔들리고 있었다.

"잠깐 속이면 편안하게 이기는데 굳이 공들여서 싸울 필요가 뭐 있겠소? 자신의 무공을 보일 필요도 없는데 말이오."

그렇게 말한 운소명은 천천히 한유에게 다가갔다. 한유의 눈동자가 분노로 불타오르며 광포한 살기가 전신에서 퍼져 나오기 시작했다. 살면서 이렇게 화가 나는 일은 처음이었다.

"찢어 죽여주마!"

파파팟!

분노한 외침과 함께 열두 개의 비도가 푸른 섬광과 함께 운소명을 향했다. 그 순간 운소명의 도가 거대한 푸른빛과 함께 비도를 쳐냈다.

따다당!

금속음과 함께 힘없이 떨어진 비도들은 주인의 손을 기다리고 있었다. 하지만 한유는 비도를 회수할 힘도 없는 듯 창백해진 안색으로 비틀거렸다. 허리를 깊게 베였기 때문에 더 이상 움직이는 것도 힘들었다. 하지만 그의 오른손은 여전히 앞을 향해 뻗어 있었다.

"……!"

순간 운소명의 안색이 굳어졌다. 그의 손이 뻗어 나와 있었기 때문이다. 그리고 그가 왜 무서운 인물인지를 떠올렸다.

'무음도(無音刀)!'

거의 본능적으로 내력을 끌어올려 호신강기를 일으킴과

동시에 십여 개의 환영을 그리며 한유에게 접근했다. 백색의 유령도가 한유의 목을 자르려는 찰나 '퍼퍽!' 하는 육중한 소리와 함께 운소명의 신형이 비틀거렸다.

"크윽!"

자신도 모르게 왼팔을 떨군 운소명은 어깨를 뚫고 나온 비도의 끝을 눈으로 좇았다. 뒤에서 비도가 날아와 어깨를 뚫어 버린 것이다. 하지만 그것보다 더욱 고통을 주는 게 왼 옆구리에 박힌 비도였다. 나머지 세 개의 비도는 피했지만 두 개는 피하지 못하였다.

운소명은 차가운 한기가 물씬 풍기는 눈으로 한유를 쳐다보았다. 한유는 분노한 표정으로 운소명을 쳐다보며 숨을 거칠게 쉬었다.

"처음부터… 무음도를 사용했다면 쉽게 이겼을 터인데……. 사람을 가지고 노는 것도 정도껏 해야 재미있는 법이오."

"너는… 누구냐……."

힘없는 한유의 목소리에 운소명의 입술이 소리없이 움직였다. 순간 한유의 눈동자가 부릅떠지더니 이내 천천히 옆으로 쓰러졌다.

"너… 는……."

털썩!

그가 땅에 쓰러지자 붉은 피가 바닥에 고이기 시작했다. 지금까지 참아왔던 고통이 한순간에 터져 나가 해방되는 순간이었다. 운소명은 입술을 깨물며 비틀거렸다. 한유의 무음도는 호신강기마저 파괴하며 살을 파고들어 왔다. 그가 지금까지 이렇게 연기를 펼치며 한유와 싸운 이유도 무음도와 오랫동안 싸울 수 없었기 때문이다.

그만큼 무음도는 무서운 무공이었고, 특히 사물을 분간하기 어려운 밤에는 무적에 가까운 무공이었다. 무엇보다 놀란 것은 한유의 허리를 잘랐는데도 마지막 내력으로 운소명을 길동무로 만들려 했다는 점이었다.

경각심을 가지고 대하지 않았다면 운소명 역시 이 정도의 상처로 끝나지는 않았을 것이다. 그리고 문제는 지금부터였다. 한유가 죽은 이상 절대로 천단이 가만히 있지 않을 것이다. 또한 자신을 전력을 다해 쫓을 게 분명했다. 오히려 그 점을 바라고 있었는지도 몰랐다. 또한 자신이 천단을 노리고 있다는 사실을 분명하게 그들에게 전하는 일이 되었다.

"미쳤어… 미친 게 분명해……. 미치지 않고서야……."
높게 자란 논두렁에 몸을 숙인 미령은 한유와 정면으로 부딪치는 운소명을 바라보며 말했다. 하지만 청령은 그러지 않았다. 이미 좀 전에 운소명을 구할 때 그가 펼친 놀라운 연기를 보았기 때문이다.

"아니, 아직은 몰라……."

"모르긴 뭘 몰라요? 저러다 디질 것 같은데……. 제길, 암화단이 되어서 처음으로 받은 임무인데… 실패했다고 하면 이게 무슨 창피야."

미령이 마치 금방이라도 울 것 같은 목소리로 투덜거렸다. '쾅! 쾅!' 하는 소리와 강한 강풍이 밀려오고 있었으나 청령과 미령은 눈을 돌리지 않았다. 그러던 어느 순간 푸른빛이 강렬하게 번뜩이는 거대한 도가 눈에 들어오자 저도 모르게 입을 벌리고 눈을 부릅떴다.

"미… 미쳤어."

미령이 저도 모르게 중얼거렸다. 거대하게 반짝이는 푸른 도에 한유의 허리가 잘렸기 때문이다.

"저놈은 어디 극단에 들어가도 최고 대우를 받을 수 있을 것 같아."

"지금 농담이 나오니? 한유를 죽였다고, 그 한유를……."

청령의 말에 미령은 입을 닫곤 잠시 침묵하였다.

"저런 놈을 납치할 생각을 했다니……."

청령은 다시 한 번 무거운 목소리로 중얼거렸다.

밤은 길고…….

"이제 그만 나오지?"

운소명은 옆구리에 박힌 비도를 뽑은 후 이미 걸레처럼 변한 웃옷을 벗어 허리를 감았다. 한유의 비도를 막으면서 생긴 강한 충격으로 상의가 찢겨져 나간 것이다.

"적당히 구경했으면 얼굴을 보이는 게 예의 아닐까? 뭐, 예의없는 놈이라면 내가 먼저 손을 쓰는 것도 좋겠지."

운소명은 다시 한 번 말을 하며 어깨에 박힌 비도를 뽑은 후 옷을 찢어 묶었다. 그래도 주변이 조용하자 운소명은 어깨에 박혀 있던 비도를 오른손에 쥐고 우측으로 던졌다.

핑!

공기를 가르는 바람소리가 강하게 일어나며 어둠 속으로 비도가 사라지는 순간 한 사람의 그림자가 번개처럼 허공으로 뛰어올랐다. 그 모습에 운소명은 허리를 숙여 바닥에 놓인 비도를 들어 던졌다.

팟!

강한 내력이 들어간 비도는 정확하게 허공으로 솟구친 인영을 향했다.

땅!

강한 금속음과 함께 비도가 힘없이 땅으로 떨어졌으며, 삼장 앞으로 한 사람이 나타났다. 운소명은 처음 보는 상대였기에 호기심 어린 표정으로 그를 살폈다.

"누구지?"

운소명의 눈동자에 살기와 함께 파란빛이 감돌자 나타난 상대의 표정이 굳어졌다. 그는 하달이었다.

第八章

어쩔 수 없는 선택

어쩔 수 없는 선택

'저렇게 미련한 놈이었던가?'

하달은 멀리서 보고 있었다. 웬만하면 근처에 갈 생각이 없었다. 상대는 한유였고 운소명이었다. 운소명의 무공 역시 대단한 수준인데 초절정으로 이름 높은 한유와 함께 있었다. 무엇보다 한유와 운소명의 기도가 사방으로 퍼져 있는 상태였다. 그 긴장된 공기에 닿으면 분명 자신의 움직임도 걸릴 것이 뻔하였다.

그것을 알기 때문에 접근할 생각이 없었다.

쾅! 쾅!

'망할! 탈명오도와 정면으로 부딪치다니, 정신이 이상한 거 아니야?'

폭음과 함께 탈명오도를 펼치는 한유와 뒤로 밀려 나가는 운소명을 볼 수 있었다. 자신도 모르게 가까이 다가가게 되었다. 여차하면 운소명을 구해내야 했기 때문이다. 그런 생각에 조심스럽게 접근하였다. 그때였다, 거대한 푸른 도가 눈에 들어온 것은.

"……!"

하달은 저도 모르게 눈을 부릅뜨며 한유의 허리를 가르고 지나친 푸른 도를 눈에 담았다. 내력으로 유형의 기운을 만들어내는 것은 가능한 일이었다. 하지만 저렇게 크고 확연히 눈에 들어올 정도로 만드는 일은 거의 불가능에 가까웠다.

무엇보다 푸른 도의 주변으로 아지랑이 같은 기운들이 피어나고 있었다.

'강기!'

아지랑이 같은 것에만 닿아도 모든 게 파괴될 것이다. 도로 만들어낸 최고의 모습이었고 극한에 달한 날카로움의 표시였다. 하달의 어깨가 미미하게 떨리기 시작했다. 지금까지 운소명의 모든 행동 하나하나는 마지막 한 수를 위한 거짓이었다.

하지만 안심하기엔 일렀다. 그렇게 큰 상처를 입고도 한유가 마지막 한 수를 펼쳤기 때문이다.

'무음도!'

한유에겐 무음도가 있었다. 하지만 그것을 펼치기엔 이미 너무 때가 늦은 후였다. 몸이 온전하다면 운소명을 죽일 수 있었을 것이다. 하지만 이미 체력과 기력이 모두 바닥난 상태였고 사물조차 흐리게 보였을 것이다.

그 많은 피를 흘리고도 무음도를 펼쳤다는 것에서 역시 한유라고 생각되었다. 하지만 어차피 결론은 나 있는 상태였다. 푸른 도가 한유의 허리를 지나친 순간 모든 게 결정되어 버렸다. 그리고 자신의 위치가 운소명에게 드러났단 것도 알았다.

"나는 적이 아니오."

하달은 적의가 없다는 듯 양손을 어깨 높이로 들어 보이며 말했다. 하지만 운소명의 신경은 날카롭게 변한 상태였다. 부상을 당한 상태였기에 신경이 예민할 수밖에 없었다. 한유 같은 고수가 한 명 더 있다면 어려운 상황에 놓이게 될 게 뻔하였다.

슥!

하달에게 도를 겨눈 운소명은 반짝이는 눈동자로 그를 쳐다보며 말했다.

"마지막으로 묻지. 누구지?"

유령도가 금빛으로 물들기 시작하자 하달은 안색을 굳히며 말했다.

"문홍이 보냈소."

"오!"

운소명은 눈을 빛낸 후 천천히 하달을 살피다 이내 유령도를 내렸다.

"오늘은 이상한 날이군……."

손수수에 이어 문홍의 사람이 왔다는 게 신기하게 생각되었다. 도를 도집에 넣은 운소명은 호흡을 가다듬으며 물었다.

"그래… 문홍이 왜 사람을 보내왔지? 내게 무슨 볼일이라도 있나?"

"아니오. 혹시라도 한유에게 죽을까 봐 가까이 접근했던 것이오. 당신을 구해야 했기 때문이오."

하달은 솔직하게 털어놓았다. 그 말에 운소명은 고개를 끄덕였다. 하달이 천천히 접근하고 있던 것을 잘 알고 있었기 때문이다. 물론 살기는 없었다. 그리고 살기없이 접근하는 그 움직임에 살수라는 생각을 가졌었다.

잠시 하달을 본 운소명은 곧 신형을 돌리며 말했다.

"뒤처리를 부탁해도 되겠나?"

하달은 잠시 생각하다 대답했다.

"물론이오."

"고맙군."

"빚이 하나 생겼다고 생각하시오."

운소명은 그 말에 고개를 돌리며 말했다.

"한유를 죽여준 것만으로도 우린 공평한 관계가 된 것 같은데? 문홍이라면 분명 고마워했겠지."

하달은 그 말에 미미하게 고개를 끄덕였다. 어차피 금산장에 들어간 이상 한유와는 부딪칠 수밖에 없었다. 그런 한유를 제거해 주었으니 손 안 대고 코를 푼 격이었다. 단지 운소명의 무공이 마음에 걸렸다. 또한 보고를 위해서라도 일단 이 자리를 벗어나는 게 중요했다. 운소명의 마음이 어떻게 변할지 모르기 때문이다. 한유를 죽일 정도의 무공을 가진 자가 마음만 먹는다면 자신은 일 초도 막지 못하고 죽을 게 뻔하였다.

"그리고 다음부터는 숨어서 찾아오지 말게, 싫으니까."

운소명은 차갑게 말한 후 빠르게 앞으로 사라졌다. 그가 사라지자 하달은 허탈한 시선으로 그의 그림자를 쫓다 이내 시신을 치우기 시작했다.

'분명 두 명이 나타났는데… 어디의 놈들이지?'

하달은 운소명뿐만 아니라 갑자기 나타난 두 개의 검은 그림자도 신경 쓰고 있었다. 그리고 이렇게 직접 모습을 보인 이유 중 하나가 그 검은 그림자들이 공격할 것 같았기 때문이다. 한 명이라면 어떻게 하겠지만 둘은 힘들었다. 거기다 문홍을 말하지 않으면 운소명도 자신을 공격할 게 뻔하였다.

'여기까지인가……'

하달은 자신의 임무가 끝났다는 것을 알았다.

*　　　*　　　*

짹! 짹!

새의 울음소리와 아침의 시원한 공기가 창을 통해 들어왔다. 이른 아침부터 일어난 허영정은 간밤에 일어난 일들을 보고받다 자신도 모르게 날카롭게 변한 시선으로 구영을 쳐다보았다.

"뭐라 그랬나?"

허영정은 잠시 자신에게 거짓을 보고하는 구영을 노려보았다.

"한 장로가 죽었습니다. 오늘 아침 그의 시신이 외당 객실에 놓여져 있었습니다."

구영은 허영정의 시선을 받으면서도 좀 전에 했던 말과 똑같이 했다. 생명력이 없는 말투였고 높낮이도 없었다.

허영정은 어이없다는 표정으로 구영을 쳐다볼 뿐이었다. 그런 허영정에게 구영은 다시 말했다.

"도귀도 죽었습니다."

"음······."

한유가 죽었다는 말이 너무 큰 것일까? 허영정은 도귀의 죽음에 그리 크게 놀라는 것 같지 않았다. 단지 침중한 한숨만 내쉴 뿐이었다.

"한유가······."

허영정은 한유의 얼굴을 떠올리며 믿지 못하겠다는 표정으로 시선을 창밖으로 던졌다. 강호상에 이렇다 할 벗이 없는 그에게 한유는 친구 같은 존재였다. 그렇기 때문에 은퇴를 권하고 금산장에 오게 한 것이다.

"천하에 한유를 죽일 수 있는 무인이 몇이나 있을 것 같나?"

"정면으로 승부를 한다면 열 손가락에 꼽을 것입니다."

"그렇지."

구영의 말에 허영정은 고개를 끄덕였다. 그의 말처럼 한유는 절대고수였고 천하에 날고 기는 수많은 무인들 중에도 열 손가락에 들어갈 무인이었다. 그런 그가 죽었다.

"믿을 수가 없어······."

허영정은 다시 한 번 중얼거리며 이마에 주름을 그렸다. 깊은 수심과 슬픔이 그의 눈동자에 어렸다.

"그래··· 누구하고 싸웠지?"

"운소명이란 자입니다."

"운소명?"

허영정은 그 이름을 듣자 생소하다는 표정으로 구영을 쳐다보았다. 한유를 죽일 정도의 실력자라면 자신도 익히 들어본 이름이라 생각했기 때문이다. 그런데 처음 듣는 이름이 구영의 입에서 나오자 고개를 갸웃거렸다. 그런 허영정에게 구영은 다시 말했다.

"강호에 나온 지 얼마 안 되었습니다."

"허……."

허영정은 다시 한 번 어이없다는 듯 눈을 크게 떴다. 하지만 그것도 잠시뿐, 그의 표정이 굳어지기 시작했다.

"강호에 나온 지 얼마 안 되는 놈이 한유를 죽일 수는 없어. 분명 뒤가 있을 거야……. 그리고 객청에 그의 시신이 있었다면 누군가 그곳에 가져다 놓았다는 말이겠지?"

"그 일은 이미 수하들을 시켜 조사 중에 있습니다."

구영의 대답에 허영정은 고개를 끄덕였다. 객청에 한유의 시신을 가져다 놓은 인물을 잡으면 운소명의 무공이 어떠했는지 알 수 있을 것이기 때문이다. 그는 분명 그들의 싸움을 눈으로 기억하고 있을 게 분명했다.

"무림맹에는 연락했나?"

"그렇습니다. 무림맹과 함께 운소명이란 자를 찾을 계획입니다. 하오문주 역시 그자를 찾고 있습니다."

"하오문과 무림맹이 함께 나선다면 쉽게 찾겠지."

허영정이 수염을 쓰다듬으며 말하자 구영이 조심스럽게 말했다.

"한유의 죽음은 숨기겠습니다. 그 운소명이란 자를 찾는 것 역시 비밀스럽게 움직이는 것으로 했습니다. 어차피 하오문과 저희가 연관되어 있다는 것을 사람들이 알면 곤란해지니까요."

"그자의 목적이 무엇인지 아는가?"

허영정의 물음에 구영은 난감한 표정으로 대답했다.

"그게 아직까지 파악되지 않습니다. 그자는 하오문주의 뒤를 밟았고 또한 저희 장원에 숨어들어 온 인물입니다. 물론 하오문주를 직접적으로 공격한 적은 없습니다. 저희 장원에 침입했을 때도 내당까지는 들어오지 못하고 외당만 살피다 간 것 같습니다."

"살수일 가능성을 배제하지는 말게."

허영정의 말에 구영은 허리를 숙였다.

"예."

"그리고… 우리가 모르는 세력이 새롭게 생겨났을지도 모르는 일이지. 내부적으로 문제가 있는지 살펴볼 필요가 있겠어……."

"살펴보겠습니다."

"그리고 이 건방진 놈을 어떻게 처리하면 좋을 것 같나?"

허영정의 물음에 구영은 기다렸다는 듯이 대답했다.

"무림맹의 홍천과 저희 금천조, 그리고 백천을 함께 움직일 계획입니다. 어떤 목적을 가지고 저희 금산장과 하오문을 들쑤셨는지는 모르나 좋은 의도를 가지고 있는 놈이 아닙니다. 그를 천단의 적으로 간주하고 상대할 생각입니다."

"조만간 좋은 소식이 오겠군."

허영정은 만족한 표정으로 수염을 쓰다듬으며 고개를 끄덕였다. 그러다 생각난 듯 구영에게 물었다.

"아! 남궁세가에 간 일은 어떻게 되었나?"

"남궁세가에선 본인에게 맡기겠다고 합니다. 대신 저희 금산장의 체면도 있고 해서 두 사람을 만나보게 하는 게 어떻겠냐고 물었습니다. 또한 둘째 공자님을 손님으로 초대하고 싶다 하였습니다. 어찌해야 할까요?"

"흐음……."

허영정은 구영의 말에 깊게 숨을 들이마시며 생각에 잠겼다. 금산장의 체면 때문에 대놓고 거절하지는 않았으나 그곳에 간다 해도 성사될 가능성은 그리 많지 않았다. 하지만 인연을 맺어 나쁠 것 같지도 않았다. 문제는 둘째였다. 가용하에게 빠져 정신을 차리지 못하고 있었기 때문이다.

"남궁세가에서 손님으로 초대했으니 응당 가봐야지. 남궁세가의 체면도 있으니. 그리고 이 기회에 견문을 넓히는 것도 좋겠지. 그래, 그 일은 총관에게 일임하도록 하지, 선물도 챙겨야 하니."

"알겠습니다."

구영의 대답에 허영정은 수염을 쓰다듬으며 말했다.

"자네는 나와 함께 북경에 좀 다녀와야겠어."

구영은 그 말에 눈을 빛내다 이내 허리를 숙였다.

"알겠습니다. 출발은 언제 할 생각이십니까?"

"내일."

"예, 준비하겠습니다."

허영정은 미미하게 고개를 끄덕이며 의자에 몸을 깊숙이 묻었다.

"내일 아침까지 혼자 있고 싶네."

"예."

구영이 대답과 함께 나가자 허영정은 눈을 감으며 깊은 숨을 내쉬었다.

"쓸쓸하군……."

허영정은 또 한 사람의 친구가 죽었다는 것에 허전한 기분이 들었다.

*   *   *

타닥!

어둡고 깊은 밤, 산중에서 작은 불꽃이 타오르고 있었다. 그 주변엔 세 명의 사람 그림자가 있었고 물이 흐르는 소리도 들렸다.

바위에 기대앉은 운소명은 저녁에 들른 주점에서 산 닭고기와 만두를 먹고 있었다. 그 옆에는 두 명의 여자가 운소명과 함께 식사를 하고 있었다.

이틀 동안 쉬지 않고 달려 안휘성에 들어온 그들은 안휘성 남단의 작은 산인 복산(馥山)에 들어와 노숙하고 있었다. 일단 안휘성까지 들어왔으니 어느 정도 안심을 해도 되었다. 하지만 창천궁까지는 멀고 먼 길이었다.

백화성 정보각에서 그 뛰어난 추적술을 인정받아 암화단이 된 삼령이었다. 그녀들은 본래 셋이 함께 다녔으나 이번 임무에는 황령을 제외하고 청령과 미령만 나오게 되었다. 처음에는 사람을 찾기만 하면 끝나는 일인 줄 알았다.

하지만 그 찾는 사람이 갑자기 크게 사건을 터뜨리면서 일을 꼬이게 만들어 버렸다. 거기다 여기에서 창천궁까지는 천리 길이었다. 그곳까지 무사히 갈 수 있을지도 의심스러운 상황인데 눈앞에 앉은 운소명은 태평스럽게 음식을 먹을 뿐이었다.

게다가 그녀들은 꿈에도 모르고 있을 것이다, 그가 과거에 백화성에 침입했단 사실을. 그리고 그 일로 중원에 나온 삼령들이었다. 그토록 찾던 인물을 눈앞에 두고도 그녀들은 모르고 있었다. 아니, 상상조차 못하고 있었다.

청령은 만두 하나를 먹은 후 물을 마시며 운소명에게 말했다.

"저희들의 임무는 이미 끝났어요. 저희는 내일 아침 백화성으로 갈 테니 알아서 창천궁으로 가세요."

"내가 안 갈 수도 있는데? 그렇게 되면 임무를 완수했다고 누가 믿지? 말로는 완수했다곤 하나 창천궁에서 돌아온 손수수가 내가 오지 않은 사실에 화가 나 임무에 대해 물어보면 어쩌려고? 분명히 전했다고 해도 증거가 없잖아? 너희들의 임무는 내가 손수수와 만나야 끝나는 임무가 아닐까?"

"헐!"

어이없다는 듯 미령이 만두를 씹다 운소명을 노려보았다. 그런 미령의 양 볼이 개구리처럼 부풀려져 있었다. 안 그래도 귀여운 얼굴인데 양 볼까지 부풀리자 한층 더 귀엽게 보였다. 하지만 미령은 화가 난 상태였다. 단지 그렇게 안 보일 뿐이었다.

"이런, 콜록! 콜록!"

목청껏 소리치려다 만두가 목에 걸려 크게 기침하는 미령의 모습에 청령은 그녀의 등을 두드려 주었다. 청령은 여성스럽게 생긴 이십대 중반의 여자였다. 곧 미령은 물을 벌컥 마신 후 가슴을 몇 번 두드렸다.

운소명은 그런 미령의 행동과 모습이 재미있는지 물끄러미 바라보았다. 그러자 만두를 모두 삼킨 미령이 크게 소리쳤다.

"야! 남자가 되어 가지고 전달을 받았으면 받았지 어디서 공갈협박이야! 무공이 높으면 높은 만큼 인격도 높아야지! 읍!"

청령이 더 이상 참지 못하고 미령의 입을 막았다. 그런 청령의 표정은 굳어 있었다. 운소명의 눈동자가 반짝였기 때문이다. 그건 분명 살기였다. 상대는 한유를 죽인 인물이었다. 손수수와 친분이 있다곤 하나 백화성의 사람은 아니었기에 마지막까지도 경계할 필요가 있었다.

"저희는 명령에 따랐어요. 어차피 결정은 당신이 하는 거지, 저희가 하는 게 아니니까요. 또한 백화성은 그렇게 신의가 없는 곳이 아니에요. 당신이 가지 않는다 해도 저희의 임무는 당신과 만난 순간 끝난 거예요."

"그렇다면 바로 떠나지 굳이 아침까지 있을 필요 있나?"

"당신의 상태를 살피기 위해서 있는 것뿐이에요. 부상당한 몸이잖아요?"

운소명은 가볍게 미소를 보였다. 청령의 말처럼 부상당한 상태였고 금창약도 없었다. 그녀들이 대신 옷을 사 오고 약을 구해주었기에 빠르게 회복할 수 있었으며, 운기조식도 마음 놓고 할 수 있었다. 만약 그녀들이 없었다면 천단에게 행적이 들킬 가능성이 높았다. 그러한 어려움을 해결해 준 것이다.

"고맙군."

"빨리도 한다."

운소명의 말에 미령이 퉁명스럽게 대답하며 만두를 다시 먹기 시작했다. 그 모습에 운소명은 다시 말했다.

"나는 사람을 믿지 않아. 아무리 손수수의 이름을 들먹여도 말이야."

"그럴 경우 이걸 전하래요."

운소명은 청령이 품에서 서찰을 꺼내주자 곧 펼쳐 읽었다. 눈에 익은 글씨체가 보이자 저도 모르게 눈살을 찌푸렸다.

빨리 와.

짧은 글이 다였지만 왠지 안 가면 안 될 것 같은 기분이 들었다.

"그런데 어떻게 손 언니와 알게 된 건가요?"

운소명이 그 질문에 슬쩍 시선을 던졌다. 청령은 반짝이는 눈동자로 운소명을 바라보고 있었고, 미령 역시 귀를 기울이고 있었다. 운소명은 미소를 그리며 말했다.

"개인적으로 궁금해서 묻는 건지 아니면 누가 시켜서 묻는 건지 궁금한데?"

운소명의 물음에 청령은 재빠르게 대답했다.

"그냥 궁금해서 물어본 거예요."

"그렇다면 나중에 손수수에게 직접 듣는 게 낫지 않을까?"

대답해 줄 수 없다는 듯 운소명이 말하자 청령과 미령은 안색을 찌푸렸다. 사실 암화단주인 연소월이 시켰기 때문에 물어본 것이었다. 연소월은 손수수가 어떻게 중원의 무인과 알게 되었는지 상당히 궁금해하고 있었다. 물론 사적인 궁금증이었다.

"제가 잘못했으니까 말 좀 해봐요? 어떻게 알게 되었어요?"

미령이 애교 섞인 목소리로 은근히 묻자 운소명은 피식거리며 말했다.

"본인에게 물어보는 게 가장 빠를 것 같은데?"

운소명의 말에 미령은 실망한 듯 안색을 찌푸렸다.

"쪼잔한 놈."

미령의 말에 운소명은 고소를 흘리며 눈을 감았다. 눈을 감자 손수수의 얼굴이 떠올랐다. 그녀와 함께 보낸 시간들이 홀러가는 추억처럼 느껴지는 것은 왜일까?

'이런 게 추억인 건가……'

* * *

남창성 외곽에 자리한 우서림은 손님이 거의 없는 서가였다. 지역 자체가 돈이 있는 사람들보다 없는 사람들이 많다 보니 책을 사서 보는 사람 또한 적었다. 그런 우서림에 오랜만에 손님이 찾아들었다.

책을 정리하던 점원이 들어오는 청년을 보자 곧 이층으로 안내했다. 청년은 익숙한 걸음으로 이층으로 올라가 빈 의자에 앉았다. 얼마 지나지 않아 방 안에서 문홍이 걸어나왔다.

"오랜만이군."

하달의 말에 문홍은 맞은편에 앉으며 하달에게 차를 따라 주었다.

"임무는 어찌하고 온 건가요? 설마 걸린 건가요?"

하달은 차를 마시며 말없이 고개를 끄덕였다. 그 말에 문홍은 안색을 바꾸며 하달을 다그쳤다.

"어찌 된 건가요? 걸렸다니요? 도대체 어떻게 했기에 당신 같은 사람이 걸릴 수가 있지요? 경거망동(輕擧妄動)한 것은 아니겠지요?"

"그럴 일은 없어. 단지 그놈이 경거망동했을 뿐이지."

"……?"

하달의 말에 문홍은 안색을 굳혔다. 무슨 말인지 이해가 안 되었기 때문이다. 하달이 다시 말했다.

"한유가 죽었어."

"……!"

문홍은 눈을 크게 뜨며 하달을 쳐다보았다.

"그놈이 하달을 죽였다고."

"헉!"

순간 문홍은 자신도 모르게 자리에서 일어섰다. 그러다 어이없다는 듯 하달을 쳐다보며 물었다.

"그게 정말인가요? 그가 한유를 죽인 게?"

"그래."

"허!"

문홍은 헛바람을 들이켜며 잠시 허공을 쳐다보았다. 한유는 천단 사람이었다. 문제가 생겨도 크게 생긴 것이 분명했다.

"도대체… 그가 한유를 죽일 만큼의 능력이 있다는 뜻인가요?"

하달은 고개를 끄덕이며 자신이 본 한유와 운소명의 싸움을 설명했다. 문홍은 굳은 표정으로 하달의 이야기에 집중했다.

　대충 이야기가 끝나자 문홍은 다시 의자에 앉으며 창밖으로 시선을 던졌다.

　"도강이라… 분명 도강이라 했지요?"

　"맞아. 한유는 방심한 거고… 대단한 건 한유를 방심하게 만든 그 연기라는 거지. 가르친다고 할 수 있는 게 아니니까."

　하달의 말에 문홍은 고개를 저었다.

　"아니오… 가르쳐서 되는 거예요. 그 사람은 배웠으니까……."

　문홍의 말에 하달은 의외인 듯한 표정으로 문홍을 쳐다보았다. 그러자 문홍이 차를 마신 후 가슴을 진정시키고 말했다.

　"우리는 잘 모르나 전대 홍천의 스승들 중 산수선생이라고 있어요. 그 사람을 통해 배운 게 확실해요."

　"그 사람이 그런 연극도 가르쳤다고?"

　"물론이에요. 홍천에게 필요한 모든 것을 다 가르쳤으니까… 무공을 제외하고."

　문홍의 말에 하달은 눈살을 찌푸렸다. 자신은 배우지 못했기 때문이다.

　"그것보다 앞으로가 문제네요."

"그렇지, 금산장이 움직일 테니. 또한 그들은 무림맹도 움직이려 할 거고."

"맞아요. 홍천을 움직이게 할 거예요. 한데 그는 어디에 있나요?"

하달은 그 물음에 양손을 들곤 고개를 저었다. 그러자 문홍은 고개를 끄덕였다. 오히려 잘되었다.

"일단 맹주님께 보고한 후에 모든 일을 결정하기로 하지요."

"그럼 나는 앞으로 무얼 해야 하지?"

"그를 찾아야죠."

문홍은 당연하다는 듯 눈을 동그랗게 뜨고 말했다. 그러자 하달은 짧게 숨을 내쉰 후 자리에서 일어섰다.

"우리들보다 더 은밀한 놈인데 쉽게 찾을 수나 있을까……."

"최대한 무림맹과 하오문을 이용하세요."

"그러지."

하달은 곧 밑으로 내려갔다. 그가 나가자 문홍은 서류를 정리하며 밤이 되기를 기다렸다.

"한유를 죽였다라……."

방 안에 앉아 있는 추파영은 턱을 쓰다듬으며 안색을 찌푸리고 있었다. 예상외로 운소명의 무공이 고강했기 때문이다. 원래 모든 게 그렇듯 위협이 되는 적은 죽여야 했고 위협이 되지 않는 적은 이용해야 했다. 어느 정도의 선이라는 게 분명히 존재했다.

한유를 죽였다는 말에 추파영은 운소명이 그 선을 넘은 상대라고 판단되었다. 한유를 죽인 것이 운이라 해도 죽인 것은 사실이었다.

그렇다면 운소명 역시 위험한 존재인 건 부정할 수 없는 사실이었다. 추파영은 앞에 부복해 있는 문홍에게 말했다.

"금산장에서 연락이 오면 홍천을 움직이도록 해라. 어차피 홍천을 움직인다 해서 죽을 놈은 아닐 테니 걱정할 필요는 없겠지. 하지만 그를 죽이는 방법에 대해 좀 더 심사숙고할 필요는 있을 것 같구나."

"예."

"가보거라."

문홍의 신형이 바람처럼 사라지자 추파영은 굳은 표정으로 자리에서 일어섰다.

'푸른빛의 거대한 도 모양이라……. 어디선가 들은 기억이 나는데… 직접 봐야 알겠지만.'

추파영은 곧 생각을 접으며 침실로 향했다.

*　　*　　*

 창천궁에 도착한 곡비연과 손수수는 특별한 귀빈이기에 넓고 잘 꾸며진 정원이 달린 소향원(蘇香院)에 머물게 되었다. 창천궁주와 만나고 창천궁의 주요 인사들과도 식사를 나누며 며칠을 보냈다. 그 와중에 친해진 사람이 있다면 창천궁주의 딸인 구양혜와 칠대제자 중 셋째인 강마령이었다.
 곡비연과 구양혜는 공통점이 하나 있었다. 바로 무살에 대한 원한이었다. 그 점 때문에 둘은 사이가 좋아졌다.
 "그때 백화성에 무살을 뺏기지만 않았어도 백화성과 이렇게 사이가 나빠지지는 않았을 거예요. 하지만 곡 원주님이 오신 후 다들 마음이 조금이나마 풀린 것 같아요."
 오늘도 소향원을 찾은 구양혜와 곡비연은 의자에 앉아 있었다. 그 옆으로 손수수와 강마령이 앉아 있었는데 둘은 거의 말이 없었다.
 "아버님이 돌아가신 후 제 인생도 바뀌었지요. 그 일이 없었다면 제가 감히… 성주의 후보가 될 생각을 했을까요? 아마 상상도 못했을 거예요. 지금쯤 좋은 남자를 만나 가정을 꾸리고 있을지도 모르지요."
 곡비연이 슬며시 웃음을 보이며 말하자 구양혜는 미소를 그리다 표정이 굳어졌다. 그 모습에 곡비연이 물었다.

"안 좋은 일이라도 있나요?"

"그게 아니라… 가정을 꾸리고 싶다는 생각을 해본 적이 있어서요."

슬며시 미소를 그리며 말하는 구양혜의 표정은 쓸쓸해 보였다.

"소궁주님도 여자이니 당연한 생각을 한 것뿐이에요. 그러니 그렇게 고민하지 마세요. 여자는 가정을 꾸리고 싶어하니까요."

곡비연은 구양혜가 어떤 일이 있었는지 잘 모르고 있었다. 하지만 구양혜의 말에 담긴 아픔은 알 것 같았다. 자신도 창천궁에 오기 전에 그러한 아픔을 경험했기 때문이다.

"무살이 어떻게 해서 신무전주님을 죽였는지 잘 모르실 거예요."

"혜."

구양혜의 말에 강마령이 안색을 굳히며 구양혜의 이름을 불렀다. 그러자 곡비연과 손수수가 두 사람을 쳐다보았다. 신무전주가 무살에게 죽은 것은 알지만 어떻게 무살이 신무전주를 죽였는지는 알지 못했다. 그렇기 때문에 구양혜의 말에 호기심이 생겨났다. 하지만 곡비연은 묻지 않았다. 궁내의 일을 묻는 것은 치부를 드러내는 일이 될 수도 있기에 큰 실례가 되기 때문이다.

곡비연은 가슴에 상처를 간직하고 있는 것 같은 구양혜에게 미소를 보이며 말했다.

"성주가 된다는 건… 여자가 아니게 되는 거죠. 저는 마음에 두었던 사람이 있었어요. 그는 늠름하고 성실하고 또… 무공도 누구에게도 뒤지지 않을 만큼 단련된 사람이죠. 꿈에서나 볼 수 있을 것 같은 분인데… 우린 사는 길이 다르다는 것을 알게 되었어요. 그분은 저와 함께하기를 바라고 계셨어요. 하지만 저는 그분의 뜻과는 다르게 성주가 되는 길을 택했지요. 후회하지는 않아요."

곡비연의 목소리에 담긴 아픔이 전해졌던 것일까? 구양혜는 흔들리는 눈동자로 길게 한숨을 내쉬었다. 곡비연과 같은 이유라면 그렇게 답답하지도 않았다. 잠시 숨을 고른 구양혜의 눈빛이 차갑게 번뜩이기 시작했다.

"그놈은 선비 같은 놈이었어요. 어릴 때부터 무공만 수련하던 사람들 틈에서 자란 전 선비들에 대한 동경 같은 게 있었어요. 책을 읽고 글을 쓰고… 시를 논하고 그림을 그리고… 그놈은 무공을 모르는 가난한 글쟁이로 제 앞에 나타났어요. 그놈은 제 말 때문에 다리가 부러져 버렸지요."

"혜… 그만."

강마령이 짧게 말했으나 구양혜는 고개를 저었다.

"무공만 논하던 남자들과 다르게 접근한 그놈에게 저는 정을 느꼈어요. 다리가 부러진 채 세상을 논하고 사람을 이야기하고 강호를 노래했어요. 즐거웠지요. 왜 그런지 모르나 그놈을 볼 때면 두근거렸어요."

손수수의 안색이 굳어지기 시작했고 곡비연의 눈동자가 흔들리기 시작했다. 구양혜는 침을 삼킨 후 다시 말했다.

"연민의 정이랄까… 아니, 다리가 부러져서 거동도 못하는 상태였기에 나도 모르게 감싸주고 싶고, 곁에 있어주고 싶은 그런… 그렇게 그놈은 제 마음을 얻었지요……."

구양혜는 어깨를 미미하게 떨면서 더욱 강한 살기를 뿌리기 시작했다. 하지만 눈동자는 흔들리고 있었다. 복잡한 심정이 나타나는 것 같았다.

"다리가 다 나을 때까지 본 궁에 머물기로 했어요. 참 쉽죠… 제가 데리고 들어갔으니까요. 그놈은 정말 쉽게 궁에 들어와 다리가 다 나을 때까지 무공도 모르는 서생으로 사람들을 대하고 속여왔어요. 저 또한 그렇게 생각했지요. 그런데… 그게 다… 그놈의 계획이었어요. 다리가 다 낫자 신무전주님을……. 그놈은… 쓰레기예요. 만약 살아 있었다면 천 갈래, 만 갈래로 찢어 죽이고 싶어요. 제 마음을 마음대로 농락한 그놈을……."

방 안은 구양혜의 주변에서 흘러나온 한기 때문에 차갑게 식어 있었다. 또한 무거운 침묵도 흐르고 있었다. 곡비연은 그저 놀란 표정으로 구양혜를 쳐다보고 있을 뿐이었고, 손수수는 어깨를 미미하게 떨고 있었다. 자신 앞에서 웃고 떠들며 함께 보낸 시간이 모두 거짓처럼 다가오는 것은 왜일까?

구양혜는 무거운 공기를 의식하듯 일부러 미소를 보이며 말했다.

"이제는 다 지난 일이에요. 아직도 앙금처럼 상처가 남아 있지만 조금씩 사라지는 중이에요. 아마 평생 동안 죄책감에 시달릴지도 모르나… 이겨낼 생각이에요."

"강한 마음을 가지셨으니 이겨낼 거예요. 저 역시 아버님의 죽음을 이겨내기 위해 노력 중이니까요."

곡비연의 말에 구양혜는 고개를 끄덕였다. 자신만큼 무살에 대한 원한이 깊은 곡비연이었기에 신무전주가 죽은 이유를 털어놓을 수가 있었다.

"이건 비밀입니다."

강마령이 짧게 말하자 모두들 고개를 끄덕였다. 곡비연은 구양혜의 어깨를 잡으며 말했다.

"제가 만약 성주가 된다면 백화성에 놀러 오세요."

"정말인가요?"

"물론이에요. 오시면 우리 여자들끼리 밤새 놀아요. 물론 강 소저도 함께 오셔야 해요."

곡비연의 시선이 닿자 강마령이 미소를 그리며 고개를 끄덕였다.

"물론이지요."

강마령의 대답에 곡비연은 미소를 보이며 다시 말했다.

"창천궁에 오길 정말 잘한 것 같아요. 소궁주님도 만나고 강 소저도 뵙게 되었으니까요."

"저도 곡 원주님을 뵙게 되어 정말 즐거운 것 같아요. 우리 자주 만났으면 좋겠어요."

구양혜의 진심이 담긴 말에 곡비연은 고개를 끄덕였다.

"그럼요. 그래야죠."

"아… 저는 잠시……."

손수수가 자리에서 일어나자 곡비연이 쳐다보았다. 그러자 손수수가 어색하게 말했다.

"아랫배가 아파서요."

"아……."

곡비연이 미안한 표정으로 고개를 끄덕이자 손수수는 가볍게 인사하며 자리를 피했다.

밖으로 나온 손수수는 잘 가꾸어진 꽃길을 걸었다. 보통 이런 길을 걸으면 주변을 구경하는 게 여자의 심리였으나 손수수는 오직 차가운 눈으로 앞만 바라볼 뿐이었다. 구양혜의 말을 들으니 왠지 모르게 운소명에 대해서 화가 치밀어 올랐다.

같은 여자이기 때문일까? 아니면 자신에게 한 말과 행동들도 모두 거짓일 것 같다는 불안감 때문일까?

　손수수는 어깨를 미미하게 떨며 무겁게 걸음을 옮겼다.

　'목적을 위해서라면… 목적을 위해서라면 여자의 감정도 가지고 놀아야겠지……. 하지만…….'

　손수수는 최대한 이해하려 했으나 그게 잘 안 되는 자신을 알고 있었다. 이성과 감정이 머릿속에서 충돌하고 있었다. 같은 여자의 입장이었기 때문이고, 또한 손수수는 이미 운소명에게 정을 준 상태였다.

　'죽여 버리고 싶다.'

　문득 든 생각이다.

『홍천』 제6권에 계속…

War Mage

워메이지

김재한 퓨전 판타지 소설

사람들이 인식하는 상식의 세계 이면,
짙은 어둠이 드리워진 그곳에 사는 괴물들이 있다.

문명이 드리운 그림자 속에서, 전투기계들과
인간의 사념으로부터 태어난 마물들이 격돌한다.
마법과 주술이 난무하는 초현실적인 전장,
소년은 그곳에 서는 대가로 인생을 잃었다.
운명의 노예가 되어 가족과 인성을 잃어버린 소년, 진유현.

총염(銃炎)과 검광(劍光)이 뒤얽히는
어둠의 거리에서, 운명의 족쇄를 끊고 나온
소년의 눈이 살의를 발한다.

유행이 아닌 자유추구 -
WWW.chungeoram.com
Book Publishing CHUNGEORAM

**참마도 작가!! 그가 『무사 곽우』에 이어
다섯 번째 강호 이야기를 새롭게 풀어내다!!**

"길의 중앙에서 멋지게 서서 당당히 걸어가래.
사람으로 태어난 이상 그 누구도 당당하게 살아갈 권리는 있다고 말이야."

단야의 오른손이 꽉 쥐어졌다. 별것도 아닌 말이다.
하나 이토록 마음에 남는 소리는 없었다.
사람으로 태어나서…….

요물, 괴물.
나이를 먹지 않는 월홍과 얼굴이 징그럽게 망가진 단야.
그들 앞에 펼쳐진 강호란……!

유행이 아닌 자유추구 -
WWW.chungeoram.com
Book Publishing CHUNGEORAM

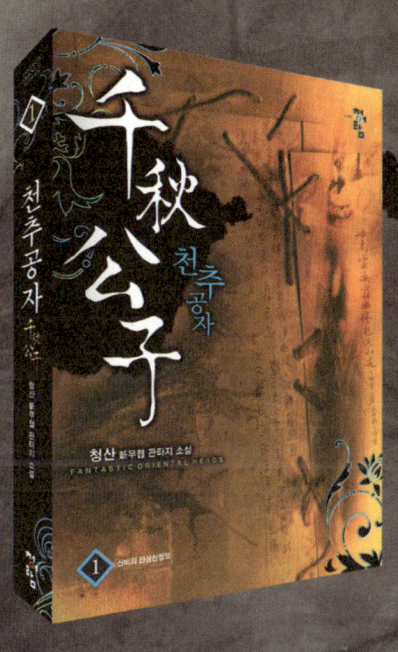

천추공자

청산 新무협 판타지 소설

운명을 뛰어넘는 담대한 도전!

황제마저 농락한 숭문세가의 공자 문천추(文千秋).
용문에 이르기 전까지 그는 시문과 서화를 즐기며 대하를 누비는
한 마리 커다란 잉어였다.
그러나 운명은 그를 용문(龍門) 앞에 이끌었다.
용문의 드센 물살을 거슬러 올라 용(龍)이 될 것인가,
아니면 용문점액의 상처를 입고 추락할 것인가.

죽음의 하늘 사중천(死重天)!
오로지 파괴와 살육만을 일삼는 사마악(邪魔惡)의 결집체.
사중천의 어둠은 태양마저 가리며 천하를 뒤덮는다.
마침내 죽음의 하늘과 맞서는 용 울음소리.

천추(千秋)에 빛날 문무제일공자의 호쾌한 행보가 시작되었다.

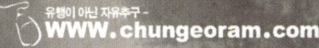

Book Publishing CHUNGEORAM

少林棍王
소림
곤왕

한성수 新무협 판타지 소설

감동의 행진을 멈추지 않는 작가 한성수!

구대문파 시리즈의 두 번째 이야기 『소림곤왕』!!
그 화려한 무림행이 펼쳐진다

"너는 지금부터 날 사부님이라 불러야만 하느니라.
소림사의 파문제자인 나, 보종의 제자가 되어서 앞으로 군소리없이 수발을 들고 모진
고통을 이겨내며 무공 수련을 해야만 한다."

잡극계의 천금공자 엽자건!
소림의 파문제자 보종의 제자가 되다!!

역사와 가상.
실존의 천하제일인과 가상의 천하제일인에 도전하는 주인공!
이제부터 들어갑니다. 부디 마음껏 즐겨주시기 바랍니다.
- 작가 서문 中에서.

유행이 아닌 자유추구 -
WWW.chungeoram.com
BOOK PUBLISHING CHUNGEORAM